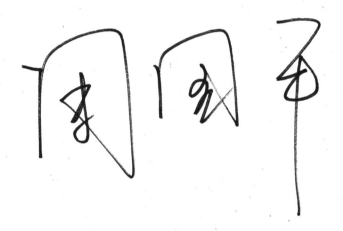

年龄是一个谣言

周国平 著

浙江人民出版社

图书在版编目(CIP)数据

年龄是一个谣言 / 周国平著. -- 杭州 : 浙江人民
出版社, 2022.5
ISBN 978-7-213-10594-4

Ⅰ.①年… Ⅱ.①周… Ⅲ.①散文集－中国－当代
Ⅳ.①I267

中国版本图书馆CIP数据核字（2022）第077850号

年龄是一个谣言
NIANLING SHI YIGE YAOYAN
周国平　著

出版发行	浙江人民出版社 （杭州市体育场路347号　邮编 310006）	
责任编辑	钱　丛	
责任校对	陈　春	
封面设计	刘　哲	
电脑制版	飞鱼时光	
印　　刷	河北鹏润印刷有限公司	
开　　本	880毫米×1230毫米　1 / 32	
印　　张	12	
字　　数	285千字	
版　　次	2022年5月第1版	
印　　次	2022年5月第1次印刷	
书　　号	ISBN 978-7-213-10594-4	
定　　价	55.00元	

如发现印装质量问题，影响阅读，请与市场部联系调换。
质量投诉电话：010-82069336

我们永远只能生活在现在，

要伟大就现在伟大，

要超脱就现在超脱，

要快乐就现在快乐。

坚定的价值观、清楚的自我认识、强大的精神性自我，

这三者构成了坚强的核心。

有了这三者，一个人才真正地成为自己的主人。

人不可平庸，也不必高超，

作为普通人，心情不随外在遭遇大起大落即可。

我不再试图彻底解除困惑，

而是原谅了这个困惑中的人。

不要太把年龄当回事了，就当它不存在，

人都活在当下，你当下的状态年轻，你就是年轻。

序言

　　这一个集子收录了我2015年至2021年的散文。从1996年开始，每隔若干年，我就把所写的散文结集出版，这样按照时间顺序出版的集子已有六本，即《守望的距离》《各自的朝圣路》《安静》《善良·丰富·高贵》《生命的品质》《觉醒的力量》，现在这个集子是第七本。以往我大致是平均四年出一个结集，这次却是七年，时间长了许多。近些年散文写得少了，这和网络取代报刊成为主流媒体有关。以前的散文多半是应报刊约稿写的，虽然我强调必须写自己真正想写的东西，但是我发现，自己的想法常常需要外界的刺激，而报刊约稿就是一种经常发生的刺激。在过去的时代，文人的写作与刊物的经营有最密切的联系，倘若没有各种有影响力的刊物，许多优秀的作品不会诞生。

　　网络改变了人们的阅读习惯，因此也改变了作者们的写作习惯。在自媒体蓬勃生长的今天，人人都是作者，传统的作者们也把主战场转移到了自媒体等网络平台上。我不认为这是坏事，虽然鱼龙混杂，但在网络上仍可读到相当数量的优质文章。但是，我是一个懒人，没有了约稿的催促，就不再勤于写千字文了。现在我的写作偏于两极：一极是小，在网络上随时写一些短小文字；另一极是大，着手完成若干大的写作计划。正在写的是一部讲西方哲学史的大书，今年应该能够出版。我还是喜欢写散文的，希望下一次结集的时间会早一点儿。

这是我进入古稀之年后的第一个结集。真是奇怪，我怎么就进入古稀之年了？我自己无此感觉，也不相信。集子里有一篇文章题为《年龄是一个谣言》，我就用它做了全书的书名，以此勉励自己保持对生活和创作的热情。

以前的六个集子都是磨铁、浙江人民出版社在出版和不断再版、重印，我把这个集子也交给他们，这样有一个连续性，也方便读者把整个系列配齐。

周国平

2022年2月18日

目录

第一辑　精神的维度

第二辑　文学的恩惠

第十二辑 序评辑录

第一辑

精神的维度

今天我们为什么要读尼采

在西方哲学家里，尼采是一个另类。在通常情况下，另类是不被人们接受的，事实上尼采也不被他的同时代人接受，生前只有一点儿小名气。但是，在他死后，西方文化界和哲学界越来越认识到了他的伟大，他成了20世纪最走红的哲学家。我本人对尼采也情有独钟，觉得他这个人，从个性到思想再到文字，都别具魅力，对我既有冲击力，又能引起深深的共鸣。

三十三年前，我第一次开尼采讲座，地点是北京大学办公楼礼堂，那次的经历终生难忘。近千个座位坐得满满的，我刚开始讲，突然停电了，讲台上点燃了一支蜡烛，讲台下一片漆黑，一片肃静，我觉得自己像是在"布道"。刚讲完，电修好了，突然灯火通明，全场一片欢呼。

那是1986年，也是在那一年，我出版了第一本专著《尼采：在世纪的转折点上》，一年内卖出了十万册，以及第一本译著《悲剧的诞生——尼采美学文选》，一年内卖出了十五万册。那时候还没有营销、炒作之类的做法，出版社很谨慎的，一点儿一点儿印，卖完了再加印，这个数字算是很惊人的了。20世纪80年代，中国笼罩着一种氛围，我把它叫作精神浪漫，尼采、弗洛伊德、萨特都是激动人心的名字，谈论他们成了一种时尚。你和女朋友约会，手里没有拿着一本尼采，女朋友会嫌你没文化。

三十多年过去了，时代场景发生了巨大的变化。如果说我这一代学人已经从中青年步入了老年，那么，和人相比，时代好像老得更快。当年以思潮为时尚的精神浪漫，已经被以财富为时尚的物质浪漫取代，最有诗意的东西是金钱，绝对轮不上哲学。对于今天的青年来说，那个年代已经成为一个遥远的传说。

不过，我相信，无论在什么时代，青年都是天然的理想主义者，内心都燃烧着精神浪漫的渴望。我今天建议你们读尼采，是怀着一个七十岁的青年的心愿，希望你们不做二十岁、三十岁、四十岁的老人。尼采是属于青年人的，我说的青年，不只是指年龄，更是指品格。青年的特点，一是强健的生命，二是高贵的灵魂。尼采是这样的人，我祝愿你们也成为这样的人。

培养心灵的神圣工作

在我的记忆里，《傅雷家书》是改革开放后最早出版并且被当时的青年人热心传阅的少数几种书之一。此书出版后不久，傅雷翻译的《傅译传记五种》和《约翰·克利斯朵夫》也相继出版，并且同样被青年人热心传阅。可以毫不夸张地说，在20世纪80年代，傅雷是许多知识青年的心灵教父，人们饥渴地从他的家书和译著中汲取营养，这已经成为那一代人精神成长史中最美好的记忆之一。

译林出版社最近推出新版《傅雷家书》，我相信它一定也能和今天的青年人以及拥有年轻心灵的成年人深深地结缘。在《贝多芬传》译序中，傅雷写道："现在，当初生的音乐界只知训练手的技巧，而忘记了培养心灵的神圣工作的时候，这部《贝多芬传》对读者该有更深刻的意义。"套用这句话，我们可以说，今天人们只知训练各种谋生和表面成功的技巧，恰恰忘记了"培养心灵的神圣工作"，当此之时，无论对于成长中的青年人，还是对于望子成龙的父母们，这部以培养孩子心灵为主旨的家书岂不更具有深刻的现实意义？

家书始自1954年，止于1966年，主要对象是在国外的傅聪。现在我自己是两个孩子的父亲，重读这部家书，对其中洋溢着的父爱有了真切的感受。傅雷教子极严，有时几乎不近人情，儿子离开后，他为此深感内疚，常在信中自责，说自己"可怜过了四十五岁，父性才真正觉醒"，向傅聪如此倾诉："孩子，我要怎样的拥抱你才能表示我的悔恨和热爱呢！"他的信写得极认真，谈艺术，谈人生，充满真知灼见，讨论钢琴演奏，指点日常生活，皆细致入微。他盼望傅聪也做相应的交流，但傅聪毕竟年轻，有时不能体会父亲的心情，疏于回复，以至于他发出了这样的恳求："我们历来问你讨家信，就像讨情一般。你该了解你爸爸的脾气，别为了写信的事叫他多受委屈，好不好？"无数读者希望和作为名人的他通信，偏偏自己最渴望书信切磋的这个儿子很少利用这么好的条件，几乎令他唏嘘。读到这些内容，我心里都会发出一声叹息：一个多么痴情的父亲！平心而论，傅聪写信也很认真，只是在数量上不能和老爸相比罢了。傅雷是如此珍惜这些信，将它们分类抄写，原信已在"文化大革命"中被毁，幸好有抄本，我们今天能够读到编入了新版中的傅聪的信。

傅雷不但是一个痴情的父亲，而且是一位伟大的父亲。他通过家书在儿子身上所做的，正是"培养心灵的神圣工作"。这部家书是爱的教育的教科书，今天的家长们从中可以看到，怎样才是真正爱孩子，有爱无教不是真正的爱，爱的教育就是培养心灵，就是在心灵层面上和孩子成为知心的朋友。对于今天的青年人来说，这部家书又是人生和艺术的启蒙书，从中可以学习如何让自己的心灵丰富而高贵。你们不要叹息自己没有一个像傅雷这样的伟大父亲，一切教育本质上都是自我教育，你们首先必须自己来做培养自己心灵这项神圣的工作，在这个过程中，傅雷以及一切伟大的心灵都是你们的导师。

傅雷是一位难得的通才，懂音乐，懂绘画，懂诗歌，懂文学，在本书中有大量会心之论，可供爱艺术的读者品味。傅雷谈艺术绝不限于艺术，他注重的是心灵，因此每个关注心灵的读者也都能由之得到启示。不过，在这里，我想撇开专门性的内容，仅就本书中涉及人生和艺术的普遍性论点做一个不完全的提示和少许的发挥：

一、做人第一。无论做学问，还是弄艺术，顶要紧的是"人"，要把一个"人"尽量发展。"一个纯粹投身艺术的人，他除了艺术和个人的人格，已别无所求。"人格卓越是成就任何伟大事业的前提和终极目的。

二、融会贯通。为学最重要的是"通"，"通"才会有灵性，不拘泥、不迂腐、不酸、不八股，才能有气象、胸襟、目光。"通"才能成为"大"。

三、学习的自主性。学音乐，学生本人首先要具备条件，"心中没有的人，再经名师指点也是枉然的"。这一点其实对一切高级的学习都是适用的。

四、感受和思考比技巧重要。音乐主要是用你的脑子，把你朦胧的感情分辨清楚。凡是一天到晚闹技巧的，一辈子也休想梦见艺术。这一点对一切精神创造也都是适用的。

五、恰当面对人生的浮沉。"人一辈子都在高潮低潮中浮沉，唯有庸碌的人，生活才如死水一般；或者要有极高的修养，方能廓然无累，真正的解脱。只要高潮不过分使你紧张，低潮不过分使你颓废，就好了。我们只求心理相当平衡，不至于受伤而已。"人不可平庸，也不必高超，作为普通人，心情不随外在遭遇大起大落即可。

六、理性地对待感情创伤。不要让它刻骨铭心地伤害自己，"要像对着古战场一般地存着凭吊的心怀"。逝去的感情事件，不论快乐还是痛苦，都把它们当作人生中的风景。

书中还有许多精彩的话，摘不胜摘，但有一句绝不可遗漏。傅聪信中引王国维语："词人者，不失其赤子之心者也。"傅雷回信说："赤子之心这句话，我也一直记住的。赤子便是不知道孤独的。赤子孤独了，会创造一个世界，创造许多心灵的朋友！"说得真好，准确地阐释了艺术家和艺术创作的性质：艺术家是单纯的赤子，在复杂的功利世界里不免孤独，于是通过艺术创作创造了一个更好的世界和许多心灵的朋友。今日傅雷夫妇的墓碑上镌刻着十二个手书的字，便是从这段话里摘出的，我们仿佛听见傅雷的赤子之心在恒久地宣告艺术的胜利——

赤子孤独了，会创造一个世界。

爱因斯坦的世界观

《我的世界观》是方在庆选编和翻译的一个爱因斯坦文集。收入本书的大部分文章，在以前出版的若干爱因斯坦文集的中译本里出现过，编译者本人也参与了相关的工作。本书的特点是全部文章从德语原文翻译，并且认真考订了每篇文章的原始出处和档案编号，具有学术上的严谨性。

全书分为五个部分，展示了爱因斯坦一生几个主要方面的活动和成就。第一部"我的世界观"，是思想性论文，内容涉及哲学、宗教、道德、人生等主题。第二部"追求和平"，是第二次世界大战期间反对战争、呼吁和平的文章。第三部"从普鲁士科学院辞职"，是"二战"初期宣布放弃德国国籍和从普鲁士科学院辞职的声明和文章。第四部"犹太人的理想"，是爱因斯坦作为一个犹太人对犹太精神传统的阐释。第五部"我如何创立了相对论"，是对相对论的创立过程和基本理论的阐述。

在科学领域里，爱因斯坦无疑是几百年才出一个的天才，他是继牛顿之后最伟大的物理学家，这个地位至今无人能够超越。但是，他的伟大不止于此，他不但有一个智商超常的头脑，而且有一颗极其丰富和高贵的灵魂。我们从本书中可以看到，他绝不是那种拘于某个特定领域的科学工作者，而是一个对精神事物有着广泛兴趣和深刻理解的大思想家，一个对社会有着高度责任心和正义感的活跃在第一线的社会活动家。

本书的书名沿用了爱因斯坦生前一个文集的书名，若要问爱因斯坦的世界观是什么，根据本书的内容，我认为可以归纳为这样三点：第一，对体现于宇宙之中的理性之庄严抱着谦卑的态度，这是一种真正的宗教情怀，它是科学研究最强有力、最高尚的动机；第二，对于社会来说，真正有价值的是有创造性的、有情感的个人，同时他们意识到自己是人类共同体的一员，具有强烈的社会正义感和责任心；第三，精神的创造性活动凭借独立思考，这是一种内在自由，它需要外在自由加以保障，即法律对言论自由的保护和全民的宽容精神。

在本书中，有多篇文章论述教育问题，鉴于现在教育的状况，我希望读者格外重视这些文章。一切有大作为的人都是自我教育成的，爱因斯坦更是如此，他是从自己身上体悟到教育的本质的。在他的有关论述中，我想突出两个概念：一是神圣的好奇心，即探究未知事物的强烈兴趣，以及在这探究中获得的喜悦和满足感；另一是内在的自由，即不受权力、社会偏见以及未经审视的常规和习惯的支配，而能进行独立的思考。如果没有这两种最重要的特质，只是学了一点儿专业知识，爱因斯坦说，这样的人可以成为有用的机器，却不是人格完整的人，更像是一只训练有素的狗。让我们记住这两个概念，它们是指引教育的两盏明灯。

做自己的朋友

作为普通读者，学哲学究竟有何用？我的回答是：做自己的朋友。

人在世上不能没有朋友，在所有的朋友中，有一个朋友是最不能缺少的，就是你自己。这个自己，指的是你身上那个更高的自我，亦即你的灵魂。哲学是让灵魂觉醒的方式之一，通过思考宇宙和人生的根本道理，你的灵魂会经常处在清醒的状态，和你的肉身遭遇保持一个距离。有这个距离很重要，你就不会被你的遭遇所支配，反而能够对任何遭遇进行冷静的审视和分析，对那个被当下遭遇所困的自己给予指导。在某种意义上，哲学是一种从当下遭遇中跳出来看事情、想问题的习惯，那个跳出来的人是谁？就是你身上那个更高的自我。养成了这个习惯，你在自己身上就拥有了一个可靠的朋友。

能不能做自己的朋友，这可不是小事。不能做自己的朋友的人，在俗世间的朋友再多，仍会是一个随波逐流的糊涂人，一个身不由己的可怜人。所以，看一个人哲学学得好不好，我给出了一个判断的标准，就是看他在多大程度上能够做自己的朋友，为现实生活中的那个自己辨明方向，分清主次，超脱纷争，排解忧难，坚定不移地走向自己选定的目标。

主动的孤独

《人生哲思录》是我在内地出版的最受读者喜欢的书之一，它以随感和格言的形式汇集了我的作品中的思想精华。现在，香港中和出版有限公司从中选取部分内容，编成了这本面向香港年轻人的小书，我希望你们也会喜欢。

这本书取名为《让孤独成为你的个人时尚》，我觉得很有意味，说一说我的想法。

一个在香港生活的青年需要什么？当然，需要金钱、职业、住宅，需要朋友、爱侣、家庭，如此等等。然而，在这一切之外，我相信还需要一样东西，一样也许被忽视甚至常常想要逃避的东西，它就是孤独。

我说的是一种主动的孤独。大都市的生活是快节奏的，但你不可让这快节奏把你完全支配了，你要自己把握好生活的节奏，做你的人生的主人。大都市的生活是喧嚣的，但你的心不可喧嚣，老子说"静为躁君"，你要以静制躁，做你所处的环境的主人。大都市充满了竞争，你必须奋斗在职场，忙碌在社交场，但你不可让奋斗和忙碌占用了你的全部时间，你要时常抽身出来，回到你自己。大都市是时尚之都，但你不可盲从时尚，你要有自己的选择，让主动的孤独成为你的个人时尚。

所谓主动的孤独，是富有内容的独处时光，是你为自己争得的心灵空间。在这个空间里，你阅读大师的著作，思考人生的真理，消化繁杂的印象，积累精神的能量。养成了这样的习惯，你将会发现，你的内心是饱满而踏实的，你的青春不会迷茫，处世不会纠结，做人不会彷徨。

我也是从青年时代走过来的，所说的其实是我的亲身体会，愿以此与香港的社会新鲜人共勉。

找回你内心的苏格拉底

我的这本小书和韩国读者见面了，我很愿意借此机会对你们说几句话。

我知道，今天，像中国人一样，韩国人也是每天过着忙碌的日子。现代生活如同一条激流，裹挟着人们匆忙前行。我们仿佛身不由己，每天在居所、职场和超市之间冲刺，为生存耗尽了力气。可是，我也知道，许多人是不甘这样生活的，内心深处会有一个声音质疑：难道就这样活一辈子吗？人生的意义何在？也许，因为觉得无奈，人们会逃避这个声音。我想说的是，你未必是完全无奈的，如果你勇敢地去倾听这个声音，生活会有更好的可能性。

我在本书中引用了英国哲学家约翰·穆勒的名言："不满足的人比满足的猪幸福，不满足的苏格拉底比满足的傻瓜幸福。"人和猪的区别在于，人有灵魂，猪没有灵魂。苏格拉底和傻瓜的区别在于，苏格拉底的灵魂醒着，傻瓜的灵魂昏睡着。灵魂生活开始于不满足。不满足于什么？不满足于像动物那样活着。正是在这不满足之中，人展开了对意义的寻求，创造了丰富的精神世界。

我相信，每个人内心都藏着一个不满足的苏格拉底。事实上，那个对每天的忙碌生活质疑的声音，就来自你内心的苏格拉底。所以，请找回你内心的苏格拉底，不要再逃避他，要倾听他，和他交谈。所谓内心的苏格拉底，就是你的理性，你的灵魂。正是在忙碌的现代生活中，我们更需要让自己的灵魂经常醒着，养成用理性审视人生事务的习惯。你这样做，虽然身体仍是忙碌的，但是你会有一个宁静的核心，从而不让你的人生被拖入无意义的杂乱之中。

　　愿你在忙碌的现代生活中有一位忠诚的灵魂朋友，他就是你内心的苏格拉底。愿你在喧嚣的现代世界里有一所安静的后花园，它就是你内心的哲学智慧。

觉醒的力量

本书是我的一个新散文集，收入2011年至2014年所写的文章。检视这四年里的文字，我选定了一个关键词，便是"觉醒"。书中的话题涉及哲学、信仰、阅读、教育、生活等等，然而，哲学的沉思、信仰的寻求、经典的阅读、教育的进程、生活的磨炼，终极的目的都是觉醒。如果不能觉醒，哲学就只是逻辑，信仰就只是姿态，经典就只是文献，教育就只是培训，生活就只是遭遇，一切都仍然是外在于你的。

怎样才算是觉醒？我认为有三个主要标志：一个觉醒的人，第一有坚定的价值观，知道人生中什么重要什么不重要，不被社会的习俗和潮流左右；第二有清楚的自我认识，知道自己的禀赋和志业之所在，不被偶然的风尚和机遇左右；第三有强大的精神性自我，知道灵魂的高贵和自由，不被外部的事件和遭遇左右。

坚定的价值观、清楚的自我认识、强大的精神性自我，这三者构成了坚强的核心。有了这三者，一个人才真正地成为自己的主人。觉醒是一个过程，对于这三者，需要不断地巩固和维护。套用曾子的"吾日三省吾身"，就好比做日课，一个人不妨经常反省自己：我把名利之类的次要价值当作人生主要价值来追求了吗？因为机会的诱惑或惰性的支配，我在做自己不喜欢也不擅长的事吗？我陷在一个当下的遭遇中，丧失掉理性的沉静和灵魂的自由了吗？这些情形往往是常态，唯有对之保持警惕，觉醒的力量才得以不断生长。

觉醒是一种巨大的内在力量，拥有了这种力量，一切外来的负面力量都不能真正把你打败。面对天灾人祸、世风的不正、人心的不善、落在你头上的不义，你诚然仍会痛苦，但是，你一定能够最大限度地保持内心的平静，因为你知道，没有什么能夺走你的内在的珍宝，使你的人生失去方向和意义。这是我的切身体会，在本书出版之时，我愿以此与读者共勉。

哲学是对聪明孩子的谈话

应北岛之约，我编选了这本《给孩子的哲理》。在我心目中，孩子都是哲学家，而在事实上，我从孩子口里听到的含有哲理的精彩的话，也的确比从大人口里听到的多得多。所以，编选的时候，我没有特别注意要照顾孩子的水平，因为我对孩子的理解力很有信心。同时，据我所见，好些大哲学家的文字本来就是通俗明白的，好像是在与一些聪明的孩子谈话，我只要把孩子们引到这些大师面前就可以了。同样的原因，这本书也是给聪明的大人读的。我说的聪明的大人，是指那些保持了孩子性情的人，他们一旦来到人类智慧的大海边，就会像孩子一样忘情地戏水和捡拾贝壳，从智慧中获得单纯的快乐。

由于篇幅的限制，我不得不对题材有所取舍。首先，我把本书的内容定位于西方哲学，不涉及中国哲学，中国传统哲学是另一套思想系统，而且其文献基本是文言文，不宜放在同一本书里。其次，对于西方哲学，我只从古典哲学家的著作里摘取内容，不涉及现代哲学家。本书的重点是人生哲理，而在我看来，西方哲学中，关于人生的道理，最重要的话都已经被古希腊罗马和近代的哲学家说出，后人说不出多少新东西了。

最后，我还是不能不顾及文风，有的哲学家非常重要，比如康德，但文字过于艰涩，就只好舍弃。

尽管如此，西方古典哲学著作仍是汗牛充栋，我费了很大的功夫斟酌挑拣。我先整理了一个百余万字的文本，把我觉得精辟的语句尽量收全，然后一遍遍筛选，最后才精简成了现在这个近十七万字的文本。作为一本小书，篇幅还是有点大，但我实在舍不得进一步删减了。我相信，读完了以后，你们一定会觉得，花时间读这十几万字是值得的。

人活在世上，自幼及长，从生到死，会面临许多问题，其中有一些是共同的、重大的、根本性的问题。比如，人生有没有意义，什么是幸福，怎样做人处世，如何面对死亡，等等。哲学家的特点是，心灵敏感，头脑认真，因此对这一类问题想得格外多而且深入。编选这本书的过程，我觉得好像在逐一拜访西方两千年里那些最有智慧的头脑，倾听他们的嘉言隽语。现在，这本书就像是一个沙龙，我请他们聚集一堂，对人生问题发表各自的高论。你们将发现，对于同一个问题，他们也许会有共通的认识，但也常会有很不同乃至相反的见解。看一群高智商的人时而灵犀相通，所见略同，时而针锋相对，观点迥异，岂非人生乐事？当然，在这个沙龙里，你们不只是旁听者，我希望智者的讨论会激起你们同样的求真热情，从而在人生的道路上做一个自觉的思考者和践行者。

第二辑

文学的恩惠

尤物还是天使？

一

一个绝世美女，19世纪上半叶法国最著名的沙龙女主人，在她周围聚集了一个时代顶级的文化精英。这是雷加米埃夫人生平的概括写照。

我们看到，雷夫人的魅力是不可阻挡的，凡得以进入她的圈子的男人，不论文人学者，还是军人政客，皆为之迷倒，或疯狂追求，或终生暗恋。这等魅力缘何而生？夏多布里昂如此描述初见她的印象："当她的言语充满激情时，身体却显示羞涩和天真。我们在她身上找到的是童贞女和情妇的双重魅惑，这是一种绝妙的混合。她像维纳斯那样诱人，像缪斯那般给人灵感。人们出于爱拜倒在她脚下，却由于敬重而不敢轻薄。"我不禁想起我多年前写的一则随感："放荡和贞洁各有各的魅力，但更有魅力的是二者的混合：荡妇的贞洁，或贞女的放荡。"

不过，雷夫人绝不是荡妇。按照某种判断，她似乎只是以玩爱情游戏为乐："追求者蜂拥在她身边，她用毕生的时间投入激情的恋爱游戏，却总停留在柏拉图式的体验中。这些激情没有导致任何肉体的结合，她尽情追逐它们，直到最后一瞬间逃离。""她承诺一切，却什么都不给予，她招蜂引蝶为的是拒绝，她张开翅膀是为了将它们收起，在玩火的游戏中炉火纯青。可是她仍然善良无比，以一种很具女性特色的非逻辑性，不停地包扎自己制造的创口，将自己激发的炽热的爱情转换成温柔的友谊。"

让我们看看若干个案。政治学家贡斯当，斯塔尔夫人多年的情人，雷夫人自己的亲密朋友，突然疯了似的爱上了她，而她平静相待，如同对待一个病人，使他终于康复，重新成为亲密朋友。大科学家的儿子安培，对雷夫人一见钟情，而她鼓励他写作，建议他去德国旅行，日后他成了研究德国语言文学的大家。宗教和社会哲学家巴朗什则终身不婚，暗恋她一辈子，只是到了临终时刻，他才请求允许在她手上留下一个亲吻。值得一提的是，雷夫人沙龙里的这三位常客，先后都当选为法兰西学院院士，而他们的当选或多或少有赖于雷夫人的举荐。

在雷夫人的狂热追求者中，还有两位政治上的大人物。拿破仑的弟弟吕西安，曾任五百人院主席，给她写了无数火热的信，要死要活，折腾了许多年，而她始终把两人的关系维持在一个安全的距离上，圣伯夫后来分析说，微妙之处在于他没有被拒绝，但永远不会被接纳。普鲁士亲王奥古斯特，其狂热不亚于前者，不同的是雷夫人这次似乎一时心软，和他立下字据，海誓山盟，但随后改悔，而亲王不依不饶，闹到她竟至于要自杀的地步。在和夏多布里昂结为长久爱侣之前，这也许是雷夫人在爱情游戏中唯一的一次失手。

总的来说，雷夫人既风情万种，又冰清玉洁，她和男人的关系弥漫着爱的气息，但始终不涉肉欲，男人们误以为她是一个尤物，到头来却发现并且承认她其实是一个天使。昆德拉通过研究她的星象图得出结论，此中奥秘是她天生具有性冷淡的倾向。这个结论令人怀疑，因为一个天生性冷淡的女子在男人面前是不会如此风情万种的。合理的解释要到她的极其特殊的婚姻中去寻找。十六岁那年，她嫁给四十二岁的大银行家雷加米埃，而她其实是雷先生的私生女，这场精心安排的婚姻只是为了掩人耳目，以求在革命恐怖来临之时保住财产。可以想象，从一开始就彻底排除掉性的这场婚姻对少女心理的影响是决定性的，在这个天资聪慧的女子身上，性驱力的精神化或许因此就成了必然之事。于是我们看到，她听任那些优秀男子在她身边尽兴呼吸情爱的芬芳，同时严格地不让他们逾越肉欲的边界，因为对于她自己来说，这条边界在客观上也早已关闭了。

二

与雷夫人同时代，法国还有一个著名的女人，比雷夫人更有名，就是斯塔尔夫人。斯夫人比雷夫人年长十一岁，是一个大才女，二十二岁即已在文学上成名。这两个名女人之间的友谊是那个时代的佳话，两人同时现身斯夫人在科贝的沙龙是一道迷人的风景。正如斯夫人的女儿阿尔贝蒂娜后来对雷夫人所言："我母亲让科贝充满活力，您让它美不胜收。"斯夫人才思磅礴，新见迭出，雷夫人则优雅细腻，善解人意，形成绝好的互补。据说斯夫人貌丑，有一回，坐在两人中间的某访客恭维说："我坐在智慧和美貌之间。"斯夫人故作困惑地答道："先生，这是我第一次听到有人说我貌美。"她以此巧妙地把智慧的赞誉传递给了雷夫人。

在思想上，斯夫人是一位坚定捍卫启蒙理想的斗士，因此在1792年到1814年被摒弃在法国所经历的一切政体之外，最后则是遭到拿破仑的软禁，被命令不得离开科贝。她成了反抗军事独裁的一个象征，夏奈特夫人诙谐地形容说："在欧洲，必须考虑到三种强权——英国、俄国和斯塔尔夫人。"不过，斯夫人不是一个有自制力的人，在软禁期间，她烦躁不安，不断向朋友诉苦，还写信向拿破仑求情，以至于拿破仑晚年在回忆录里奚落她说："斯塔尔夫人一只手在战斗，另一只手在乞求。"

斯夫人不能忍受孤独，敦促朋友们去看望和陪伴她，毫不顾忌朋友会因此受连累。雷夫人毅然前往。同情雷夫人的帝国前警务部长富歇提醒说，这可能会使她回不了巴黎，她讽刺道："从来英雄爱女人，波拿巴却开了怕女人的先例。"后来富歇又曾劝告她："人处于弱势时要温和。"她的回答是："人处于强势时要公正。"当然，不出所料，雷夫人被判处流放，拿破仑倒台后才得以回到巴黎。流放期间，一个访客同时看见两位夫人，发现柔美的雷夫人平静而坚韧，好斗的斯夫人却濒于精神崩溃，为这鲜明的对照感到震惊。

我们在这里可以看到雷夫人的一种特质，即超越政治的正义感和仁慈心。她不是斗士，没有明确的政治倾向，不具备所谓的政治头脑。她是一个天性纯正的女人，仅凭直觉和良知做判断，并据此义无反顾地采取行动。布瓦涅夫人在谈及她性格中的独立性时下此评语："有时我看到她顺从人意，但我从没有看到她受人影响。"她的独立性的基础不是观念，而是人性，因此温和而不张扬，却十分坚定。她不惧拿破仑的威势，甘于为斯夫人承受牺牲，这完全不是在政治上站队，而只是因为她的朋友正在受迫害。正如贡斯当所言："雷加米埃夫人对政治的兴趣只表现为她对各派别斗争中的失败者的慷慨关注。"因此，拿破仑帝国崩溃之后，她怀着当年探望斯夫人的同样的勇气，去各地探望处于逆境中的波拿巴家族成员。她永远站在弱者、失败者、受迫害者一边，不问其政治立场如何，而如果说她自己有一种政治立场，这就是她的政治立场。她所担负的受迫害者之守护天使的角色深深为后人所怀念。

我无意在两个名女人之间厚此薄彼。真理需要斗士，斯夫人名垂青史。我只想表达我的一点儿感想：真理也需要雷夫人这样的天使。不妨说，她身上所体现的特质，那种超越政治的正义感和仁慈心，即使在政治上也应该是最初的和最终的东西。雷夫人不具备政治头脑，这很好。一个具备政治头脑的女人多少有些令人生畏，一个社会有许多具备政治头脑的男人和女人，那一定是一个可怕的社会。任何一个时代如果普遍缺乏朴素的非政治的正义感和仁慈心，却风行抽象的政治正确，灾难就要来临了。

三

雷加米埃夫人的后半生是和夏多布里昂一起度过的，他们相伴相守三十余年，至死方休。不过，在我看来，这个忠诚的爱情故事实在是雷夫人的命中一劫。

夏多布里昂是法国浪漫主义文学的开山人，在19世纪初就名满天下，是法兰西学院资深院士，以至高的权威君临文学界。他很早就遇见年轻的雷夫人了，惊为天人，但擦肩而过，十六年后才得以深交，其时他四十九岁，雷夫人四十岁。

这位夏先生不是一个讨人喜欢的人物，他虚荣、自恋、神经质，渴望向上爬，热衷于追逐权力。他最高做到了外交大臣，被解职后又立即加入反对派，足见毫无操守。他的朋友都为此蔑视他，并诧异他旨在何为。唯一说得通的解释是，他是一个写作天才，正在写《墓畔回忆录》，他投身于权力场的争夺也仅是为了获得相关体验，给这部巨著增添素材。然而，为制造写作素材而生活，不是太做作了吗？而且，他在得逞时的忘形，受挫时的易怒，岂不是真实品性的暴露？雷夫人受得了他的这种行径吗？布瓦涅夫人如此叹息道："她的天性对此显然十分反感，一个像她这样才智超群的女人，要痴迷得多深，才能对这套把戏不加抗争啊。"

在追逐权力的同时，夏先生也没有耽误追逐女人。和雷夫人相好之后，他还经历了许多次艳遇。雷夫人忍无可忍，以出走抗议，离开他将近两年，迫使他有所收敛。此后，两人的关系趋于稳定，于是最后我们看到了雨果记述的动人情景："1847年年初，夏多布里昂先生瘫痪了，雷加米埃夫人也双目失明。每天下午三点，夏多布里昂先生被抬到雷加米埃夫人床边……瞎了眼的夫人寻觅着瘫了的先生，他们的手握在一起，他们濒临死亡仍相爱至深。"

我们可以想象，在漫长的三十余年里，雷夫人为了安抚这个骚动不安的天才付出了许多艰辛和牺牲。她富有牺牲精神，而这正是夏先生最需要又不能从别的女人那里得到的，这是两人得以长期稳定结合的主要基础。从此以后，在雷夫人的著名沙龙里，群星灿烂被众星捧月取代，夏先生成为中心，朗诵他正在写作的回忆录成为主要的节目。我们不知道雷夫人自己如何为她的爱情归宿盖棺定论，我们只知道，夏先生去世以后，她销毁了她自己的几乎全部私人信件，而夏先生写给她的近四百封信则得以保留至今。也许由此得不出任何确定的结论，我们只能猜测她有某种隐痛，因此决定要向后世淡化自己所扮演的角色。

四

越胜，我已读张雪译的《绝代有佳人——雷加米埃夫人传》，以上所记是若干较深的印象。你把雷夫人所体现的法国风范归结为优雅与自由，那么，也可以说，我的札记是一个诠释，按照我的理解，在雷夫人身上，优雅是超越肉欲的情爱和友谊，自由（或曰独立）是超越政治的正义和仁慈。

时间过得真快，你们在巴黎生活已近三十年了。异国谋生并非易事，而在辛劳之余，张雪仍译出大部头书，此前有《肖邦传》，现在有这本《雷夫人传》，其中倾注了你们夫妇对文化的矢志不贰的热爱。我由此看到，人在年轻时若真正受过世界文学艺术的精神洗礼，内心就会葆有一片净土，世俗不能把它浸染，岁月也不能把它摧毁。

这本传记把我们带回了两百年前的巴黎。法兰西是一个浪漫的民族，浪漫的标记之一是对女性的崇拜，女性在文化中扮演着至关重要的角色，而大革命前后沙龙文化的二度繁荣便是显著的例子。这本传记也把我们带回了三十年前的北京。如你所忆，当年在你的斗室里，我们在灯影酒痕下倾谈和争执，度过了许多逸兴遄飞的时光。随着时代的变迁，法国那种由富有、智慧、优雅的名女人主导的沙龙文化早已衰落了吧？即如我们当年那样的穷书生的准沙龙式聚谈，也仿佛已成为遥远的回忆。我相信，无论历史上，还是人生中，这种完全出于自然的智者聚合的时刻总是稀少的，有赖于风云际会，无法刻意求得。我还相信，对于我们来说，曾经有过这样的时刻，与从来不曾有过是不一样的了。今天的时代，充斥着各种打着文化旗号的热闹活动，互联网上有大量炫目的文化泡沫，而像我们这样在一起真正为文化陶醉和激动过的人，当然很容易看清——用你的话说——那全是些无价值的幻影。

文学的恩惠

一

在刚过去的庚子年，因为新冠疫情，我们一家四口被困在长岛七个月。我们不知道会被困多久，一次次抢订机票，一次次被取消，归期似乎越来越渺茫。最焦急的是郭红，最后也是她费尽心思，找到了一个拼接航班的方式，我们终于结束了大洋彼岸的漂泊。

可是，在滞留的日子里，正是这个归心似箭的人，我看见她天天端坐在电脑前，沉浸在写作之中。我知道她不久前开了一个名为"蓝袜子说"的公众号，是在更新上面的文章，但不知道她写了些什么。以前看过她写的东西，比较小女生情调，这没有什么，自己玩得高兴就好。这次有点儿异样，从未见过她这么持久而陶醉地投入，仿佛沐浴在一种幸福的光芒之中。某个夜晚，我怀着好奇进到她的公众号里，一口气读完已发表的那些篇章，我震惊了。

我看到了什么？一个陌生的女子，她不是我的妻子，或者说，她不过碰巧是我的妻子罢了。她在世界上走，一边看风景，看人间，一边内心独白，对看见的景和物表示喜欢或原谅，对想起来的人和事表示喜欢或原谅。她在自己灵魂的旋律里走，从她的文字能听见这旋律，自由、灵动、旁若无人，把你也带进了这旋律里。以前那个顾影自怜的小女生不见了，我看到的是一个作家。我说的作家，不是身份和头衔，而是一种状态，我不知道怎样定义这种状态，勉强形容，是一种被文学附了魂的状态。

当然，一个人不是毫无来由地被文学附魂的。许多年里，她是文学作品的热心读者，我家书架上堆满了国外当代作家的书，都是她买来的，一本本读得飞快。有的作家她反复读，比如爱丽丝·门罗、多丽丝·莱辛、雷蒙德·卡佛、石黑一雄。我比较老派，主要读旧的经典，而据她说，她也喜欢蒙田、屠格涅夫、海明威、马尔克斯等大咖的书。有时候聊起所读的作品，我发现她有很精辟的领悟，当时就想，她应该能够写出好东西。

物有其时，心灵的春华秋实也有它自己的季节。这与生理年龄无关。滞留长岛是一个意外，这个意外成了一个机遇。疫情限制了旅行的自由，长岛是寂寞之地。海洋围绕着葱郁的森林，长岛是茂盛之地。在长岛的寂寞和茂盛之中，一个人灵魂中的文学基因醒了，在我眼中是一个小小的奇观。

二

郭红骨子里是一个村妞，用儿子的话说，是一个野丫头。她在农村度过童年，常年在田野里玩耍和干活。她小时候最擅长的事是爬树，爬树干什么？摸鸟蛋，摸到了马上敲开蛋壳，把生蛋汁倒进嘴里。她说是因为饿啊，一次不慎从高树上摔下，摔成了脑震荡，我说难怪现在还经常犯浑。

从农村搬进城镇，然后到大城市求学，结婚生子，落户北京，如她所说，生活发生了彻底的变化，与土地和乡村的日常联系被切断了。但是，只是在外部环境上被切断，野丫头的本性在她的身体里潜伏着，等候复苏的机会。机会来了，长岛就是一个大农村。美国的疫情日趋严重，但防控相对宽松，海滩、公园、野地仍是开放的。我和两个孩子比较宅，也谨慎，尽量不外出，唯有她混不吝，经常一个人悄悄出门，喜气洋洋归来。那是她的莫大享受，与土地的亲近，与土地上自然风物的亲近，这种久违的需要得到了满足。不但得到了满足，由于心无挂碍的大量闲暇，由于生气蓬勃的自然生态，还得到了空前的满足。

她独自外出的时候，心情多么轻松："一个人在外面，走啊走啊，东看西看，脑子里好像在想什么，又好像什么也没有想……而走路多好啊，不花什么钱，不费什么心思。"她说她走路不看脚下："脚下有什么可看的呢？不过是一条路，偶有起伏。有时候会有石子绊我一下，吓我一跳，我连踢它一脚都不想。人的一生总是有什么会绊着你的，你会因此而一直盯着绊你的那件事物吗？"真好，悠然自得之中，跟自己幽默了起来。

那么，她看什么？"我双手插在兜里，大部分时候都仰着头。"她看天，而长岛的天空"非常忙碌"，"从来都不令人失望"。她有许多对天空的描写，只举二例。写乌云的激荡："乌云在空中急速地赶路，像是义无反顾地奔赴一场远方的战争。我一路抬着头看呀看，好像从没有见过这么激荡的天空。那天空深处，也许真有天神在演绎他们自己的故事吧。"写天空的蓝："我以前觉得长岛的天空已经是够蓝了，天天都那么蓝，都让人觉得单调了。但飓风刮过时，我才看到最深邃饱满的蓝，怎么说呢，比蓝还要蓝，蓝得让你觉得，那不是天空，那是通往一个崭新的世界的入口。"

当然不只是仰头看天，她看大地上的景物也非常仔细，常有贴切生动的描写。比如写风："我静静地看着树，所有的枝叶向着同一个方向倒过去，那么舒展流畅；再看着它们慢慢地散乱地直立起来，未及恢复原状，又倒了过去。顽皮的风不厌其烦地反复地玩着这个游戏。"写暴风雪："远远地看过去，却有一条雪龙呼啸着急速地冲过来，好像一个跑得太快的孩子，刹不住脚了，一直冲进了对面的森林。"写徘徊于低温的长岛的春天："好像一个极有耐心的玩家，就是不把手里的牌轻易地打完。"她喜欢小动物，我们院子里有鸟儿筑窝，还入住了野兔、獾、松鼠之类，都是她观察和描写的对象。且看她写的獾："它们外表呆萌，身体肥胖，乍一看，总觉得它们的表皮下面全是液体，每走一步身体都会像波浪一样从后往前荡，再从前往后荡。"

我真是喜欢她这些描写自然的文字，它们不只是在写自然，也是在写她自己，写她的性情和世界观。我赞同她的一个结论式的句子："每一个能够与自然交流的日子，都值得被深深地祝福。"我知道，她说这句话，是因为这种祝福她失而复得，因此感到由衷的喜悦。

三

蛰居长岛的日子，生活变得非常简单。异国他乡，加上疫情，把人际交往减到了最低限度。我们这个小家，四口人长时间朝夕相处，是多年来不曾有过的情形。因此，在她的笔下，也就有不少篇幅是写日常家居生活的。我要庆幸她很少写我，因为妻子眼中的丈夫难免会有许多缺点。作为母亲，她关注孩子的成长，有一些很好的感悟。

女儿二十一岁，儿子十三岁，都处在青春期的范围内。两个孩子都可爱，但这个年龄段的孩子，心灵中悄然发生着重大的变化，未来也极其不确定，做父母的心情就十分复杂了。在孩子面前，父母会不知不觉地小心翼翼起来，这是"面对自己非常亲近却不太了解的事物的一种小心翼翼"。在小心翼翼之中，这个为人母者在思考，得出的认识是我深以为然的。

第一，要承认自己无知。"生命的成长是一个多么不可知的过程。无数种偶然的因素，还有那摆脱不掉的基因和历史，一起向这个新生命争夺影响力，想要在他的身上打下自己的烙印，而最终是什么塑造了他，他的坚毅与脆弱，他的聪慧与愚笨，他的痴情与孟浪，以及他的局限和梦想呢？无人可知！这个无人能窥知其全貌的过程，多么令人敬畏啊！"

第二，要换位思考。"他眼中看到的，不再是家里的玩具和父母的怀抱，而是在前面无限铺展开来、时间上无穷延展的整个世界，生命对于他是幽深而广阔的神秘大陆，异彩纷呈又扑朔迷离，而家和父母，只是他的一个微小而乏味的起点。"

第三，要接受自己无能为力的事实。"父母能够为孩子做的是多么少啊。我只能接受这一点，并且试着安心。""我有时候会想，也许，不打扰他们的成长，就是对生命最大的尊重吧？就是教育最仁慈的呈现吧？"

这样就够了吗？当然不够，无能为力不是无所作为，也许最恰当的态度就是她在谈及女儿时所写的："尽力关注她，同时又不着痕迹地忽略她。关注她是为了体会她的真实状态，可以与她做富有内容的交流；忽略她更是为了留给她独立成长的空间。"

在这些谈论中，我看到的不仅仅是一个母亲在说自己的孩子，更是一个有哲学思考的人在说教育。把教育放在人生的大背景下来思考，这已经是哲学了。这个拿过哲学博士学位的女生，现在向我证明了她没有被学院里刻板的哲学课程败坏。她还写了一些人生感触，我看了也喜欢，比如关于遗忘。年老时人能够回忆起的东西是很少的，曾经鲜活的儿时岁月，曾经令自己刻骨铭心的初恋，都随着雨打风吹去，存留在记忆里的经历越来越简化、抽象、淡薄。所以，她下决心用写作来对抗遗忘，"我们不能打败时间，就只能打败遗忘了"。可是，真能打败遗忘吗？"一切都走在被遗忘的路上，遗忘的队伍浩浩荡荡，遗忘之路是最不孤单的。"笔锋一转："假如被遗忘的一切都去了同一个地方，遗忘的世界会多么博大永恒、浩瀚无边，遗忘也许就是另一个真实的世界吧。"你看，真正要对抗遗忘——其实还有死亡、虚无——不能只靠写作，还必须靠信仰，相信另一个真实世界的存在。我认为，她说的是人生的根本困境——以及希望。

四

我说她被文学附了魂，我说她灵魂中的文学基因醒了，在这些譬喻的说法里，我所认为的文学是什么？不错，她在辛勤地写字，不断更新公众号，但仅仅如此还不是文学。今天这个自媒体时代，网络上文字泛滥，文学却稀少。那么，究竟怎样的写作是具有文学性的？

人们已经给文学下了无数定义，我不会傻到想要再增加一个。我只说说我的感觉。在生活中，我们都会有怦然心动的时刻，心灵被某种东西触动了，但是，忙碌的心灵无暇停留，这样的时刻往往稍纵即逝。倘若有人养成了一种习惯，心灵一旦被触动，就要认真反省其缘由，仔细体味那触动心灵的东西，不管那是呈现在眼前的一片风景、一种情境，还是袭上心头的一片记忆、一种情绪，并且渴望用准确的文字记述下来，那么，我认为这样的人就是与文学有缘的。文学是看生活的另一种眼光，让人留心发现和保存那些赋予生活以意义的东西，生活因此也就变得充满意义了。所以，文学是莫大的恩惠，它产生的不只是文字作品，它还陶冶心灵的气质，提升生活的品质。

我很早养成了习惯，及时记录一闪而过的感触和思绪，因为我知道它们的珍贵，也知道它们极容易流失。一直以来，我建议她也这样做，未被听取。有趣的是，从长岛开始，她自然而然有了这个习惯，笔记本上写满了这类东西。她是在为写作积累素材，不过我相信，她从这个习惯得到的收获绝不止于写几篇文章。

给自己的太太写序，这好像是一件尴尬的工作，但我很坦然。我喜欢某个人的作品，我就诚实地表达这喜欢，因为这个人碰巧是我的妻子便不敢表达，我还不至于这么心怀鬼胎。有人也许会想，她是在我的影响下写作的，这可是天大的误会。我清楚地知道，在国内当代作家里，她青睐的绝不是我。事实上，她的作品和我的很不同，是更感性的，因此也是更文学的。她的写作刚刚起步，但已经是走在她自

034

己的路上了。这正是我最欣赏的，如果她是在仿效我，我会觉得滑稽。那么，我一点儿功劳没有吗？倒也不是，不过我的功劳只是鼓励和支持她罢了。我的鼓励和支持，除了爱文学的公心之外，还有一点儿私心呢。我希望我身边的亲人，不论妻子还是儿女，都有自己独立的追求，自己热爱的事业，充满自信，丝毫不感到受了我的所谓名声的压抑，这样我自己才轻松愉快，觉得没有做错了事。

感觉是自由神

一

　　描述周氏兄弟的艺术历程，"传奇"似乎是一个避不开的词。中国开始改革开放不久，他俩年纪轻轻去美国，在成熟的而于他们陌生的西方美术界迅速获得成功，这是传奇。他们对政治一窍不通，却仿佛误入国际政治的历史性舞台，应邀在达沃斯论坛开幕式上现场表演绘画，又被白宫选中创作赠送中国的国礼作品，这是传奇。他俩几十年来合作绘画，每幅作品的签名都是 Zhou Brothers，兄弟俩走在芝加哥的街上成了一道风景，他们艺术中心所在的那条路被正式命名为"周氏兄弟路"，这也是传奇。

　　20世纪80年代以降，国门开放，去海外寻求发展的中国艺术家为数不少，但终于能够立足者寥寥。在这个背景下看，周氏兄弟的成功非常引人瞩目。与此形成反差的是，在中国当代美术史上，周氏兄弟似乎是缺席者，没有一本这方面的著作提到了他们，而普通的国人对他们更是毫无所知。这个现象值得探究。

　　有人说，周氏兄弟在海外大获成功，是因为运气太好。我部分地同意这个说法，不过，在我看来，所谓运气好，也包括他们走得早，缺席了中国当代艺术的一个异常纠结的时期。正是在他们离开后，当代美术思潮涌动，画家们纷纷从西方流派中借用资源，寻求国际化的发展。这个路子本身包含内在的矛盾，因为不能突破西方范式就难获得国际的承认。另一个重要事实是，当时中国本土几乎没有艺术品市场，盯着中国市场的跨国藏家就成了标准的制定者。为了博取其青睐，基本做法是在西方范式中融进中国元素，不外传统文化和当代政治两种符号。在资本运作的逻辑下，焦虑是普遍的。

所以，周氏兄弟的确是幸运的，没有经历这种纠结。如果他们仍在国内，我相信他们会比较超脱，但毕竟非艺术的噪声太多，不是一个好的环境。他们直接进到了一个国际化的环境之中，坚持走在国内已经开始的他们自己的艺术之路，延续和发展在国内已经形成的他们自己的画风，并不考虑如何被接受，反倒在美国和欧洲被广泛地接受了。

二

事实上，出国前一年，即1985年，周氏兄弟在中国美术馆举办过一个大型画展，名为"广西花山壁画"，展出他们受花山壁画启发创作的一百八十多幅作品。诸多前辈大师参观画展，评价极高，刘海粟题字赞扬他们"开创一代新风，来日未可量也"。或许因为和后来涌起的美术思潮属于完全不同的语境，这个展览似乎被美术史家们遗忘了。不过，这无关紧要，对于周氏兄弟来说，这批作品意义重大，是他们艺术之路的明确起点，是他们形成自己画风的标志。

周氏兄弟出生在中国广西，正是中国大地上的古代艺术遗存给了他们艺术上的开悟。面对敦煌和龙门石窟，永乐宫壁画，尤其家乡的花山岩画，他们感受到最强烈的震撼，是后来观摩任何西方古典名作不可比拟的。花山岩画原始、粗犷、简单、重复，因为年代久远而剥落，显得不完整，却因此具有一种充满灵性的神秘力量。他们被这种力量所征服，也就体悟到了艺术能够征服人的奥秘之所在。用周氏兄弟的话说，花山岩画给了他们一枚打开艺术之门的金钥匙。

在周氏兄弟后来的创作中，我们的确可以看到画风的坚定和一贯，其特征是大刀阔斧，气势恢宏，线条、色块、形象所产生的视觉冲击力，残缺、破坏、不完整所产生的冲突和张力。他们的开悟是真实的，因此充满自信，进入了自由之境，在广阔的艺术空间里挥洒自如，随心所欲而始终走在自己的道路上。

在国际化的语境中，如何把中国元素和西方元素结合起来，把民族性和当代性统一起来？这类令许多中国画家烦恼的问题，周氏兄弟肯定从来没有想过。花山岩画是中华民族的，同时也是人类的，是原始的，而他们发现那种形式感和冲击力正是当代所追求的。他们的作品用独特的形式表达人类共同的生命体验，兼具个性和人类性，而这正是艺术的普世性价值之所在。

三

周氏兄弟把他们从花山壁画中悟到的艺术真理称作感觉主义，当时就在笔记本上写下了一句话："感觉是自由神，感觉什么都是，感觉又什么都不是。"我们相识之后，他们多次谈及这个话题，希望我从哲学角度予以阐释。在他们自己的陈述中，有一点很明确，就是他们提出的"感觉是自由神"，是和德国观念艺术家博伊斯的名言"思想即形式"（Thinking is form）针锋相对的。

我觉得我可能无法讲清楚他们的感觉主义的含义，只能把感觉和观念（思想）做一个比较。简单地说，在人类的一切认识中，感觉是原初的、个别的、具体的，而观念是派生的、一般的、抽象的。感觉不能用语言表述，一旦用语言表述，就成了观念，而不再是感觉了。我们从小就生活在语言的环境中，接受了许多观念，因此往往凭观念看事物，很少关注自己的真实感觉是什么。在这个意义上，艺术就是要摆脱观念的支配，回归到感觉。

就我所知，即使在哲学和科学中，直觉也远比理性思维重要，是创造力的源泉，大哲学家和大科学家都是直觉极好的人。在艺术上就更是如此。观念是可以模仿的，把观念转换为形式是可以操作的，转换的结果是可以解释的。感觉则不同，它具有个别性、直接性、当下性甚至偶然性，然而却是个人外在和内在经验长期积累的瞬时迸发。

所以，在我看来，周氏兄弟提倡的感觉主义，是对艺术之本质的一种理解。感觉主义反对的是观念主导，把艺术变成学术，把绘画变成思考的产物。艺术家必须善于捕捉自己特殊的感觉，才能有独特的创造。一个有创造力的艺术家必定具备这种特质，即使博伊斯也不能例外，这和他在理论上信奉什么主张没有关系。

四

周氏兄弟不是理论家，如同艺术史上每一个新流派的出现一样，他们也是实践先行。在几十年的创作实践中，他们的"感觉是自由神"的信念不断得到印证和深化，他们的作品是对这个信念的持续不断而又常新的体现。

除了创作之外，周氏兄弟还在欧洲长期从事艺术教学。和创作不同，教学是需要思考的，要有理念和方法。通过教学实践，感觉主义的内涵变得更为清晰。最关键的是引导每一个来学习的艺术家捕捉和聚焦自己的特殊感觉，把它转换成艺术语言，从而发展出自己的个人风格，而不是从观念出发模仿某个成功风格。他们不是教学生怎么画得更好，在他们看来，不能用"好"或者"不好"去评价一个艺术作品，艺术中真正重要的东西是个人风格。风格是教不了的，但"感觉是自由神"这把钥匙可以帮助学生打开通往自己的风格之门。一旦把感觉激活，人就自由了。有个性的人往往有明显的缺点，而缺点之下则隐藏着特别的优点。他们反对全面，因为全面即平庸，而是鼓励走极端，把缺点变成优点，把局限变成优势。这样教出的学生，每个人的风格都不一样。周氏兄弟认为，感觉主义适用于任何不同的风格，是最有涵盖力的。

周氏兄弟几十年来一直合作绘画，这在艺术史上是一个颇为特殊的现象。对于他们自己来说，这种方式却是最自然的，最能让两人的感觉都进入自由的状态。在合作绘画时，两人的感觉互相激发，发生碰撞和冲突，充满偶然性，反而容易产生神来之笔。这是一个既切磋又互相辩驳、既热烈又气定神闲的对话过程。他们不追求和谐，而是看重不同情境中触发的矛盾，因为这才是合作的价值之所在。人是很难自我否定的，而在合作创作时，你可以覆盖我的，我可以覆盖你的，一方替另一方否定，不容分说，险象迭生，于是破坏就是创造。

我曾现场观看周氏兄弟合作绘画，令人叹为观止。巨大的画布占据了一整面宽广的墙，开画之前，兄弟俩坐在茶几旁喝红酒，抽雪茄，皆沉默不语。然后，如同两个角斗士上场，我仿佛看见两人皆摩拳擦掌，手中的大画笔像两把剑，一人俯身在画布左下角，另一人随升降机登上画布右上角，开始了无声的格斗。两人你来我往，刀光剑影，画布上不断增添新的色块、线条、形象。仅一个夜晚，一幅超大型的画赫然眼前。放下画笔，兄弟俩一脸满足的疲惫，我看见的是尽兴玩了一场的两个孩子。

世上再无凡·高

　　一百二十五年前，三十七岁的凡·高在奥弗的精神病院开枪自杀。据《凡·高传》作者斯通说，他生前只卖出了一幅画，售价几美元。该书出版袖珍本的1946年，凡·高主要作品售价达到了每幅五万至十万美元，斯通为之惊叹。他一定无法相信，半个世纪后，这个价码会升到六七千万美元，而最新的买家是一个中国人。

　　凡·高是为画画而生的。他只想画画，只会画画。他的画卖不出去，生活靠弟弟提奥定期接济，钱用完了，就只好挨饿。有一回，他已挨饿五天，来到海牙普拉茨广场。他的家族是当时欧洲最大的画商，在这里有一家公司，他要向经理借一点儿买面包的钱。普拉茨广场相当于今天中国的万达广场，布满名贵商店，他在其中一家的玻璃橱窗里瞥见了自己，一个邋遢的流浪汉，霎时明白自己和这个豪华世界如天地之隔。经理把钱借给了他，同时断言他没有画画的才能，劝他早日改行。

　　事实上，除了弟弟提奥，没有人认为他有希望。他和他的绘画老师莫夫谈论艺术，老师嘲笑说："你以为你是艺术家？荒唐透顶，你一幅画也没有卖掉！"他经常住在矿区和农村，在做工的矿工和农人身上发现美，但同样得不到他愿意亲近的这些劳苦人的理解，人们把他视为怪物。有一阵，他住在一个叫纽南的小镇，镇上的居民见他整天去田野画画，此外什么也不干，都说他是二流子，劝他找一份能挣钱的工作才是正理。

凡·高真是一根筋，画画上如此，爱情上也如此。他向表姐求婚遭拒绝，就把手掌放在烛火上烧，烧得皮开肉绽，表姐的父亲惊恐万状，把他当作疯子赶了出去。他太需要人间的温暖了，他自己生活在底层，就和一个萍水相逢的底层女人同居。那是一个洗衣妇兼街头妓女，已经有五个孩子，肚里还怀着第六个，皆不知其父是谁，但他不在乎，他说他喜欢孩子。当画界朋友为此纷纷谴责他的时候，他就索性正式和她结婚。可是这个女人旧习难改，终于也离开了他。场景转到法国南部小城阿尔，在这里发生了著名的割耳朵的故事。他陪高更到一家妓院，他没有钱，一个妓女开玩笑说可以用他的耳朵付账，他回住处把一只耳朵割下，用纸包好送去，那个妓女看了立即晕倒。这件事发生以后，疯人院就是他的必然归宿了。

凡·高胸中有一团烈火，他整个人就是一团烈火。在他的眼中，在他的画上，太阳在燃烧，土地、庄稼、向日葵、房屋在燃烧，万物都在燃烧，在燃烧中熔为一个共同的生命，一个统一的宇宙。短短的时间里，他把自己的生命燃尽了，留下一幅幅燃烧着的画，它们将永存世间，点燃人们的心，或者，给冷漠的世间增加些许温度。

北京朝阳大悦城，我站在一千五百平方米的空间里，这里正举办"不朽的凡·高"感映艺术展。三面墙上和地上，另一端曲折延伸的大幕布上，高清投影展示着凡·高贫寒的生活照和滚烫的画作。光亮闪烁之中，我脑中闪过凡·高的苦难生平，于是问自己一个问题：今天还会不会有一个凡·高，甘愿忍受无边的屈辱，彻底放弃成功的希望，为艺术燃尽自己的生命？答案基本是否定的。凡·高生前默默无闻，穷困潦倒，死后名声煊赫，作品拍出天价，因此常被树为艺术家的励志榜样。我知道没有几个艺术家会上这个当，大家都明白，在今天这个急功近利的时代，成功得趁早，不必说身后，哪怕晚一步就会永远错过机会。世上再无凡·高，凡·高是不可复制的，因此是独一无二的，也因此是——不朽的凡·高。

一个长不大的孩子

梁和平这个人，我觉得用一句话来说他最贴切：他是一个长不大的孩子。孩子生命力旺盛，浑身的精力无处使，和平就是这样。因为生命力太旺盛，和孩子一样，他有三个特点。

第一是好奇。他做音乐，画画，摄像，思考哲学问题，对一切都感兴趣。现在跨界很时髦，但和平不是跨界，他根本就没有界，无界。

第二是贪玩。和平做各种创作，其实都是在玩。他的创作，可以用三个词来形容。一是随兴，跟着兴趣走，没有计划。二是即兴，没有准备，也不需要准备。三是高兴，创作本身是享受，没有外在的功利目的。

第三是才华横溢。他直觉好，没有被成见污染，也没有被观念改造。

今天展出的画，是和平三十多年前画的。这些画会让人想起康定斯基的抽象绘画，用颜色和构图作曲，是音乐的图像表现。可是，在20世纪80年代早期，改革开放刚开始，他一定还没有看过康定斯基的作品。而且，康定斯基不是音乐家，是从勋伯格的音乐中获得灵感的，而和平本人就是音乐家，他的灵感更加直接，是从他身体里出来的。

对和平的这些绘画，艺术评论家们可能会有不同的解读和评价，我觉得这不重要。真正重要的是，在和平的绘画中，在他的各种艺术活动中，我们都可以感受到一种自由的生命状态，并且从中得到鼓舞和启示。

20世纪八九十年代，在和平的感召下，许多有趣的灵魂得以相聚，成为和平的朋友，也互相成为朋友。我们都是和平的健康生命的受益者，他给了我们太多，而对于他因车祸遭受的灾难，我们却爱莫能助，只能给予微薄的经济支援，完全不成回报。

感谢和平，为和平祈福。

"天生我材必有用，千金散尽还复来"

在中国古代诗人中，我最喜欢李白和苏东坡，他们的共同点是仕途郁郁不得志或者极其坎坷，作品却豪情万丈。

"天生我材必有用，千金散尽还复来"，这两句诗出自李白的名作《将进酒》，是醉中吐真言。"天生我材必有用"，说的是怀才不遇，但对自己的才华充满自信。"千金散尽还复来"，说的是借酒浇愁，不在乎为酒花尽了积蓄。千金都散到了酒上，买酒喝了，这基本上是唐代诗人的常态。

和中国大多数文人一样，李白是有政治抱负的，他说的"天生我材必有用"是着眼于在政治上一展宏图，这个理想在他的有生之年未能实现。他大约想不到，他的诗作会流传千古，他的英名会永垂史册，历史以无比辉煌的方式证明了他是天生的文学巨才，还证明了他的天生之材的无用之大用。

上面说的是两句诗的字面意思。我觉得我们可以挖掘其更深的意思，就是李白以之表达了一种价值观。他珍惜的是什么？是"天生我材"，老天给我的才华，务必要让它"有用"，实现它对社会的价值。他蔑视的是什么？是"千金"，说"散尽还复来"只是为了表示不在乎，其实复来不复来无所谓，那只是身外之物。这两句诗的积极意义正是在这里。人生的意义取决于你在多大程度上实现了生命和自我的价值，而不在于你有多少钱。我要强调的是，"天生我材"不限于天才和伟人。我相信，每个人来到这个世界上，老天都给了你一点儿独特的东西，你都是某一方面某一程度上的天生之材，人生在世的使命就是让这个"材"亦即你的禀赋生长得好，从而成就卓越，造福人类。

咏月的诗词，我最喜欢这几首

一年一度，中秋又到。今天，和朋友们聊一聊，在中国古代咏月的诗词里，我最喜欢的是哪几首。它们未必是写中秋的，但都是因为月亮而生发情感。

中国人对月亮格外有感情，民间有月的节日，士大夫以赏月为雅事，古诗词中充满月的意象，也许反映了牢固的乡土情结。对于守在家乡的人来说，那在宅院上方升落的月亮是天天相见的伴侣，月的阴晴圆缺都会引发无穷的思绪。一旦离家远行，月依旧而家万里，就难免睹月思乡了。

西方人似乎很少想到要赏月，他们忙于生产和旅行，没有这份闲心情。西方文化崇拜的是太阳，阿波罗，一个积极活动的神。

今天的中国人已经向西方人看齐了，也变得十分忙碌。那么，在中秋这个节日，不妨回忆一下自家的传统，想一想和古人相比，我们的心是否太粗糙了，我们的生活是否太没有诗意了？

我把这几首诗词分为三个类别。

一、写思乡和离愁

李白 静夜思

床前明月光，疑是地上霜。

举头望明月，低头思故乡。

在咏月诗里，乃至在中国全部古诗词里，这首《静夜思》无疑流传最广，真正是妇孺皆知。它配得上这份光荣，不但短小精悍、朗朗上口，而且无论文字还是表达的情感，都如此朴素、单纯又形象，是人人能够理解的。独在异乡，夜晚失眠，思念家乡，本来是很痛苦的事，却写得这样"静"，这样恬淡，这样有诗意。全诗中只有一个"霜"字，暗示了境遇的冷清，一个"低头"的动作，透露了内心的沉郁。

杜甫 月夜

今夜鄜州月，闺中只独看。

遥怜小儿女，未解忆长安。

香雾云鬟湿，清辉玉臂寒。

何时倚虚幌，双照泪痕干。

安史之乱，杜甫被叛军囚禁在长安，望月而思念流落在鄜州的家人。人在长安，却不写长安月，只写鄜州月，因为作者的心完全在鄜州。写鄜州月，也不写月亮，只写想象中睹月思人的妻子和未解离愁的幼小儿女，因为作者的心完全在妻儿身上。乱离之中的思念，自然饱含凄苦的意味。但是，即使不是乱离，你仍会被浸透全诗的亲情深深感动。你孤身远行的时候，你的妻子就是"独看鄜州月"的闺中，你的孩子就是"未解忆长安"的小儿女，叫人怎么放心得下。

二、写孤独和恋情

李白　月下独酌

花间一壶酒，独酌无相亲。

举杯邀明月，对影成三人。

月既不解饮，影徒随我身。

暂伴月将影，行乐须及春。

我歌月徘徊，我舞影零乱。

醒时同交欢，醉后各分散。

永结无情游，相期邈云汉。

我们眼前在上演一个独幕剧。布景：花间。道具：一壶酒。人物：独酌的诗人。无言的主题：孤独。然后剧情一波三折。第一折：举杯邀明月，对影成三人。现在诗人似乎不孤独了，有了两个酒友。可是，明月和影子都不解饮，算什么酒友，孤独依旧。于是，第二折，诗人起身歌舞，"我歌月徘徊，我舞影零乱"，姑且把明月和影子当舞伴吧。第三折，苦中作乐了一番，诗人醉酒，领悟到只有死后在天上，像明月一样成为无生命之物，"永结无情游"，才能摆脱孤独。

人有两种孤独。一种是人世间的孤独，李白热爱朋友，他有许多诗是好友聚饮时写的，这种孤独好解除。另一种是宇宙间的孤独，人生短暂而飘忽，没有根基，这种孤独是人生的本质因素，唯有死可以把它解除，但同时也把人生解除了。《月下独酌》写的是这一种孤独。

欧阳修　生查子

去年元夜时，花市灯如昼。

月上柳梢头，人约黄昏后。

今年元夜时，月与灯依旧。

不见去年人，泪湿春衫袖。

欧阳修是北宋名臣，学富五车，可是，你看他这首小令写得多么清新朴素。"月上柳梢头，人约黄昏后"，如此美丽清朗的意境，如此自然天成的句子，叫人看了怎么忘得了，怎么会不流传为千古名句。

全词写一段失落的恋情，景物依旧，欢爱不再，使人不由得伤心落泪。爱情的滋味最是一言难尽，它无比甜美，带给人的却常是无奈、惆怅、苦恼和忧伤。不过，这些痛苦的体验又何尝不是爱情的丰厚赠礼，一份首先属于心灵，然后属于艺术的宝贵财富，古今中外大诗人的作品就是证明。

三、写宇宙和人生

李白 把酒问月

青天有月来几时？我今停杯一问之。

人攀明月不可得，月行却与人相随。

皎如飞镜临丹阙，绿烟灭尽清辉发。

但见宵从海上来，宁知晓向云间没？

白兔捣药秋复春，嫦娥孤栖与谁邻？

今人不见古时月，今月曾经照古人。

古人今人若流水，共看明月皆如此。

唯愿当歌对酒时，月光长照金樽里。

开头一句，"青天有月来几时"，直接向宇宙发问。今天科学已经计算出了月球的年龄，但李白问的不是一个科学问题，而是一个哲学问题。"今人不见古时月，今月曾经照古人。古人今人若流水，共看明月皆如此"，这四句是全诗的点睛之笔，点出了发问的缘由。同一轮明月，照了无数代人，无数代人，看到的是同一轮明月，这个对比，格外衬托出了人生的短暂。想一想曾经看到这同一轮明月的古人哪里去了，现在看到这同一轮明月的自己也很快会不复存在，叫人怎能不感到绝望。所以，把酒问月的结果是，不要再问，不要再想，喝酒吧，在醉中忘记人生的大悲哀。

苏轼 水调歌头

明月几时有？把酒问青天。不知天上宫阙，今夕是何年？我欲乘风归去，又恐琼楼玉宇，高处不胜寒。起舞弄清影，何似在人间？

转朱阁，低绮户，照无眠。不应有恨，何事长向别时圆？人有悲欢离合，月有阴晴圆缺，此事古难全。但愿人长久，千里共婵娟。

在全部宋词中，这一首《水调歌头》也许是传诵最广、最脍炙人口的。苏东坡不愧是大文豪，中秋赏月怀人，原是最常见的题材，到了他的笔下，偏能不同凡响，赏月赏得这样壮思逸飞，怀人怀得这样胸怀宽广。上片赏月，他身上玄想的哲人问"明月几时有"，他身上浪漫的诗人"欲乘风归去"，而最后的心愿却是平实的"何似在人间"。下片由赏月而怀人，他身上多愁善感的诗人怨月亮"长向别时圆"，他身上豁达的哲人用"此事古难全"来开导，而最后的心愿也是平实的"但愿人长久"。苏东坡是哲人、诗人，但归根到底是一个真性情的常人，这正是他最可爱的地方。

苏词以豪放著称，但又岂是豪放这个词概括得了的。他的作品的魅力来自他的人格魅力，他兼有大气魄和真性情，这两种品质统一在同一人身上极为难得，使他笔下流出的文字既雄健又空灵，既豪迈又清旷，不但境大，而且格高。读他的作品，我们如同登高望远，真觉得天地宽阔而人生美好。

第二辑

给自己留言

七十岁生日和自己对话

七十岁生日，未摆寿宴，不事张扬，与家人及偶然会合的友人静悄悄地过。入夜，似梦似醒，自问自答，起床后忆录如下。

问：步入古稀，你怎么毫无感触，竟不留一点儿文字？

答：古稀也只是一个人为的说法罢了，人类发明了十进制，我不觉得这个发明和我的生命有什么关系，何必重视？

问：生年不满百毕竟是常规，七十岁已是高龄老人，难道你不觉得自己老？

答：真的不觉得。年轻时听人说某人七十岁，我会立即意识到那人是老人，可是现在听人说我七十岁，我会觉得不是在说我。人只能感知自己的生命状态，无法感知自己的年龄。如果不是凭借年复一年的提醒和计算，无人能够记得自己的年龄。我依然精力充沛，充满生活的乐趣，何老之有？至少在目前，你说我七十也罢，八十也罢，对于我都只是一个抽象的数字。

问：是的，你长相年轻，不像这个年龄，人们常常会低估二十岁左右。长相是有欺骗性的，你把别人骗了，但不要把自己也骗了。

答：我的感觉不是来自我的长相，而是来自我的心态。当然，相由心生，长相也反映了心态。如果不是心态好，我一定是另一副长相了。

问：无论如何，年届古稀是一个严峻的事实，你心态多么好，姑且假定你还长寿，也必须考虑来日不多的问题了。

答：我明白。不是有风烛残年的说法吗？人到了这个年龄，就像即将燃尽的蜡烛，不知从哪里吹来一阵风，就会把它吹灭。我对此当然要有心理准备，就好比在生命电脑里装上一个相关软件。不过，有心理准备足矣，生命电脑仍要正常工作，一旦时日来临，启用那个软件即可。蜡烛不能老想着自己什么时候会被吹灭，即使一支点燃不久的新鲜蜡烛，也有可能被偶然的一阵风吹灭。所以，能燃多久就多久吧。

问：我知道你有许多计划，包括读书和写作，你不担心你的计划完不成吗？

答：我制订计划是根据我的兴趣，而不是根据我还能活多久。也就是说，我只考虑我想做哪些事，按照我的兴趣或者自以为对我的人生的重要性排出一个先后次序，一件件地做，并不考虑最后能否全都做完。未完成是人生的常态，因此我不把完成全部计划树为目标，只满足于每天有自己喜欢的事要做，仅此就足以使人生充满乐趣了。

问：你不想给这个世界多留下一点儿东西吗？

答：我没有野心，确切地说，我有自知之明，知道自己的作品不具备长远流传的价值。在我的有生之年，我能够获得众多读者的喜欢，这已经超出了我的期望，我很知足了。即使是那些青史留名的大思想家、大作家，其作品中也只有少量精华得以千古流传。所以，关键不在数量，而在品质。就品质而言，我要力求做到对得起自己，对得起读者。至于写多写少，几十年之后看，还不是一回事？

问：你的心态的确很好。那么，你不怕死吗？

答：你算是击中了我的要害。我从小就怕死，所以才会在一生的时间里孜孜不倦地向哲学和宗教求教，试图解除生死的困惑。困惑有两个层面。一是不能割舍生的乐趣，尤其是人间的爱和所爱之人。二是不能接受死的虚无，想到死后的寂灭就觉得不可思议。我不得不承认，思考了几十年，困惑仍在。既然如此，我就找到了一个角度，便是与困惑和解。我不再试图彻底解除困惑，而是原谅了这个困惑中的人。我对自己说：他不是佛陀，不是基督，只是一个普通的生命，就让他保留他的困惑吧。我还对自己说：佛陀和基督一直在教导他，他并不笨，这些教导在关键时刻一定会起作用的。

问：你的这个角度有些滑头，好像是在回避问题。不过，今天就放过你了吧。

答：谢谢，你总算还有一点儿善良，我终于可以睡一会儿了。

年龄是一个谣言

　　每天上午，我走出家门，穿越一个公园，去我的工作室上班。所谓上班，其实是我自己一个人在那里写作。我背着双肩包，里面装了一个饭盒，是我为自己准备的午餐，常常还装了一本或几本书，是我正在读的。有时候书比较多，双肩包沉甸甸的，不过我习惯了，不觉得重。穿越公园可以走近道，只需要十几分钟，但我总是绕道，沿着一个大湖把大半个公园走一遍，大致是四十来分钟。我走得很快，是运动的步伐，不过我也习惯了，不觉得累。走路的过程中，头脑很活跃，会掠过各种思绪，常常也把今天写作的内容想一想，整理出一个思路。我几乎在工作室里待一整天，直到天色向晚，再背着双肩包穿越公园回家，这一趟是走近道，为了赶上和家人一起吃晚饭。

　　日复一日，年复一年，我的日子就是这么过的，似乎十分单调，但我很享受，觉得这是最适合我的生活方式。公园里总是有许多人在健身或者跳广场舞，成群结队，其中老人居多。是的，他们是老人，年龄在六七十岁上下吧。我很少想起，我的年龄其实并不比他们小，也许还超过了他们中的多数人。有时候猛然想起，便觉得不可思议，难道我也是一个老人，这怎么可能，又怎么可以？这些扎堆的退休老人似乎成了一个参照，衬托出了我的不同，使我坚信自己不是一个老人。我一直在做着自己喜欢做的事，在我的词典里没有退休这个词，一个不退休的人当然不会老。

在别人眼里，我大约也不是一个老人。经常的情形是，初次相识的人听说了我的年龄，立即露出惊讶的神情，不肯相信。我的朋友们也说我显得年轻，是一个中年人的样子。女性对男人的年龄最敏感，男人老不老，从女性的对待方式可以看得一清二楚。我的那些可爱的女性朋友，好像从来不把我当作长者来敬重，而是像平辈一样欢畅交谈。她们也许掩饰得很好，那么我希望她们掩饰到底。在我的家里，比我小许多岁的妻子、青年期的女儿、少年期的儿子，在我面前都毫无敬老的恭顺或惧老的谨慎，相反是百无禁忌，恣意笑谑。这个小家庭相对年轻的结构和活泼的氛围，或许正是我的抗老神器吧。

于是，有一天我大言不惭地宣告：年龄是一个谣言。我还像煞有介事地做了一番论证。由父母的告知，由身份证和户口簿上的记载，我们知道了自己的出生日期，据此计算出了自己的年龄。如果没有这种告知和记载，单凭记忆，你是不可能判断自己的年龄的。你只能回忆起某些经历、事件和印象，无法回忆起你已经活了多少年。你也不能凭借你的感觉来判断自己的年龄，你只能感觉到你当下的状态，无法感觉到你所活过的时间的长度。所以，无论在记忆中还是感觉中，年龄都找不到证据，它只是依据外界的某些信息计算出来的一个数字。那么，不要太把年龄当回事了，就当它不存在，人都活在当下，你当下的状态年轻，你就是年轻。

做了这一番论证之后，我立刻警告自己，不可说大话。因为我知道，即使年龄是一个谣言，生老病死却是人生的真相。现在我自以为不老，可是看以前的照片，就不禁感叹那时候真年轻，即使与十年前比，现在也老了许多。无论我现在的状态多么好，也只是暂时的，老病在等着我，而终有一天，人们再看不见那个背着双肩包快步穿越公园的身影了。最近几年里，我的朋友和熟人中，比我年长的，和我年龄相仿的，甚至比我年轻的，不断有人离开了世界。这真是无可奈何的事，凡俗之躯皆不能幸免，我当然不例外。

不过，尽管人终有一死，毋宁说，正因为人终有一死，愈加证实了年龄是一个谣言。用死后的眼光看，寿命的长短并无区别，一切年龄最后都归零。既然如此，就更不必在乎年龄了。无论什么年龄的人，唯有一件事是应该做和可以做的，就是活好每一天。

往事似去而留

　　二十几年前，一个小生命来到世上，只停留了一年半，就离世而去。《妞妞》这本书记述了这个事件，围绕这个事件的人间悲情，由这个事件引发的人生思考。斗转星移，岁月变迁，我的生活场景发生了很大的变化。我问自己：在我今天的生活空间里，这个小生命的位置、这个事件的位置在何处？我进而问自己：那个当时为这个事件悲痛欲绝的"我"，今天又在何处？二十几年前的那个小生命、那个事件已经不见踪影，今天的"我"也已经不复是二十几年前的那个"我"，这一切都去了哪里？

　　时间的流水不由分说地把人裹挟向前，操纵着人的命运和心情。我们总是生活在当下，目力所及，仿佛受透视原理的支配，多么珍贵的往事也渐行渐远，变得模糊。这是否证明了人生真的是一个梦，一切遭遇不论悲喜都只是泡影，不值得执着？或者，遗忘原是造化为苦难之子备下的一剂良药，应该为之庆幸？

　　近日读佛书，颇欣赏僧肇在《物不迁论》中关于往事的一个说法。他说："求向物于向，于向未尝无；责向物于今，于今未尝有。"结论是："昔物自在昔"，往事"似去而留"。他的意思是说，不能要求往事在今天仍然存在，但这并不意味着往事不存在了，它已经永远地保存在了"过去"。可是，若追问"过去"在何处，又不禁惘然。我多么愿意相信，时间是一所可靠的档案库，里面藏着我无比珍惜的一切往事。

圣奥古斯丁有言：上帝的岁月无往无来，永是现在，世人的昨天和明天都存在于上帝的今天之中。或许，当我来到上帝面前，为自己的人生做总结之时，我便会看到，所有的"过去"皆成为此刻，透视原理完全失效，在人生全景的平面图上，我的全部经历都将按照其重要性占据着相应的位置。

我当然没有忘记妞妞，但我不想矫情地宣誓自己仍坚守在二十几年前的悲痛之中。人不该和自己过不去，更不该装出和自己过不去的样子。人是卑微的，诸多身不由己的境遇，诚实是卑微中的尊严。人生是可疑的，诸多不可解的难题，与不可解的难题和解未尝不是一种觉悟。

眷恋和超脱

人生真是可爱，因为会与可爱的女子相遇，朦胧的好感，灵魂亲人的认定，演绎万古常新的爱情。人生真是可爱，因为会迎来可爱的小生命，莫名的惊喜，心甘情愿的辛劳，谱写种族繁衍的史诗。人生真是可爱，因为会打开一本可爱的书，聆听一支可爱的乐曲，在其中发现了一颗美丽的灵魂，也发现了自己。人生真是可爱，不因为什么，只是眷恋这人间烟火。

可是，人生中不是还有苦难和悲伤吗，人世间不是还有丑陋和罪恶吗？不错，所以世上会有悲观厌世者和愤世嫉俗者，但我不愿这样。一个爱人生的人，因为这个爱而走到了厌恨人生的极端，我认为是没有道理的。我要寻找一个立足点，让我既能看明白人生的缺陷，又依然爱人生。尼采有言：人生是可疑的，但是对人生的爱仍然可能，就像爱一个令我们生疑的女子。是的，我发现这个女子对我不忠了，可是她这么美丽，这么妩媚，我仍然不得不爱她。人生也是如此，它可能伤害我，甚至以某种方式背叛我，但它依然可爱，使我不得不爱它。

我相信我是找到那个立足点了，就是哲学。哲学使我在爱人生的同时与人生保持一个距离，距离产生超脱，也产生美。人生不是一个我可以占有的女子，我无权要求它对我驯顺。它带给我快乐，我感激，它带给我痛苦，我也接受。快乐和痛苦都是财富，使人生的感受丰富，都是启示，使人生的思考深刻。不和人生较劲，对人生的爱就更真实也更持久了。

重读《岁月与性情》

　　《岁月与性情》初版于2004年，现在重读，我仍感到满意。我在初版序言里说，我判决自己诚实，我相信我是做到了。在本书中，我写了少年时期身体的苦闷，青年时期内心的挣扎，在时代场景变迁中的困惑和寻找，还写了曲折的婚爱经历和我对这些经历的反思。书出版后，众说纷纭，媒体聚焦于所谓的隐私，有道德优越感的人向我发出猛烈的谴责，若干朋友对我的坦白表示惊讶和不解，但也有越来越多的读者告诉我，他们喜欢书中这个活生生的真实的周国平。我以平静的心面对所有这些反应，只是觉得自己做了一件迟早要做的必须做的事，而且迟做不如早做，因为随着年岁增长，往事的记忆会变得模糊，心智的敏锐度会减弱，写出的东西就不可能栩栩如生了。

　　如果我是一个读者，我会认为，知道一个叫周国平的人自幼及长经历了一些什么事，这没有丝毫意义。如果这本书中的确有一些对于读者有价值的东西，那肯定不是这个周国平的任何具体经历，而应该是他对自己经历的态度。这种态度是任何一个读者都可以采取的，便是既诚实地面对自己的经历，不自欺也不回避，又尽量地跳出来，把自己当作标本认识人性，把经历转变成精神的财富。

时间过得真快，一转眼十五年过去了。当年五十九岁的我，现在已经七十四岁了。我自己感到惊奇的是，这么多年之后，我仍不觉得自己老，眼睛里仍充满好奇，身体里仍充满活力，每天仍是兴致勃勃地读书和写作。我问自己，我真的这么大年纪了吗？证据在哪里？据说户口簿里记载了我出生的日期，可是，对于我来说，那个日期只是一个传说，在我的记忆里找不到任何痕迹。我不得不认为，年龄是一个谣言，人都活在当下，你当下的状态年轻，你就是年轻。

当然，我不会盲目乐观，因为现在不觉得自己老，就认为自己永远不会老。岁月无情，会摧毁一切有朽之躯。人生短暂，在万物更替的时间之流中，一个人的生命只是一朵稍纵即逝的小小浪花。诸如此类的道理，我已经想过无数遍了。我的态度是，既然想明白了，就把这些道理放到一边，好好过当下的日子吧，而一旦时辰到了，就爽快地放下一切，勇敢地上路。人生最糟糕的情形是，活得不开心，又死得不情愿，两边都不落好。

孩子是我的知音和良师

在我的各个年龄段的读者中，我最看重的是青少年读者。在我的心目中，孩子既是知音，也是良师。孩子是知音，因为我觉得，无论我到了多大年龄，身体里始终有一个长不大的我，他不因阅历增长而失去好奇心，不受世俗污染而依然纯真，我作品中最好的部分都出自他，因此一定能被孩子们理解。孩子是良师，因为面对孩子，一个作家必须诚实。第一是思想的诚实，你必须说真话和实话，说你真正体会到因而真正相信的道理。如果你弄虚作假，言不由衷，或者照本宣科，人云亦云，孩子会立刻不感兴趣，不再理睬你。第二是表达的诚实，你必须用质朴的语言把你体会到的道理说清楚。如果你刻意深奥，故弄玄虚，或者玩弄修辞，华而不实，孩子也会立刻不感兴趣，不再理睬你。在阅读这件事上，孩子是最不好糊弄的，不喜欢就是不喜欢，绝不会装出感兴趣的样子来迁就你。

这就给了我一个标准，看我的作品在新一代青少年中是否还拥有读者以及读者的多少，可以测出其生命力的状况。我不敢说我的作品会永葆生命力，它们迟早会过时，如果青少年对它们不再感兴趣，或许就是我真正从文坛退休的时辰到了。

我永远是写作第一，讲课第二

经常有人问我，现在还带不带学生，我说我从来没有带过学生，问的人必定表示不相信。我不太愿意触及这个话题，因为解释起来比较麻烦。我的确没有带过学生，包括研究生。在《岁月与性情》中，我写到了社科院不让我当博导的情况，近日公众号编辑把这件事翻了出来。其实不能怪社科院。我这个人从小到大都不讨领导喜欢，上学时入不了团，在工作单位被认定没有培养前途，进学术机构之后的遭遇只是一贯经历的延续罢了。我有许多缺点，比如自由散漫，不听话，爱发表不同意见，因此在各处领导眼中，我始终是一个需要好好教育但比较难教育好的人。有一天我突然听说，许多人通过我的书受了教育，我竟然还能教育别人，这个情况真让我惊异万分。

我不但没有当过老师，即使当学生也当不好，在老师眼里不是一个好学生。上小学时，每学期的学生手册里必定会写上一条缺点，就是上课爱做小动作。上大学时更过分，经常逃课。无论到了什么年龄，让我在教室里端坐几个小时，我都觉得是极大的折磨。我没有耐心听课，比较适合自己学习，拿起一本书来，就忘记了时间，几个小时不知不觉过去了。

后来我自己分析，我的书之所以获得众多的读者，也绝不是因为我适合教育别人。我这个人从小就比较想不开，有很多困惑，拼命要想明白，我把我的心得写了下来，有相似困惑的人就会产生共鸣。所以，我和读者的关系不是老师教学生，更像是朋友之间的谈心。

既然如此，为何还要在网络上开哲学课呢？唉，这是公众号编辑造的事，现在网络公开课比较热，让我凑一个热闹。这里有一个人，他没有当过老师，也无意以老师的身份面对你们。你们读过他写的书，因为喜欢，就成了他的朋友，他请你们作为朋友来听他的课，倘若也喜欢，他会增添一点儿自信心。不过，无论你们喜欢不喜欢，我都会在家里好好读书写作，讲课仅是偶尔为之，因为我心里非常明白，对于我来说，永远是写作第一，讲课第二。

我的使命不是做苍蝇拍

一

广西师范大学出版社改版重印《爱的五重奏》一书，让我在微博上发个信息，我就顺便开始陆续摘发书中的片段，以下是其中的两段：

"女人比男人更接近自然之道，这正是女人的可贵之处。男人有一千个野心，自以为负有高于自然的许多复杂使命。女人只有一个野心，骨子里总是把爱和生儿育女视为人生最重大的事情。一个女人，只要她遵循自己的天性，那么，不论她在痴情地恋爱，在愉快地操持家务，在全神贯注地哺育婴儿，都无往而不美。"

"我的意思不是要女人回到家庭里。妇女解放，男女平权，我都赞成。女子才华出众，成就非凡，我更欣赏。但是，一个女人才华再高，成就再大，倘若她不肯或不会做一个温柔的情人、体贴的妻子、慈爱的母亲，她给我的美感就要大打折扣。"

这两段文字出自1991年8月写的一篇文章，题为《现代：女性美的误区》，当时是应《中国妇女》杂志之约而写的，刊载在同年第10期上，后来收在我的散文集《守望的距离》和其他一些选本里，读过的人应该是很多的。绝对想不到的是，发出微博仅一小时，竟有几千条评论，而且充斥着谩骂和脏话，我的感觉是污言秽语的浊流朝我滚滚涌来。二十多年前写的很平和的文字，今天会惹出如此轩然大波，真是匪夷所思。

二

从内容看，这两段文字丝毫不尖锐，只是表达了我对女性身上自然品质的赞赏和看重。男性就可以不要这些自然品质了吗？当然不是。在别的作品中，我屡屡强调爱情、亲情、家庭对于男人也同样重要，只因为上述文字是谈女性的，就没有涉及罢了。即使如此，人们并不难看出，其中包含了对男性在这方面有所欠缺的批评。

对我的攻击，撇除谩骂和脏话的泡沫，实质的内容只有一条，就是男权主义。攻击者搬出了两个简单的逻辑。

第一个逻辑是，你主张女人做温柔的情人、体贴的妻子、慈爱的母亲，就是反对女人有独立的自我和事业。可是，难道两者不能相容，必须是非此即彼的关系吗？我诚然没有谈后者，但不能由此推出我反对后者。请看一下我在去年12月10日发的一条微博，谈的是女人的三个觉醒，包括：（一）生命的觉醒——做一个本色的女人；（二）自我的觉醒——做一个独立的女人；（三）灵魂的觉醒——做一个灵慧的女人。在我看来，强大的自我和丰饶的生命，人格的独立和女性的本色，事业和家庭，完全能够也应该统一。真正令人诧异的是，今天某些女人的自我竟然虚弱到了这个地步，一听说女人还有大自然所赋予的使命就如临大敌。如果一个女人的自我会被爱和生儿育女摧毁，我们就不禁要问一下这样的自我究竟有多大价值。

第二个逻辑是，你主张女人做温柔的情人、体贴的妻子、慈爱的母亲，就是侮辱不婚不育的女人。然而，看上下文（"她在痴情地恋爱，在愉快地操持家务，在全神贯注地哺育婴儿"）可知，我的那段话是针对已在恋爱和已然婚育的女人说的，意思只是说，作为情人理应温柔，作为妻子理应体贴，作为母亲理应慈爱，如此而已。总不成做泼女、悍妻、虎妈才是正理吧？有的女人出于主观或客观的原因决定不婚不育，那当然是她的自由，那么我说的就与她无关。从比例看，做这个选择的必是少数，多数要尊重少数，但少数也要尊重多数，用不着高举女权主义旗帜向多数宣战，把嫁人生子判为陈旧的传统观念。人类繁衍是硬道理，无论时代怎样变化，我不相信它哪一天会过时。

有人提醒我说，可能有一些大龄待婚女子即所谓剩女被触痛了。倘若真是这样，我要对她们说：你们误读了。当年写这篇文章时，这个群体尚不存在，至少尚非突出问题。现在我的看法很明确，就是鼓励你们坚持以爱情为结婚的前提，因为"没有爱情的婚姻是苦果，岂能含泪啃一辈子？宁做剩女，不做怨妇。女大当嫁是古训，若把它改成女大当自立、自尊、自信，何剩之有？"（2013年3月9日微博）自尊自立第一，坏的婚姻会损害自尊自立，所以宁可不要。反过来说，好的婚姻一定是给力自尊自立的。我始终无法理解的是，夫妻恩爱怎么就会贬损任何一方的独立人格？

三

误读也罢，激烈反对也罢，只要肯讲理，都是正常的。令我惊讶的是，评论中充斥着人身攻击，并且据此宣布，既然你是这样一个坏人，所以和你讲理毫无必要。人身攻击的罪名和言辞大同小异，全是拿我自己作品中的两个情节——妞妞夭折和婚姻曲折——没完没了地说事。

我一向认为，对于一个作家来说，面对自己的诚实是最根本的诚实。在写作自传性作品《妞妞》和《岁月与性情》时，我就要求自己持这样的态度。一方面诚实地面对自己的经历，不自欺也不回避；另一方面尽量地跳出来，把自己当作标本认识人性。然而，人们无视你在书中叙述的具体境遇，单单挑出你的自我剖析作为罪证，对你进行道德审判。我不想再在这里讲述人生中悖论性质的困境，讲述人类情感的复杂性，因为这些人绝不会懂得。我可断定他们根本没有读过我的书——他们中许多人直接如此宣称，并以此为荣——只是在人云亦云，传播来源相同的诬蔑文本。他们对探究真实的人性毫无兴趣，唯一的兴奋点是围绕一个胡乱搭建起来的道德祭台纵情狂欢。

2013年年初，好友邓正来去世，我写一篇怀念文章，刊载在《南方周末》上。其中有一节，有人从中分析出了我的男权立场，由于这是好不容易找出的我的新罪证，传播者甚多，我不得不略说几句。在叙述正来对我的关爱之情时，我举了一些例子，有两个被揪住不放。一是我的妻子怀孕，他力主堕胎，孩子出生后，他又力劝她辞职，都是为了让我安度晚年。二是他给我家的两位女友布置任务，要她们经常约我去酒吧放松。正来是充满霸气之人，表达友情的方式也如此，喜欢自作主张，下达命令。我欣赏他的这个可爱的弱点，对他的具体意见未必认同。事实上，正是我最坚决地反对堕胎，而我更是从来不去酒吧的，但我没有必要在一篇怀念文章里写我的态度。单凭另一个人说的话就罗织我的罪状，面对这种欲加之罪的激情，我实在无话可说。

亲骨肉夭折，好朋友早逝，都是人生的劫难。人们对你的苦难无动于衷，却举着放大镜寻找你在苦难中的所谓道德瑕疵，兴高采烈地往你的伤口上撒盐。人还是善良一点儿好，善良是最基本的道德品质，不善良而谈道德纯是虚伪。历来恰恰是最无同情心之辈，最热衷于充当道德判官。

四

最使我困惑不解的是，在很短的时间里，这支怪异的军队是如何迅速结集起来的？而且所使用的武器，包括谩骂的言辞和人身攻击的内容，也是极其雷同，使人不能不感到其中有某种联络和操练。

这次我得到了一个机会，有点儿看明白网络暴力的一种操作模式了。某个段子手率领众粉丝呼啸而来，没头没脑一阵乱喷，喷博主，也喷任何一个发出不同声音的人，逼其噤声，终于占领了全部阵地，大获全胜。一时之间，某个人的微博不再是这个人与网友交流的平台，而是成了入侵者狂欢的场所。

身处网络暴力的围剿之中，你会深切地感到，你落入了一群野蛮人之中，一切文明规则和理性语言都不再起作用。你无法驱逐他们，唯一的办法是转身走开。当然，尽管祭台上已经没有牺牲，他们仍会把野蛮的狂欢持续一段时间，但你可以认为那已经与你无关了。

面对网络暴力，我不能不想起"文化大革命"时的批斗场面。一样的群情激愤，万众怒吼，罪该万死，区别只在于，"文化大革命"时吼的是"革命"口号，定的是政治罪，网络上吼的是脏话，定的是道德罪或天知道什么罪。在"文化大革命"中，我曾经目睹批斗所谓走资派和反动学术权威的情景，暴徒们朝被批斗者脸上喷墨汁和粪水，把厕所里装脏纸的铁丝篓扣在他们头上，这些镜头变幻入眼前的场景。毋庸置疑，一旦回到"文化大革命"，这些喷脏话的人就会喷墨汁和粪水，人身污蔑也会物质化为扣脏纸篓。

我将把这篇感想发表在博客上，也许又会招来围剿，但我不会再理睬。尼采说："不要再伸臂反对他们，他们是无数的，而你的使命也不是做一个苍蝇拍。"是的，我的使命不是做苍蝇拍。无论遭遇什么事，我给自己规定的任务是从中学习，不能白白遭遇，一定要有所收获。这一次的学习任务业已完成，我心中十分平静。

惊魂记

南昌高铁站，8号站台上，旅客们从滚梯或阶梯上下来，陆续停住脚步，等候即将进站的列车。有一个人没有停下，他径直朝站台的边缘走去，走到边缘仍没有停下，跨步坠落下去，摔倒在下面的铁轨上。人群发出一声惊呼。

这个人是我。

因为不想和人挤，我是从长长的阶梯走下来的。深度近视眼，最近视力还急剧减退，我走得十分小心，生怕一脚踩空。终于安全着地。我乘的不是始发车，离开车不到十分钟了，列车该进站了吧。8号站台在右侧，我看见那一侧有一列动车正在徐徐开来，靠近站台停下了。我的座位在3车厢，因为看不清车窗玻璃上的字，我便走近一点儿看，这时意外发生了。

我感觉到了强烈的震荡，知道自己重重地坠落在了某个地方，但不知道为什么会这样。仿佛经历了一次穿越，眼前没有了那列已经进站的车，我看见周围是一堵墙和延伸的铁轨。我还听见了玻璃碎裂的声音，想必是随身携带的酒瓶碎了。当时我背着书包，两手各提一个纸袋，每个纸袋里有两瓶酒，是送行的朋友在我进站时递给我的。事后我竭力回想，仍想不起来我在落地的那个瞬间是什么姿势。从只是右手的酒瓶被摔落看，我的身体必是朝右侧倒地的。从两只裤脚都被摩擦得脏兮兮看，我应该是双腿跪在了地上。可是，我相信背上的书包一定起了缓冲的作用，所以没有摔得更惨，那么又很可能是以仰姿着地。不管是哪一种情况，我很快就站了起来。

我站在铁轨上，抬头看，高高的站台上有几个旅客，正吃惊地望着我。有两个人俯身把手伸给我，我举起双臂用力抓住这两只手，他们把我拽了上去。其中一人是一个快乐的小伙子，他朝站台下张望了一下，说有一瓶酒没碎，然后自我介绍说，他是铁路报的记者。我心想：我可不会告诉你我是谁。现在我看明白了所发生的事情：那列已经进站的车其实与8号站台还隔着一条轨道，我的近视使我错估了距离，以为它近在眼前。我爬上站台大约两分钟后，我要乘的这趟列车进站了，如果它早一点儿到，我必完蛋无疑。

一个女孩气喘吁吁地从远处跑来，一脸惊慌，不停地说吓死了，问我是怎么回事。我看出她是车站的工作人员，向她说明了原委。她有一张纯朴的脸，五官端正，很善良，一再问我摔坏了没有，要我去医务室看一下，强调现在是车等人，没有她的信号，车不能开。那么，她是信号员。我觉得自己没有大伤，不必去医务室，就反过来安慰这个仍在惊慌中的女孩，让她相信我确实没事。看见我大拇指上有一个小伤口，她让人送来了创可贴。

和她告别，我朝3车厢走去。一迈步，才感觉右小腿和右肋骨很痛，必须慢慢地走。三个小时后，回到北京。接下来的几天，浑身酸痛，十分疲惫，好像是经历了一场超强度的体力运动。原来，对于超强度的心理刺激，机体会做出同样的反应。不过，右小腿和右肋骨的痛呈减弱的趋势，据此可以判断没有伤到骨头。以我的年龄，骨头能经受住这样的考验，应该满意了。

列车进站前两分钟坠落在铁轨上，不啻是和死亡擦肩而过。从两米多高处坠落而只受了一点儿轻伤，不啻是一个奇迹。情形完全可能不是这样。整个过程中，我是平静的，甚至也没有后怕，因为事情已经这样发生了，所谓有惊无险，有惊是一瞬间，无险是持存的现实。但我知道生命是脆弱的，死亡随时可能意外地降临，如果真的降临了，也是一件多么简单的事，比平常日子里关于死亡的一切想象和思考简单得多。

写完这个事件和我的感想，我发现《惊魂记》这个标题太夸张了。

受伤二记

一

我走到马路边，是绿灯，但估计来不及穿过马路，我停住，等下一个绿灯。又绿灯了，行人过马路，我夹在行人里面，边走边左右看，留心有没有闯红灯或逆行的电动车。自从七年前被电动车撞伤，我一直保持着这个警惕。可是，万万想不到，刚走几步，突然遭到猛烈的撞击，我发现自己坐在地上，左脚钻心地痛，上面压着电动车的一只轮胎，地上有几只橘子在滚动。

过马路的行人继续前行。有人喊了一声闯红灯。只有一个中年妇女停留在我旁边，问要不要送我去医院。定一定神，我意识到她不是一个志愿救助者，而就是那个肇事者。我坐在地上，不理睬她，从书包里取出手机，给在附近上班的妻子打电话，然后勉强站立起来，回到人行道上，坐在边沿等候。那个中年妇女不停地解释，说前后闸都坏了，刹不住车，正要去修。我心想，前后闸都坏，还敢上路，真是太不负责任了。事后回忆，我前后都有行人，不撞上我，也很可能撞上别人。在某一个瞬间，一辆失控的电动车冲到某个点上，我也恰好在这个瞬间走到那个点上，极小概率的事情成为百分之百的事实。

妻子到了，我们去附近的一个普通医院，拍 X 光片和 CT 片。等候结果时，中年妇女说起最近连遭不幸，十二岁的女儿被同伴恶作剧，偷偷移走板凳，一屁股坐在地上，尾椎骨裂。看她的面相，是老实人，生活不易，这个年纪已有许多白发，我不禁心生同情。如果放任这同情心，我就一定不让她付医疗费了，但想到她肇事的情节比较恶劣，该让她记取一点儿教训，还是让她付吧。知道了我的名字，她搜百度，惊呼自己撞了国宝。结果出来了，未发现骨折，万幸。中年妇女想加妻子的微信，妻子没有同意。她后来对我说，把老公撞成这样，想起来就有气，还加什么微信！我觉得对，与这个肇事者的因缘到此为止，无论后续情况如何，不再找她。

二

情况比预想的要严重一些。

当天晚上，受伤的左脚迅速红肿起来，夜里痛得难以入眠。受伤第三天，肿痛仍不减退，朋友联系骨科头牌积水潭医院，妻子带我去那里，请专家看片。专家的诊断是，左脚有许多小骨裂。回想事故的当下，几十公斤重的电动车的轮子冲压到左脚上，就好比用一把铁锤重击一只鸡爪，不骨裂才是怪事，我知道这个诊断是对的。处置是保守治疗，裹上了支具，一种柔韧的塑胶，裹住小腿和脚，形状像长筒靴，作用相当于用石膏固定，但透气性能好。价格却不菲，我笑说，一只臭脚丫的一块临时裹脚布，竟花费九百元。医生说，三周后复查，如不好，再延续三周。

原以为两三天能好，现在看来要做长期准备了。妻子买来了拐杖和轮椅。生平第一次撑拐杖，坐轮椅，家里出现了一个不太合格的残疾人。我说不太合格，一方面仅是暂时的残疾，另一方面操作拐杖和轮椅的水平比较低。尽管如此，我仍然体会到了残疾人羡慕自由人的心情。

对于我来说，这个灾祸导致的主要后果不是身体上的伤痛，而是暂时失去了行走的自由。因为失去这个自由，我喜欢的生活节奏被突然打断了。许多年来，我的生活自然而然形成了一种节奏。我家紧挨一个大公园的西门，而我的工作室在公园的东门外。每天上午，我从西门进，在公园里快走三四公里，从东门出，到工作室。我背一个双肩包，内有一份盒饭，是我的午餐，这样就可以整天待在工作室里了。傍晚，结束了一天的工作，我离开工作室，从公园东门进，走近道回家。日复一日，年复一年，我的日子就这么过，似乎单调，但我很享受这似乎单调的生活方式。

出事那天，我像往常一样去工作室，工作室就在马路对面。从家到工作室，只需过这一条马路，每次我都十分小心，应该是很安全的。最近我在写一本新书，从我的视角讲西方哲学史，乐在其中。我正写到亚里士多德，当天要写的内容已打好腹稿，心里很踏实。哪里想到，这快乐的工作被突然打断，我和亚里士多德要阔别一些天了。因为多年养成的习惯，工作室成了我的写作车间，那里仿佛有一个能量场，凡比较大型的作品，必须在工作室里写，在别的地方写不了。

我是一个有运动习惯的人，除了每天快走，每周还游泳两次，每次一千米。这成了我的生活必需的活动，几天不运动，就浑身不自在，觉得缺了什么。现在我也只好和我喜欢的这些运动阔别一些天了，取而代之的是练习撑拐杖行走，也许某一天，在我每天去的公园里，会出现一个健步如飞的撑拐杖者。

三

　　这是我第二次被电动车撞伤，上一次导致脸颊部位多处骨折，在那以后，我真的万分警惕，而结果仍是防不胜防。防不胜防，这也是人们的共同感觉。电动车实际上是机动车，却被当作非机动车来管理。有些车没有牌照，无法监控，使得一些驾车人为所欲为，闯红灯，逆行，超速，横穿马路，突然变向，在汽车和行人之间花式穿插，这些都已经成为城市里的寻常景象。在这种情况下，你怎么防？千防万防，不能排除一失，因为那一失是驾车人突破你的防备造成的。就拿我遭遇的这个事故来说，我开始过马路时，这辆电动车没有在我的视野中出现，而当它冲向我的时候，我即使看见，也来不及躲避了。长久以来，电动车已经成为马路第一杀手，很多交通事故是电动车造成的。依我之见，如果真想解决这个问题，并没有多大困难。即使仍然把电动车算作非机动车，也可以列为一个特殊类别，实名登记，安上牌照，进行监控，凡是违反交通规则的就根据情节轻重予以处罚。我相信，这样执行一段时间，电动车的乱象必能得到有效的整治。

秘密

爸爸和女儿之间

有一个小秘密

那是圣诞老人藏下的

灵魂和灵魂之间

有一个大秘密

那是上帝藏下的

我们只猜小秘密

把大秘密留给时间

我看见一束阳光中飞舞的灰尘

满天的繁星

琥珀里有一只小小的黄莺

在唱着无声的歌

第四辑

生活的品质

人生的两种保险

应邀出席今天这个活动，很荣幸，也有点儿意外。我的专业是哲学，和保险好像不沾边。因为要做这个讲演，我就想了想哲学和保险有什么关系，发现还是有关系的，于是确定了这个题目。

保险之所以必要，是因为人生有险。险可以分为三类。

一是必然之险。当年乔答摩王子要出家，父王说，你有什么要求都可以满足，何必出家。王子说，我要人生没有老病死，父王听了无语。乔答摩为了应对老病死，创立了一家保险公司，叫作佛教，他自己做了这家保险公司的董事长，所以称作佛陀。从保险行业来说，针对老病死，就有了养老保险、医疗保险和人身、人寿保险。

二是大概率之险。世界保险史是从海洋保险开始的，海洋险是当年最主要的大概率险，现在则是车险，近些年洪灾严重，我认为有必要建立洪灾险。

三是意外之险。就是天灾人祸，因此有火灾、财产、旅游等保险。意外之险似乎是偶然的，但偶然中有必然，没有人能够保证意外不落在自己头上。

安全感是幸福的重要因素，为了获得安全感，人生有两种不可缺少的保险。第一是物质层面、经济层面的保险，可称之为硬保险，就是保险行业所做的事。第二是心灵层面、精神层面的保险，可称之为软保险，这是我今天要说的重点。

先谈一点儿对物质层面保险的简单认识。我认为，"保险"二字，对民众和对行业强调的重点有所不同。对民众要强调一个"险"字。具体地说：一要知险，有风险意识，正视人生有险的事实；二要防险，有防备意识，不存侥幸之心；三要保险，有投保意识，保险业是通过互助而自助的商业化、制度化设计，要认识到其合理性和好处。对行业要强调一个"保"字。具体地说：一要诚保，真诚地保，有诚信观念，这是职业道德；二要确保，确凿地保，有法制观念，这是制度建设；三要久保，持久地保，有可持续观念，这是负责到底的道德担当和制度保证。行业在"保"字上做扎实了，民众才会对"保"有信心，把对"险"的认识落实为投保的行动。

只有硬保险够不够？肯定不够。面对人生之险，精神垮了，再充足的物质保险也白搭。所以，心灵保险不可缺少。

从根源上说，人生的痛苦、危险、灾难有两类，一类是自己制造的，另一类是由自己不可控制的因素造成的。所以，心灵保险要解决两个问题，一是怎样不给自己制造痛苦，二是怎样用适当的态度面对由不可控制因素造成的痛苦。我认为，这两个问题的解决，都要靠想明白人生的基本道理。

一、不给自己制造痛苦

人生中有一半痛苦是自己制造的。按照佛教的说法，这类痛苦的根源是贪、嗔、痴。贪，就是过度的欲望；嗔，就是负面的情绪；痴，就是执着于错误的观念。佛教认为，这三者的根源又都是无明，就是不明白人生的道理。

要不给自己制造痛苦，就必须想明白人生的一个基本道理，叫作价值观。这就是要分清人生中什么是重要的，什么是不重要的，对重要的要看得准、抓得住，对不重要的要看得开、放得下。

在这个世界上，幸福是人人都想要的东西。对于什么是幸福，哲学就是立足于价值观来看的。人身上有两个最宝贵的东西，一是生命，二是精神，让这两个东西有一个好的状态，人就幸福了。

生命的状态怎样算好？我认为是单纯。人生应该有两个简单，一是物质生活的简单，二是人际关系的简单。人生的大部分烦恼，都源自这两个方面的复杂。人生最基本的幸福原本是平凡的，比如健康和安全，比如爱情、亲情、友情。寻找幸福的秘诀之一是珍惜平凡的幸福。人们总是到远处去寻找幸福，可是，一个人如果在他天天过的生活里找不到幸福，他就去哪里都不可能找到。

精神的状态怎样算好？我认为是优秀。人是万物之灵，我们要无愧于这个称号，把老天给人类的高级属性使用好，发展好。一个人拥有自由的头脑，丰富的心灵，善良、高贵的灵魂，就是在享受人之为人的幸福。在这个意义上，幸福是一种能力。

如果这样来理解幸福，追求幸福，一方面是心态好，不会给自己制造痛苦；另一方面是安全，不会给自己制造危险和灾难。在我看来，现代人容易患心理疾病，社会上有些人道德堕落，终极根源都在于不明白人生的道理，在价值观上纠结和颠倒。

你看那些贪官，他们本来是坏人吗？不是。根子是没有想明白人生的道理，太看重金钱和物质的享乐，太看轻生命中的平凡幸福和精神层面的高级享受，结果就经不住诱惑。人一旦腐败受贿，安全感就没有了，天天坐在火山上，这不是给自己制造痛苦和危险吗？有朝一日火山爆发，这不是给自己制造灾难吗？要记住，世上没有一家保险公司能够保腐败险，替你埋单消灾。

二、用适当态度面对由不可控制因素造成的痛苦

人生有另一半痛苦是由自己不可控制的因素造成的，是实实在在的痛苦，这主要是指人生必有的老病死，以及不幸降临到自己头上的天灾人祸。保险行业可以为你提供经济支援，但不能解除你的精神痛苦。医疗险不能解除你患了绝症的绝望，人寿险不能解除你面临死亡的恐惧。

要做到用适当态度面对这类痛苦，就必须想明白人生的另一个基本道理，叫作超脱的觉悟。这就是要分清人生中什么是自己能够支配的，什么是自己不能支配的，对能够支配的不妨努力，对不能支配的就必须超脱。

古希腊哲人喜欢说一句话：最大的不幸是什么？就是不能承受不幸。不幸的杀伤力取决于两个因素，一是不幸的程度，二是承受不幸的

能力。前者不可支配，后者可以，而且是更关键的因素。承受不幸的能力不只是意志坚强不坚强的问题，更是一种人生觉悟。

一个人活在世界上，一定要学会和自己的身外遭遇拉开距离，有超脱的心怀。灾祸发生的时候，人最容易陷在假如没有发生的思路里，感到无穷的怨恨和委屈。但是，人生没有假如，正确的态度是力争在命运的新规定下走出一条积极的路来。如果灾祸真正严重到了回天无力的地步，那就跳出来想一想吧，人终有一死，站在永恒宇宙的立场看，人世间的一切祸福得失都是过眼云烟，不必太在乎。总之，对命运应该抱这样的态度：如果可能，就做命运的主人，不向它屈服；如果不能，就做命运的朋友，不和它较劲。

无论是不给自己制造痛苦，还是用适当态度面对不可控制因素造成的痛苦，都要靠想明白人生的道理，而哲学和宗教的作用就是帮助人们想明白人生的道理。在这个意义上，我把哲学和宗教称作人类的两大心灵保险公司。

在我们每个人身上，除了身体的自我之外，还存在着一个更高的自我，一个精神性的自我，哲学称之为理性，基督教称之为灵魂，佛教称之为佛性。这个更高的自我，可以说是宇宙大我派驻在每个小我身上的代表。一个人要能想明白人生的道理，关键是让这个更高的自我觉醒。在这方面，我本人从哲学受益良多，它仿佛教给了我一种分身术，使我能够经常跳出身体的自我，立足宇宙人生的全局来看人世间的事情，包括小我的遭遇。一个人有没有这样一个立足点是大不一样的：没有这个立足点，和身外遭遇零距离，就苦海无边，小挫折也会把你绊倒；有了这个立足点，俯瞰人生，就高屋建瓴，大苦难也不能把你压垮。我这算是在给哲学这家心灵保险公司做广告，我想告诉大家，学哲学真的很有用。

谈谈生活品质

一、生活方式和生活品质

生活方式和生活品质问题正在引起人们越来越多的关注，我首先谈一谈对这两个概念的理解。

关于生活方式，我不想涉及学者们复杂的理论探讨，仅限于比较约定俗成的含义，指人们在日常生活领域中具体的活动形式与行为特征。生活方式一定是具体的，必见之于活动和行为。单独的物质条件或单独的精神条件都不成其为生活方式。你很有钱，这还不是生活方式；你怎么花钱，这才是生活方式。你很有理想，这还不是生活方式；你怎么实践理想，这才是生活方式。在物质的或精神的条件与生活品质之间，生活方式是不可缺少的中间环节。物质的或精神的条件必须转化为良好的生活方式，才能对生活品质的提升做出贡献。你富甲一方，若不能知书识礼、造福乡里，你就只是一个土豪，不是绅士。你学富五车，若不能明察世事、练达人情，你就只是一个学究，不是智者。

尼采是大哲学家，但不是生活的智者，凡·高是大艺术家，但不是生活的艺术家，两人都是天才，但都一生穷困潦倒，最后都疯了，你总不能说这样的生活品质是高的吧。我们只能说，他们为自己的天才付出了惨重的代价，而受益的是全人类。天才是例外，谁也不要把自己当作例外来选择生活方式。有的年轻人自命天才，鄙视谋生，结果只是为缺乏自知之明付出了惨重的代价，害了自己，但无人受益。其实即使天才，也有生活方式健康、生活品质很高的，比如歌德、泰戈尔。

在生活方式的选择中，不管自觉不自觉，总是体现了某种价值观。这种价值观，实际上就是对何为有品质的生活的一种理解。在这里，哲学的作用就在于，让人们自觉地立足于价值观，追问不同价值观的理由，为评价生活品质提出一个理由充足的标准。

二、从哲学角度看生活品质

哲学是自觉地立足于价值观来看生活品质的，而其价值观又是以人性观为根据的。这里说的人性观，不涉及哲学史上关于人性善恶的讨论，而是指对人性要素的认定。通俗地说，就是人身上什么东西是最重要也是最宝贵的，那么，让它们有一个好的状态，生活品质就是高的。据我所见，哲学史上多数哲学家对此是有共识的，虽然侧重点不同，但都承认人身上最重要也最宝贵的东西，一是生命，二是精神。形象地说，人有两个身份，一是自然之子，二是万物之灵，有品质的生活就是无愧于这两个身份的生活。

有品质的生活，第一生命的状态要好。这个好，可以用健康、单纯、合乎自然等词语表达，含义相近，都是指遵循自然之道，自然所规定的生命需要得到很好的满足。这是一些平凡而永恒的需要，我认为其中最重要的，一是亲近自然，与自然有和谐的关系，二是爱情、亲情、家庭等自然情感的满足。比如说，星河湾是建住宅的，我们就可以从这两个方面看住宅与生活品质的关系：一要接地气，住宅外有开阔的园林，植物生机勃勃；二要有人气，住宅内的人也是生机勃勃，夫妻恩爱，孩子苗壮成长，充满家庭乐趣。家庭乐趣是有品质的生活不可缺少的内容。一个人在世上生活，一定要有相爱的伴侣、活泼的儿女、和睦的家庭，多么忙也一定要回家吃晚饭，餐桌上一定要有欢声笑语，这比钱、车、房重要得多。钱再多，车再名贵，房再豪华，没有这些，你就只是一个孤魂野鬼。相反，穷一点儿，但有了这些，你就是在过一个活人的正常生活。

有品质的生活，第二精神的状态要好。这个好，可以用丰富、优秀、内心充实等词语表达，含义也相近，都是指高品质的精神生活，用亚里士多德的话说，就是人性中最高贵的部分得到了满足。人的精神属性包括智（理性）、情（审美）、意（道德和信仰）三个方面，就生活品质而论，最要紧的是把这些精神维度融入日常生活方式之中，提高其精神含量，使日常生活同时成为精神享受。日常生活可以大致划分为三个领域。一是职业生活（谋生方式和工作方式），理想的情形是职业与事业一致，从中感受到智力兴趣的满足和人生价值的实现。如果二者不一致，你至少要有自己真正喜欢做的事，可以在业余做，创造条件和等待时机把它变成正业。二是闲暇生活（休闲方式和消费方式），消度闲暇的方式也许最能体现一个人的品位和个性，不妨各显神通，重要的是要有精神含量，比如高质量的阅读、艺术欣赏和创作、智性旅游等。三是人际关系（交往方式），要有高质量的友谊和交往。

三、警惕互联网时代生活品质的下降

生活方式问题在今天之所以受到高度关注，一个重要原因是电子技术飞速发展，互联网几乎覆盖了人类生活的一切领域，使得人们的生活方式发生了巨大而普遍的改变。不必说古人，即使是二三十年前的我们自己，也绝想象不出今天这样人人一部手机、事事在手机上搞定的情景。同样，互联网时代出生的"电子土著"这一代人，也会觉得从前那个没有手机的时代是不可思议的。历史的事实一再证明，技术改变生活方式的威力是最大的。现在要问的是，这种改变是提升还是降低了生活品质？对此当然不能一概而论。互联网的积极作用有目共睹，诸如提高了信息的透明度和公众的话语权等。它给日常生活带来的好处也是明显的，主要是便捷和高效。但是，对它带来的弊端有必要引起警惕，在用其利的同时避其害。

在现实生活中，我们看到，大量人群成为"手机控""低头族"，处在"永远在线"的网络化生存状态。至少对于这个人群，我们可以断言，互联网害大于利。从生活品质的两个方面看，其生活状态既远离自然，精神含量也甚低。

我曾经在一篇文章中说：大自然是上帝的互联网，上帝通过它向人类传递丰富的信息。可是，自从人类的互联网兴起，人们很少去上上帝的互联网了。人们埋头于在手机上收取和转发海量信息，不再仰望天空。即使偶尔瞥见蓝天白云或彩虹，第一念头甚至全部念头也是拍成图片发在手机上。无论到何处旅游，面对何种景物，人们的兴奋点也只在传播上，手机一拍一传就好。大自然的全部价值被减缩为可以用手机即刻传播的信息，人们即使置身其中也不再感悟和沉思，因此而把上帝所传递的最重要信息屏蔽掉了。

沉迷于网络更导致了生活的精神品质之缺失，这里我仅提示日常生活三个领域中若干值得重视的现象。在职业生活领域，互联网为一些有IT技术才能或信息整合能力的青年提供了创业和成功的机会，但与此同时，一将功成万骨枯，网瘾使相当数量的青少年成为虚拟世界的奴隶，丧失了真实生活的能力。这对他们今后的人生将产生严重后果，不必说职业与事业一致，连谋生都困难。在闲暇生活领域，许多人的自由时间已被网络整体绑架，身不由己地把自己变成了海量信息的一个通道。有人批评这是碎片化、快餐化的阅读，依我看是抬高了，因为这根本不是阅读，真正的阅读一定是主动地选择精神营养，通过阅读获得精神成长。在人际关系领域，人们热衷于也依赖于网络上的虚拟社交，真实的情感交流和思想碰撞日益稀少，彼此联系似乎更便捷，实际上却更疏远，使得"群体性孤独"成为典型的当代心理病。

我提示这些现象，是为了引起人们的警惕。互联网本身只是快捷传播信息的技术平台，它对当代人的生活方式和生活品质的确产生了巨大的影响，但是，具体到每一个人，这个影响是因人而异的，个体拥有用其利而避其害的自由，关键在于你要有自己明确的价值观和基于价值观的自觉的选择。正因为此，在互联网时代，关于生活方式和生活品质的讨论具有格外重要的意义。

带着匠心与哲思生活

今天的新匠人大会，主办方让我讲一讲"带着匠心与哲思生活"这个题目。这是一个好题目。匠心与哲思，是人生的两个法宝。带着哲思生活，人生就有方向和目标。带着匠心生活，人生就有情趣和格调。哲思使人生有大格局，匠心把大格局落实到创作上，两者的结合，使人生充满意义。围绕这个题目，我讲四点想法。

一、造物主是伟大的匠人

常言道，巧夺天工。天工，造物主的工艺，是巧的样板，造物主是伟大的匠人。人类的哲思是怎么开始的？就开始于对天工之巧感到惊奇。哲学开始于仰望星空，这句话不只是形容，是历史的事实。古希腊最早的哲学家，从泰勒斯开始，都是天文学家，他们看见日月星辰和谐运行，因此对造物主的匠心感到惊奇，要探究造物主创造宇宙的伟大工艺，哲学思考由此开始。

在古希腊哲学家中，我只说一说毕达哥拉斯，他对天工之巧、造物主匠心之伟大，感触最深，思考最透彻。他追问宇宙秩序的和谐从何而来，结论是在于数的比例关系。造物主严格按照数的比例关系，创造了宇宙中的天体及其运动。他还认为，音乐的美也在于数的比例关系，因此天体运动的和谐会产生一种音乐，他说他能够听见这种音乐，而一般人因为从出生起就在听，习以为常了，所以听而不闻。在毕达哥拉斯眼中，宇宙是造物主的一件工艺作品，我推测，它有点儿像一个巨大的八音盒，精密的机械装置一边运转，一边歌唱。

伟大的科学家，同样是因为对天工之巧、造物主匠心之伟大感到惊奇，立志要探究宇宙之谜的。爱因斯坦说，科学研究最强有力、最高尚的动机，是一种宇宙宗教感情。他给宇宙宗教感情下的定义是：对宇宙秩序的和谐所感到的狂喜的惊奇。他说，正是怀着这种激情，科学家们才会有无穷的毅力和耐心，在实验室里度过了无数个寂寞的日子。

造物主的匠心，不但体现在日月星辰的宏观的创造上，而且体现在地球上生命的微观的创造上。在这方面，诗人的感觉最敏锐。泰戈尔在荒野里看见一朵野花，赞美说："我的主，你的世纪，一个接着一个，来完成一朵小小的野花。"即使一朵小小野花的创造，也倾注了造物主无比的专注和耐心。

我谈论造物主的匠心，当然是一个比喻。我想强调的是，匠人精神具有一种神圣性。造物主是神、上帝，它精心创造宇宙万物，不是为了讨好谁，因为它是至高无上的，不需要讨好谁，更不是为了卖一个好价钱，因为它是全能的，钱对它没有用处。匠人精神同样如此，耐心、专注、精益求精、持之以恒，不是为了任何外在的目的，只是在追求完美和极致本身。当一个人这样精心制作一个作品时，他的态度和心情接近于造物主。

所以，匠人精神是一种信仰。匠人的心中，有对天地自然的敬畏，他的人工之巧，是对天工之巧的学习和致敬，人间的能工巧匠，是造物主忠诚的弟子和信徒。

二、匠人精神是民族整体文化品格的体现

让我们从天上回到地上。如果说，从人类与造物主的关系看，匠人精神是一种信仰，那么，对于一个民族来说，匠人精神是一种文化。一个民族特别有匠人精神，这不会是一种孤立的品质，而一定是这个民族整体文化品格的体现。

以德国制造为例，德国制造是匠人精神公认的典范。一个多世纪以来，从帕金的染料、拜耳的制药，到西门子的电器、克虏伯的钢铁铸造、本茨的汽车、蔡司的镜头，德国人的确引领了工业和技术的发明，并且每种产品做工精良，有口皆碑。前些天我做了一个眼睛手术，换上了人工晶体，现在我眼睛里有一个蔡司镜头。以前我戴一千五百度的近视镜，视力只能达到0.5，现在我戴两百五十度的近视镜，视力可以达到1.0，我是德国制造的受益者。

关于德国制造的缘起，有一种说法。1876年，在费城博览会上，德国的工业产品被评为伪劣产品。1887年某一天，英国议会通过一项法律，规定德国产品必须注明"Made in Germany（德国制造）"，让人们警惕这是劣质的德国货。据说这一天就成了"德国制造"的诞生日，在这之后，德国企业发愤图强，把"德国制造"由耻辱变成了荣耀。不过，我认为

事情绝非这么简单。

　　事实上，德国的工业崛起，是以文化崛起为背景和基础的，是文化崛起的一个结果。在时间上，文化崛起比工业崛起早一个世纪。德国长期处于分裂和落后的状态，由上百个小公国组成。从18世纪中叶开始，有赖于两大力量的交集，德国在文化上迅速崛起。这两大力量，一个是普鲁士开明君主弗里德里希二世厉行的变革。这位君主酷爱文化，他成立了一个科学院，把最强大脑集合在自己周围；他写诗和论文，和当时的思想领袖有上千封通信，其中和伏尔泰的通信就有六百多封。另一个是温克尔曼、沃尔夫、莱辛等启蒙思想家对人文主义的大力倡导，被称为第三次文艺复兴。在那以后，文化兴国成为朝野共识。

　　文化兴国的核心是教育。其中，19世纪初在威廉·洪堡领导下进行的教育改革，对文化崛起起了决定性的推动作用。主要措施有三个。第一，建立普及义务教育体制，设立公共图书馆，提高全民文化素质。第二，从高中开始，学校实行双轨制，实科[1]中学培养职业人才，毕业了可以上高级职业学校，文科中学培养人文精英预备人才，毕业了可以上综合性大学。第三，创办研究型大学，设立博士学位，出版学术刊物，此后科学人文领域涌现了大批知识精英。

　　我认为，德国教育的经验特别值得借鉴，他们抓住职业教育和精英教育两头，并且保持二者之间的渠道畅通。我们在这两方面都有欠缺，一方面大学在规模上扩招，在质量上下降；另一方面职业教育萎缩，往往造成学生毕业后高不成低不就。

---

[1] 实科：理工科的旧称。

文化兴国方针的实施，使得德国在文化领域迅速崛起。将近两个世纪里，德语国家在许多领域都是最牛的，涌现了很多天才人物，比如文学有歌德、席勒，音乐有巴赫、海顿、莫扎特、贝多芬、瓦格纳，哲学有康德、黑格尔、马克思、尼采、海德格尔，社会学有韦伯，心理学有弗洛伊德、荣格，数学有高斯，物理学有爱因斯坦、普朗克，等等。这个势头到20世纪前期仍没有减弱，纳粹上台前，德国人获得的诺贝尔奖数量是世界之最，超过英美两国的总和。纳粹上台后，德国的精英一大半逃往美国，美国才逐渐成为世界文化的中心。

所以，"德国制造"牛，不是一个孤立现象，是德国整体文化牛的一个表现，一个结果。当然，认真探究起来，文化品格和匠人精神之间应该是相辅相成的关系。德国人的性格，一个显著特点是严谨、一丝不苟，即使从事文化和学术工作，也是这样。文化兴国，从教育抓起，在育人上花费时间和耐心，这本身也是一种匠人精神。我相信，一个民族，如果国民普遍有文化情怀和匠人精神，那么，无论高级文化还是制造，都会是精彩的。

三、匠人精神是创造者必备的素质

上面说的是民族，对于民族来说，匠人精神是一种文化。现在说个人，对于个人来说，匠人精神是一种素质。

匠人精神说到底，就是"认真"二字。这个认真体现在工艺上，是手的认真。手是受头脑和灵魂支配的，手的认真，前提是头脑认真和灵魂认真。哲学的用处，就是让你具备这两种认真：第一灵魂认真，要寻求人生的意义，追求善；第二头脑认真，要独立思考，追求真。有这两种认真，手才会认真，做出的作品才会美。所以，对于个人，匠人精神也不是孤立的，它体现了一个人的整体精神素质。我们在这里可以看到，哲思和匠心之间有一种内在联系。

认真作为一种素质，处处都会体现。无论大事小事，既然决定做和正在做，就认真地做，把它做好。即使洗碗这样的小事，如果洗得不干净，心里也会难受。对所洗的碗的干净负责，对所做的事情的质量负责，无论做什么事情，都觉得上帝在看你做，没有这样一种心情，是大事小事都做不好的。据我观察，做成大事的人，往往做小事也认真，而做小事不认真的人，多半也做不成大事。所谓天才不拘小节，是指不受习俗约束，而不是指做事马虎。

匠人精神是创造者必备的素质。创造者是伟大的工作者，凡创造者必定都是热爱工作、养成了认真工作习惯的人。这工作是他自己选定的，是由他的精神欲望发动的，所以他乐在其中，欲罢不能。世上有一些似乎有才华的人，但总不能养成认真工作的习惯，终于一事无成。他们往往很委屈，说自己怀才不遇。可是，在我看来，一个人不能养成认真工作的习惯，这本身就是才华不足的证明，因为创造欲正是才华最重要的组成部分。

人要做成一点儿事情，第一靠热情，第二靠毅力。首先要有热情，对所做的事情真正喜欢，以之为乐，全力以赴。但是，单有热情还不够，因为即使是喜欢做的事情，只要它的价值足够大，其中必定包含艰苦、困难乃至枯燥，没有毅力是坚持不下去的。

说一说我对写作的体会。好的作品要有两样东西，一是好的内容，二是好的表达。这两样东西都不是在写作时突然产生的，要靠平时下功夫。好的内容靠积累素材，好的表达靠锤炼文字，写作者是非常勤快的人，平时不停地在做这两件事。我有两个习惯。一是随时记录脑中闪现的感触、思绪和观察到的有价值的细节，这就好像不断地往自己的仓库里储存素材，写作不过是从仓库里挑选合适的素材制作成品罢了。另一是不管写什么，即使一张便笺、一条微信，都绝不马虎，力求准确精练，好的文字能力就来自这种日常一丝不苟的自我训练。所以，写作也是一门手艺，作家也是一种匠人。

除了写作，我也做翻译，这时候更加觉得自己像一个匠人了。严复说："一名之立，旬月踯躅。"意思是为了在汉语库存中找到一个对应的词，往往十天一个月反复斟酌。认真做翻译的人，都会有相同的体会。

四、独具匠心，你的生活才会与众不同

最后说一说匠人精神对于人生的意义，归结为一句话，就是：独具匠心，你的生活才会与众不同。你有自己钟爱的工作，并且把它做得尽善尽美，你就活出了自己独特的价值。

人要活得有意义，必须有自己的事业。什么是事业？就是你钟爱的那项工作，它本身是快乐的主要源泉，它也许会给你带来报酬，但那只是副产品。这是你生活中最重要的部分，你借此而进入世界，在世上立足。有了这项你全身心投入的工作，你的生活就有了一个核心，你的全部生活围绕这个核心组织成了一个整体。没有这个核心的人，他的生活是碎片，会分裂成两个都令人不快的部分，一个部分是痛苦的劳作，另

一个部分是无聊的消遣。

事业就是创造。创造有三个特征。第一是爱。法国作家圣埃克苏佩里说：当你把爱投入到一个对象上面，你就是在创造。匠人最符合这个定义。一个陶工专心致志地伏身在他正在制作的陶罐上，在这个时刻，他把爱投入到了这个陶罐上面，他既不是为商人也不是为自己工作，而是在为这只陶罐以及柄子的弯度工作。正因为如此，他创造出了一只留传千古的陶罐。

第二是慢。检验爱有一个标准，就是耐心。爱必有耐心，无爱者必定急于求成。我给爱下过一个定义：爱是耐心，是等待意义在时间中慢慢生成。育儿就是这样，母亲哺育婴儿最有耐心，因为爱。好作品都是在慢中产生的，你付出的心血使得作品有了意义。

第三是静。你把爱投入到一个对象上，专注地做一件作品，这个时候生命的状态最单纯，心最静。时间仿佛停止了，瞬时即永恒，这是一种超幸福的感觉。创造最能让人摆脱时间的焦虑，你埋头在你的作品上，觉得时间过得很慢，而当你从作品中抬起头来，一天结束了，又觉得时间过得很快，慢和快都是愉快的感觉。相反，无所事事的人，熬时间使他觉得时间慢，发现了光阴虚度使他觉得时间快，慢和快都是痛苦的感觉。

创造中贯穿着匠心，创造的特征也就是匠心的特征。匠人的心，一是爱心，二是耐心，三是宁静的心。

圣埃克苏佩里还说过一句精当的话：创造就是用生命去交换比生命更长久的东西。人的生命总要流逝的，唯有通过创造才能战胜生命的有限。人离去了，作品长存，人的心魂就仍然活在作品中。不但如此，度过创造的一生，你的人生也就成了作品。

在今天的时代，匠人精神具有特殊意义。今天时代的特点，第一是快节奏，人们生活得匆忙而喧闹，匠人相反，安静而有定力，是健康生活的示范。第二是互联网一统天下，人们越来越生活在虚拟世界里，匠人相反，手工制作的过程和作品都是可触摸、有人情味的，从而使得世界也比较可触摸和有人情味。所以，我要向新匠人致敬，你们是抵御现代快节奏的慢骑士，是抗衡虚拟世界的真实生活者，谢谢你们。

生活的美学和艺术

每个来宾手边都有一本书——《人与永恒》，这是我的一本书。今天这个活动把永恒作为主题，还特意给这本书做了一个腰封，腰封上的话我非常欣赏："在时代的屋檐下，我们都是仰望星空的人。"我想一个房地产企业，造房子的，把永恒作为坐标，是很有哲学情怀的。永恒实际上是哲学探讨的一个主题，古希腊的柏拉图说过，哲学关注的就是永恒，即人类那些永恒的价值。

我讲的题目是《生活的美学和艺术》。我想把美学和艺术分开，这是两个不同的层面。美学说到底是哲学，美学是道，艺术是术，艺术的内在精神是美学。

人类所追求的永恒，说到底就是美好的生活。我们做一切事情，包括造房子，终极目的是追求美好的生活。哲学家们一直在探讨什么是美好的生活，人类两千多年前开始的哲学思考，最后把美好生活归结为三个字，就是真、善、美。对应于真、善、美，哲学有三个主要的领域。第一个领域探究真。这个领域有不同的说法。一个是本体论，探究世界的真，世界的真相是什么。另一个是认识论，探究认识的真，什么是正确的认识。还有一个是逻辑学，探究思维的真，思维要遵守什么规则。第二个领域探究善，就是伦理学。善就是好，伦理学就探究什么是好的生活，什么是好的行为。第三个领域探究美，就是美学。美学有狭义和广义的区分。狭义的美学讨论什么是美，什么是美感。在这个问题上有三派。一派认为美是客观的，比如说美女，美女为什么美？客观派说是因为具有一些物理学的特征，比如五官和三围的比例，皮肤的颜色和质地，就是颜值高、盘儿亮、条儿顺。主观派认为美主要是情感的作用，情人眼里出西施。主客观统一派则认为，这两方面都需要。这是狭义的美学。我要讲的是广义的美学，广义的美学就是一种人生哲学，一种生活美学。

在哲学史上，有三种主要的人生哲学，分别对应于真、善、美。一种是把真看得最重要，人生的意义就在于追求真，这叫理性的人生哲学，在西方哲学里占主导地位。第二种把追求善看作人生主要的目标，要做一个有道德的人。这一派的代表是谁呢？就是中国的儒家，孔子。第三派认为，人生的主要目标是追求美，要达到一种审美的境界。这一派的代表人物是谁呢？也是我们中国的哲学家——庄子。我认为庄子的哲学是独一无二的，在古今中外是独一无二的，它实际上是一种审美的人生哲学。对应于真、善、美，就有这三种不同的人生哲学，就是理性的人生哲学、道德的人生哲学和审美的人生哲学。

除了哲学，还有宗教。宗教有两种人生哲学。一种以基督教为代表，强调神，认为人生的意义在于信奉上帝、神，我把它称为信仰的人生观。另外一种是佛教，强调一个"空"字，认为人生的目标是求解脱，我把它称为解脱的人生观。

今天我讲生活的美学，讲的是五种人生哲学中的一种，就是审美的人生哲学。

审美的人生哲学，是中国的庄子创立的。我是学西方哲学的，我发现在西方古典哲学里面，找不到一个人像庄子这样，提出了一种审美的人生哲学，他真的是独一无二的。作为道家的大哲学家，庄子和老子也很不一样，他把老子的思想往审美的方向做了一个很大的改造。

庄子是战国时期的人，《史记》记载他的职务是漆园吏，就是一个小公务员，靠工资是养不活自己的，所以他就以打草鞋为生。但是他的名气非常大，楚王就派使者带着一千两金子去请他当楚国的宰相。庄子怎么说呢？他说，我才不去呢，你们看祭祀用的牛，平时把它喂得肥肥的，到时候给它穿上五彩衣服，牵到太牢里宰了祭神。所以，我宁肯当污泥里的猪。污泥里的猪，实际上是个比喻，是说不受束缚，生活得自由而快乐，这就是一种审美的生活态度。

庄子的哲学，可以用两个字来概括。一个字是"游"，《逍遥游》的游，《庄子》里面有很多这样的表述，比如"心有天游""与造物者游"。"游"这个字，代表了精神的自由，精神摆脱物质的束缚而得到自由。另一个字是"乐"，快乐的乐，庄子经常谈到"天乐""至乐"，"天乐"就是自然的快乐，"至乐"就是最高的快乐。"乐"这个字，代表了生命的快乐，生命摆脱功利和世俗的羁绊而得到快乐。庄子的哲学，最看重的就是精神的自由和生命的乐趣。

庄子的哲学对中国后来的影响是非常大的，是中国文人重要的精神寄托。我们说中国的文人儒道互补，就是儒家和道家的思想都不能缺。

儒家是用来励志的，从高里说是"修、齐、治、平"，修身、齐家、治国、平天下，从低里说是功名利禄。道家是用来寄情的，就是享受闲适，享受精神的自由和生命的乐趣。如果没有道家，中国文人就苦死了，素质高的人可能就要发疯，素质低的人就成了彻底的俗物。所以，道家是一股清风。

中国的生活美学，道家是最重要的来源。但是，庄子以后，其实没有一个哲学家继承和发扬了庄子的审美哲学，这种哲学主要是体现在文学中。在中国文学里面，有三个时期最为突出。第一个是魏晋风度，以"竹林七贤"和陶渊明为代表。第二个是唐诗宋词，我认为最伟大的是李白和苏东坡。第三个是明清小品，明朝的袁宏道和清朝的李渔可以看作代表。

那么，审美的人生哲学，生活的美学，有一些什么内容呢？我把它归纳为五个要点。

第一个要点是：讲究趣味，超脱功利。审美的人生哲学看重的是有趣、有味，而不是有用。当然，我们生活也需要有用，但是光注重用，不讲究趣和味，就和审美没有关系了。比如说，我们的一日三餐是有用，但是喝酒就有审美的性质，追求的是精神的快乐。再比如说，爱情是有审美性质的，要讲究趣味，而婚姻就不能光讲究趣味，会有实用的考虑，比如经济条件之类。又比如说，仅仅出于喜欢的读书是精神享受，有审美的性质，如果只是为了应付考试而不得不学习，那就是实用，和审美不沾边了。所以，重点是区分有趣还是有用。

讲究趣味、超脱功利的生活是什么样的？举一个例子。袁宏道有一段话，大意是说人生有五快活。一是看美景，听音乐，尝美食，欢声笑语。二是大宴宾客，俊男美女济济一堂。三是高朋满座，一批有才华的人在一起高谈阔论，讨论艺术和哲学。四是千金买一艘豪华游轮，周游世界。他接着说，人生受用到这个地步，不到十年家产就荡尽了，这时候沦为乞丐，挨家挨户向乡亲讨饭，恬不知耻，乃是五快活也。他实际上是用极端的方式表示，人生乐极生悲不足悲，最可悲的是从来没有乐过，一辈子稳稳当当，也平平淡淡，那才是白活了一场。

美学里有一个著名的命题，是德国哲学家康德提出来的，他给美感下了一个定义，说美感就是无利害关系的快感。换一种说法，就是超脱了功利关系的快感。一个东西，不是因为对我有用，而是因为让我的心灵感到愉悦，所以我喜欢它。这是美感最核心的含义。

第二个要点是：此心悠闲，享受当下。人们经常说，要活在当下。其实你们仔细想一想，在时间的长河中，我们只能处在某一个瞬间上，过去的已经消逝，将来的还没有到来，在任何时候，我们拥有的只有当下。可是，我们很少享受当下，享受当下是难的。我们的身体总是在忙于有用的事，处理各种事务和人际关系，我们的心也被过去和将来的有用的事塞得满满的，哪里有心情去品尝无用的趣味。所以，一定要学会放空心灵。

在现代社会中，大家都很忙，忙似乎是常态。但是，我们要警惕，这个常态的"常"是经常，而不是正常。总是在忙忙碌碌，这不正常。其实我也很忙，有很多写作计划。对于忙，我给自己立了两条界线：第一要忙得愉快，为自己喜欢的事情忙；第二要忙得有分寸，再喜欢的事情也不能让自己忙昏了头。喜欢的事情本来应该是享受，忙昏了头还谈什么享受？

悠闲是中国文人的理想。大家一定听说过一句诗："偷得浮生半日闲"。问你这句诗是谁写的，能够说出来的恐怕不多，其实是唐朝一个很没有名气的诗人李涉写的，他哪年生哪年死都考证不出来了，但是他这一句诗几乎是家喻户晓，因为说出了人们的共同心情。在忙忙碌碌的人生中，能够偷得一些闲暇的时光，真是很宝贵的。

道家主张闲适，其实儒家的始祖孔子也有这样的表示。《论语》里记载，有一天孔子和几个学生聊天，问他们的理想是什么，有三个学生分别说是当军事家、经济家、外交家。一个名叫曾点的学生最后说，我的理想是暮春三月，轻装出发，和十几个大小朋友到河里去游泳，到林中去乘凉，然后一路唱歌回来。孔子听完了叹道，"吾与点也"，我和曾点的想法一样。可见孔子也是一个有真性情的人，认为与功利性事务相比，享受闲暇是更美好的生活。

第三个要点是：亲近自然，融入大化。这是庄子的理想，庄子讲的大美、至美的境界，就是和自然融为一体，"万物为一""万物与我为一"。

在中国的文学里，亲近自然是一个很重要的主题，田园诗、山水诗是诗歌很重要的部分。其中，陶渊明是最伟大的田园诗人，他这个人是为田园生的，他的性格就是远离功利的，天生是个散淡之人，所以才能写出"采菊东篱下，悠然见南山"这样的诗句。在这首诗的开头，他说："结庐在人境，而无车马喧"，他在人世间生活，但是生活得很安静，原因是"心静地自偏"，他的心很静，居住的地方离功利世界自然就远了。

唐诗宋词里也有很多对自然的赞美，比如苏东坡。苏东坡说："江上之清风，与山间之明月，耳得之而为声，目遇之而成色，取之无禁，用之不竭，是造物者之无尽藏也。"他感到遗憾的是，大自然的景色这么美好，又不用花钱，却很少有人去享受。有天夜晚，他看到月色特别好，立即起床，找了一个好朋友，一起去游承天寺，然后写了一篇短文，题目是《记承天寺夜游》。在文章里他说："何夜无月？何处无竹柏？但少闲人如吾两人者耳。"人们之所以不去享受大自然，原因是有闲心的人太少了。

在这一点上，我觉得我们现代人离自然太远了。人有两个重要的身份，一个是自然之子，一个是万物之灵，其实这两个身份是不可分的，有内在联系的。作为万物之灵，这个"灵"不是凭空产生的，它是大自然的灵气在人身上的凝聚。所以，如果你割断了和大自然的联系，这个"灵"就会飘散，就会枯竭。我们现代人写不出苏东坡那样的文章了，就是因为我们离自然太远了。今天我们都在互联网上生活，我们每天都要上网看手机，我就想到了一个命题：大自然是上帝的互联网。上帝通过大自然向人类传递了许多重要的信息，我们的祖先接收到了这些信息，创作了许多伟大的精神产品，人类因此有了哲学、宗教和文学。我们现在不上上帝的这个互联网了，我们在精神上会退化，所以我想我们应该经常问自己一个问题：我有多久没有上上帝的互联网了？

第四个要点是：率性做人，坦荡处世。这是审美的人生哲学在做人处世上的体现。用我的话来说，就是要有真性情。庄子说："丧己于物，失性于俗者，谓之倒置之民。"把自我丧失在物质上面，把本性丧失在世俗上面，这样的人叫作颠倒的人。做人要率性，快快乐乐做自己，不要戴着面具生活。处世要坦荡，大大方方和人相处，不要随大流。总之，不要为名利压抑自我，屈从世俗。

第五个要点是：拥抱平凡，拒绝平庸。平凡的日常生活构成了人类生存的核心，包括男欢女爱，养儿育女，爱情、亲情、家庭，人类千百万年来一直是这样生活的。要善于发现平凡生活的美，享受平凡生活的乐趣。一个人在世界上生活，能够把平凡生活过好，这是非常重要的素质。平凡不是平庸，什么是平庸呢？在我看来，心灵麻木，对日常生活中的美，对艺术创造的美，都没有感觉，都欣赏不了，这是最典型的平庸。

上面讲的是生活的美学，下面简单讲一下生活的艺术。

艺术也有狭义和广义的区别。狭义的艺术是指具体的艺术门类，比如音乐、舞蹈、戏剧、电影、绘画、雕塑、建筑等等。广义的艺术就是日常生活的艺术，把日常生活艺术化，让日常生活成为艺术。

日常生活是我们直接为满足身体需要、生存需要所进行的活动，如果停留于此，就还不是艺术。在满足身体需要的同时，如果还能获得精神的享受，日常生活就成了艺术，精神享受所占的比重越大，就越是艺术。衣食住行性都是这样：衣不只为了保暖，就有了服装文化、服饰艺术；饮食不只为了消除饥渴，就有了饮食文化、烹调艺术、酒文化、茶艺；住不只为了挡寒暑和安全，就有了居住文化、建筑艺术、园林设计、室内设计；行不只是出差和回家，就有了旅游文化；性不只为了生殖，就有了情色文化、爱的艺术。

在生活的艺术上，最讲究的是明清时期。李渔有一本书叫《闲情偶寄》，是专门讲生活艺术的，谈了许多方面，我只简单介绍一下他对居室的见解。他谈到豪宅，强调不能太高广，房舍要和人相称、成比例。这很有道理，你走进一座特别高大空旷的房子里，就会觉得它不是住人的地方。逛故宫或者逛凡尔赛宫的时候，我就很同情那些皇帝，住在里面真是难受死了。关于室内设计，他强调要精巧雅致，最忌讳的是富丽，他说没有别的本事的设计师才用富贵华丽来塞责。

在民国时期，林语堂、梁实秋这些人也很讲究生活的艺术。林语堂有两本书讲中国人的生活艺术，一本是《生活的艺术》，一本是《吾国与吾民》。他写这一类东西，挨了鲁迅的骂，我觉得鲁迅有点儿偏激。关于中国的居住艺术，林语堂讲了两点：一是与自然和谐，庭院不可缺，住宅与庭院构成有机整体；另一是在设计上模仿自然的不规则性，讲究参差不齐、含蓄、曲径通幽。

最后我想强调，居住要成为艺术，最关键的是住在里面的人。孔子说："君子居之，何陋之有？"古罗马的塞涅卡说："自由人以茅屋为居室，奴隶才在大理石和黄金下栖身。"你必须是一个君子，一个自由人，你才能真正成为一个生活艺术家。

家庭中的暖男

一个男人和一个女人相爱，不管恋爱的过程是风起云涌，还是波澜不惊，都只是序幕。直到两人组建了一个家庭，正剧才开始。正剧是漫长的，却没有多少故事，所以小说家不喜欢拿它做题材。但是，家庭生活正是两性戏剧的主舞台，男女主角合作把正剧演好，乃是人生幸福的实质部分。

在历史上，男人主外、女人主内是常态。现在，女性走上职场已是常态，那一页历史必须翻过去了。在今天的时代，男女双方理应共同承担对家庭的责任。我的意思是说，男人理应和女人一同主内，成为家庭生活的活跃角色。一个男人做多大的事业，在社会上多么风光，如果家里晚餐桌上他是经常的缺席者，家人难得看见他的身影，就可判为严重失职。一个和妻子亲密相处的丈夫，一个和孩子快乐玩闹的父亲，是温馨家庭氛围中一道不可缺少的风景。倘若他还善于烹调，不时给家人烧几个好菜，就更妙了。一个好男人，是家庭中的暖男，他的存在本身就使家人感到温暖。事实上，我满意地看到，这样的暖男是越来越多了。

妻子对于丈夫，孩子对于父亲，最期待的是什么？当然是爱，但这个爱不是空洞的，应该充溢在每一个普通的日子里，生发为居室里的欢声笑语，家人都能感受到的和睦欢欣。爱是一种责任，你真正爱你的家人，你就承担起了让他们幸福的责任。我最看重的男人的品质，是一种对人生的根本的责任感，这个责任感不是抽象的，必定也体现在对家庭和亲人负责任上。走进一个家庭，你会感受到一种氛围，由这种氛围你就可以做出判断，这个家庭的男主人是不是一个负责任的男人。

亲情是牵挂也是支撑

　　一场突如其来的新冠疫情从天而降，在短时间内肆虐中国大地，湖北尤其武汉是重灾区。一个半月来，每一个善良的中国人都为湖北和武汉揪着心。我也时刻关注疫情的报道，盯着确诊和死亡的数字，为它们居高不下而惊心，为它们终于大幅度下降而稍感欣慰。在这两个关键数字上，湖北占到了百分之八十上下，这绝不是抽象的数字，而是一个个鲜活的生命，我仿佛看见有的生命在恐惧中挣扎，有的生命含恨离去。

　　如果说武汉人是被不测的命运抛在了疫情进攻的主战场，那么，医护人员便是肩负着祖国的嘱托和神圣的使命冲在了第一线。在平常的日子里，他们在后方默默守护我们的健康，一旦疫情突然袭来，大后方就逆转成了最前线，医护人员正是最容易遭受伤亡的群体。他们为我们抵挡死神的袭击，自己却承受了被死神击倒的巨大风险。时常有医护人员伤亡的消息传来，我在心中默默哀悼和敬礼。

　　医护人员还承受着巨大的心理压力，他们在前线救死扶伤，但他们自己也是一个个鲜活的生命，需要得到关爱和抚慰。深圳市委组织部真切地感受到了这种需要，发起和开展有针对性的"安心行动"，以多种方式给战斗在湖北抗疫第一线的湖北本地和外地援鄂的医务人员送去关爱和抚慰。武汉是历史悠久的大城市，深圳是中国最年轻的大城市，我的感觉是，"安心行动"就像是一个善良懂事的弟弟在安慰和鼓励身处苦难之中的哥哥，体现了血浓于水的兄弟情谊。

"安心行动"有一个特别的项目，是《深圳晚报》联合喜马拉雅开设的"安心家书"有声栏目。和全国各地一样，深圳也派遣了众多医护人员奔赴湖北抗疫第一线。设身处地地想，无论是出征湖北的战士，还是留守深圳的家人，心中都会交织着思念、担忧和不安，"安心家书"栏目让这种复杂的心情得到了释放。我听了这些家书，很受感动。丈夫和妻子之间，父母和儿女之间，平时朝夕相处，基本上是不会雁书往来的。现在突然离别了，而且是在风云莫测的情形下离别，分外感觉到了亲情的珍贵，许多人是生平第一次给对方写信。这些家书风格各异，有的朴素如叙家常，有的深情如写情书，但无论用的是什么话语，我听出的是一个相同的心愿，就是告诉亲人，请你安心。听罢这些家书，我对自己说：亲情是不尽的牵挂，也是有力的支撑，会让人的心灵充满温柔，也会让人的意志无比刚强。我还要对出征的白衣战士说：因为亲人的思念，你在前线并不孤单；因为亲人的盼望，你一定要平安归来。

疫情下的改变

　　疫情和居家隔离导致人们的生活和心理发生了很大的改变。在个体层面上，这种改变是因人而异的，原因有二。其一，在客观上，人们在疫情中所处的地理位置不同，因此所受影响的大小也不同。处在湖北重灾区，与处在受灾程度较小的地方，情况很不同。家里有亲人患病乃至死亡的，与平安度过的，情况也很不同。其二，在主观上，任何外部事件都是通过每个人的精神状况和素质发生作用的，精神状况和素质不同，影响的方向和程度就不同。在探究改变的时候，要考虑这两个方面。

　　居家隔离是疫情期间的特殊措施，根据疫情的情况有宽严程度上的区别。对于我们所有的人来说，这基本上是一种前所未有的经验。在以往，即使是一家人，平时也是各忙各的，上班下班，上学放学，只在晚上和节假日相聚。而现在，在长达两三个月的时间内，一家人朝夕同处一室，真正是亲密接触，必定会有和以往不同的感受。

　　我一向认为，无论何种亲密关系，都以亲密有间为好。保持适当的距离，既有利于感情的维护，又有利于个性的生长。距离太近，形影不离，容易发生摩擦和冲突，或者使生活变得雷同和单调，都不利于感情的维护和个性的生长。距离太远，两地分居，常年不见，则容易使感情逐渐走向疏远。

现在是客观情势造成了朝夕同处，失去距离，这对于亲密关系既是一个检验，也是一个考验。夫妻之间、情侣之间、亲子之间，感情基础本来好的，就会珍惜这个机会，因为居家隔离终究是暂时的，以前没有这个机会，以后也未必会有。不过，仍要注意让这段时光过得有内容有意义，否则的话，天天无所事事地待在一起，难免会日久生厌。感情基础本来不好的，这时会现出原形，甚至走向破裂。当然，感情基础的好坏是相对的，大多是处于中间状态，亲密接触的结果如何，是使感情变好还是变坏，取决于双方有无善意和能否采取合适的相处方式。

居家隔离的大背景是疫情蔓延，许多人突然死于非命。对于每个人来说，这个大背景既是威胁，也是警醒，会使人们意识到生命的脆弱，也意识到家庭和一切亲密关系的珍贵。在疫情的海洋上，人们据守在一个个家庭的孤岛上，会有相依为命的强烈感觉。

疫情和居家隔离打断了以往的生活习惯，人们被迫进入一种简单的生活方式，消费、娱乐、交往皆大幅度减少。这提供了一个契机，促使人们重新审视自我，思考人生。不过，这种效果仍是因人而异的，比如简单生活，有的人可能发现了它的价值，从此成为新的习惯，有的人则始终是勉强忍受，以后会变本加厉地追求奢靡。

公元前430年，雅典暴发瘟疫，死了一半人口，修昔底德在《伯罗奔尼撒战争史》中描述说，人像羊群一样死去。他告诉我们，因为瘟疫，人们看到生命无常，许多人就从此追求及时行乐，完全不在乎名誉、道德、信仰，雅典出现了空前违法乱纪的情况。这就是说，瘟疫导致的不是觉悟，而是普遍的道德沦丧。另一方面，我们看到，正是在经历了瘟疫的第二年，苏格拉底创立了他的关注灵魂和人生意义的哲学，希腊哲学的黄金时代开始了。

所以，瘟疫对人们精神生活的影响是复杂的，不可一概而论。至于因疫情而发生的改变，包括人际关系、社交方式、消费习惯等，其中哪些会在疫情过后成为新的常态，实在是难以预测的。如我所言，这是非常个体化的。我们还应该考虑疫情之后的形势，这次疫情将在经济、国际关系、社会心理各方面造成重大后果，我们将生活在一个与暴发疫情之前很不同的世界上。非常可能的情况是，疫情之后果对人们生活的影响，会远远超过疫情本身的影响，而且这种影响将是极其长远的。

关于疫情的访谈

问：您在视频号上说："我相信这个年份将会用粗黑的字体记载在历史上，后人谈论这个年份就会像我们谈论以前重大灾年一样心中充满恐惧的想象。"但是，人类的历史上有很多大灾年，那您认为今年跟之前的大灾年有什么不一样吗？

答：是的，人类历史上有过很多大灾年，例如一百年前的西班牙流感，比今年的新冠肺炎严重得多，全球感染十亿人，死亡两千五百万至四千万人。如果说有什么不同，我想主要是两点。第一，现在医学发达得多，自从抗生素和疫苗发明以后，人类有了比较强的对付传染病的能力，因此，出现全球疫情大流行这个情况，是让所有人感到非常意外的。我们会觉得，这在医学落后的时代很正常，但不应该出现在我们的时代。第二，过去的大灾年已成为历史，而我们现在身处当前的大灾年之中，天天耳闻目睹灾害的情况，有切身的感受，心情当然和听闻历史大不一样。

问：疫情对全世界有很大的影响，特别影响了人的心理，您觉得我们应该怎么面对并控制它对我们的心理的影响？

答：面对任何一种不幸的现实，我觉得应该有两个态度。第一，接受它，不和它较劲。已经发生了的事，你抗拒它，怨恨它，不但于事无补，而且是在和自己过不去。第二，接受之后，不要陷在它里面，悲观绝望。要在心理上和它拉开距离，保持思考和应对的自由。面对疫情也应该这样。我们在多大程度上做自己心灵的主人，不让它受怨恨或失败情绪的支配，我们就在多大程度上控制了疫情对我们的心理的影响。当然，说起来容易，要做到很难。在这方面，我们需要哲学的帮助，立足于宇宙和人类历史，在广阔的视野中思考疫情，居高临下地俯视我们今天的遭遇。你会看到，在永恒的宇宙中，人世间的一切不幸都是过眼云烟。在历史的变迁中，灾难和重建是寻常的遭遇。

问：您在视频号上还说："瘟疫过后我们会生活在一个不一样的世界上，肯定会比以前艰难很多。"您可以给我们更多解释一下吗？

答：我当时想的是，由于新冠疫情的全球大流行，世界发生了巨大的变化，主要有三个方面。第一，国际关系出现了逆全球化的趋势，当前，国家之间，尤其美国和中国两个大国之间，合作意愿下降，两国关系的发展充满不确定性。第二，经济长期停摆，全球经济将发生较长时间的衰退。第三，在社会心理方面，疫情造成的创伤记忆，经济挫折造成的现实痛苦，都会使得种种负面情绪滋生。这三个方面都导致了艰难的境况。

问：疫情的日子里，有些人会觉得自己寂寞，离世界很遥远。当所有的消极感觉开始进入自己的内心，您觉得怎么去对待疫情里的这些时刻？

答：疫情中断了人们的正常交往，许多人会不习惯这种被迫的寂寞。我本人是不怕寂寞的，因为独处是我的常态，在独处中阅读、思考、写作，我觉得很充实。独处和交往都是人的必需，对于不同的人来说，区别在于两者的比例。现在疫情强行改变了这个比例，人们独处的时间大为增加。我想说的是，何不顺应这个改变，练习一种高质量的独处？寂寞也是一种生活，也有它的乐趣，你也许会发现，离周围的世界远了，离神就近了，离你自己也近了。

问：全世界已经看到中国成功地控制住疫情，我相信很多人很好奇，想知道中国是怎么控制疫情的，您可以给我们更详细解释一下吗？

答：中国在控制疫情方面有极其严密的组织和极其严格的措施。在国内，始终坚持公共场所检查健康码，佩戴口罩。无论何处，哪怕发现一例感染者，必发布警戒，隔离一切曾经接触者。由于境外疫情严重，严格控制入境航班数量，入境者必须出示核酸检测合格证明，入境后强制隔离两周，如此等等。中国的政府机构运转十分有效，民众也十分配合，在这一点上，别的许多国家难以仿效。不过，我认为，面对如此凶险的疫情，任何国家都应该采取比较严厉的措施，不可放任自流。人可以为了人类的自由而牺牲自己的生命，但也必须为了人类的生命而约束自己的自由。

问：疫情是我们今年的命运，当我们无法逃脱自己的命运时该怎么办？您认为我们应该怎样看我们现在的处境？

答：我说过一句话——与命运结伴而行。非常可能的情况是，新冠病毒将长期存在，并且发生各种变异，而有效疫苗在短期内难以研制成功和广泛使用。因此，我们将不得不与疫情共处相当长时间，应该争取在这个框架中尽可能正常地生活。

问：疫情让很多人感觉好像做了一场噩梦，感觉很沮丧，害怕未知和模糊的未来，您想对他们说一些什么呢？

答：那么，就把它当作一场噩梦吧。梦醒之后，揉一揉眼睛，看见太阳照常升起，让我们在阳光下的大地上继续劳作、吃喝、恋爱、繁衍。人类的生活亘古如此，没有任何力量能够毁坏它，疫情也不能。就此而言，未来并不模糊。

第五辑

文化的空间

中国酒文化的哲学解读

亳州很了不起，出了中国历史上两个重量级的伟人，一个是老子，一个是曹操。老子是文化伟人，大哲学家，道家哲学的创立者。关于老子的故里在什么地方，是有争议的，我采用的是冯友兰在《中国哲学史简编》中的说法。曹操是政治伟人，也是文化伟人，在文学上很有造诣，而且对酒文化有很大的贡献。今天在曹操的家乡谈酒文化，当然要讲他。所以我的讲演分两个部分，第一部分讲中国酒文化的哲学解读，第二部分讲曹操与酒文化。

第一部分　中国酒文化的哲学解读

一、中国酒文化的哲学鼻祖是庄子

中国酒文化可以分为两个层面。一个是物质层面，就是制酒的工艺、器具等。按照传说，酒是夏朝第六代君王杜康发明的，那么，物质层面酒文化的鼻祖可以说是杜康。另一个是精神层面，就是与酒相关的哲学思想和文学艺术创作。这个精神层面的鼻祖是谁呢？我认为是庄子。在中国，精神层面酒文化的主要载体是文学，尤其是中国古典诗歌，而源头可以追溯到庄子哲学。中国古代的大诗人都嗜酒，也都喜欢庄子，这两者之间有一种内在的联系。

也许有人会问，老子是道家哲学的创立者，酒文化的鼻祖为什么不是老子呢？我的看法是，同为道家哲学，老子和庄子很不一样。老子的思想玄奥，文字简约，庄子的思想浪漫，文字绚丽，因此庄子更能够感动后世文学家的心灵。

庄子的哲学，主要提倡两个境界。第一个境界是真性情，他称之为性命之情，指一个人的真实的自我、纯朴的本性，一定要保护好，不让它们被物质和世俗败坏。他说："丧己于物，失性于俗者，谓之倒置之民。"意思是：把自我丧失在物质上面，把本性丧失在世俗上面，这样的人是颠倒的人。这个境界用一句话概括，就是破除假我，回归真我，超脱功利。

第二个境界是逍遥游，《庄子·内篇》第一篇的题目就是《逍遥游》，实际上全书许多地方都讲了这个境界。简要地说，逍遥游是与道合一、与宇宙本体合一的境界，《庄子》中对这个境界的典型描述是"独与天地精神往来""与造物者游""游无穷"。由逍遥游而达成齐物论，即"万物为一""万物与我为一"，因此可以"入于不死不生"了。这个境界用一句话概括，就是超越小我，融入大我，解脱生死。

在《庄子》中，直接谈酒的地方不多，我只查到两处。一处讲酒的好处，大意是：喝醉酒的人从车上摔下来，一般不会受大的伤，他的身体构造和别人相同，为什么会这样？原因在"神全"，就是他的精神是浑然一体的，他不知道自己乘车，也不知道自己摔了下来，"死生惊惧不入乎胸中"。另一处讲应该如何饮酒，大意是：真人不拘于俗，饮酒以快乐为主，不挑酒具，不讲礼仪。

这两处都讲得很好，但不重要。庄子自己是否饮酒，不见于记载，但也不重要。对于中国酒文化来说，重要的是庄子提倡的两个境界，中国文人饮酒要追求的就是这两个境界。在庄子看来，人生有两大悲哀：一是受功利的支配，活得不单纯；二是受生死的支配，活得不长久。他提倡两个境界，就是要解决这两大悲哀。人生在世，一要超脱外在的功利，享受生命单纯的快乐；二要超越身体的小我，享受精神辽阔的自由。这样的人生观，实际上就是一种审美的人生观。

中国文人是有双重人格的，所谓儒道互补，儒和道各有其用。儒用来励志，鞭策人们追求功名利禄；道用来超脱，鼓励人们追求生命情趣和精神自由。这后一个方面来自庄子，如果没有这一个方面，中国文人不知会成为怎样的俗物，而不甘心成为俗物的，不知会怎样苦闷。

古人很早就饮酒，但是，文人雅聚，饮酒吟诗，以酒入诗，这个风气是曹操开创的，我在第二部分再讲。从曹操开始，中国文学与酒结下了不解之缘。如果没有酒，中国文学会苍白许多。在中国文学史上，诗酒结缘有两个高潮，一是魏晋，二是唐代，下面我分别来讲。

二、魏晋文人与酒文化

1. "竹林七贤"

鲁迅有一篇著名的杂文，题为《魏晋风度及文章与药及酒之关系》，讲到了魏晋文人与酒的关系。魏晋文人里，在曹操之后，最卓越的是"竹林七贤"和陶渊明。

"竹林七贤"，因为七个文人经常在竹林里聚饮而得名。他们生活在魏的末年，"司马昭之心，路人皆知"，魏即将被晋取而代之。在这个时期，政治斗争残酷，从政是高风险行当，因此，"竹林七贤"都有意识地远离政治。对于他们来说，超脱功利是很自然的事情，不需要费力气来追求这个境界。他们沉溺于酒，很大程度上正是为了逃避做官，躲避灾难。另一方面，逍遥游的境界不容易达到，饮酒就成了逍遥游的一个替代品。

"竹林七贤"中，最有才华的是阮籍（210年—263年）。他精通老庄哲学，写有专著。他名气很大，魏政权多次聘他当大官，他都推辞了，可是，听说一个兵站的厨师善于酿酒，存了许多好酒，他就主动要求去兵站当了一个小官，天天纵酒昏睡，不问世事。他向往"与造物同体、天地并生"的逍遥游境界，但不可得，就只好沉湎在酒里了。他写了八十二首咏怀诗，里面浸透了生命无常、人生短促的悲伤，例如："人生若尘露，天道邈悠悠""丘墓蔽山冈，万代同一时，千秋万岁后，荣名安所之"。他好像没有直接歌颂酒的文字，但他的诗说明，他之所以沉湎于酒，是为了借酒消愁，消人生之大愁。

"竹林七贤"中，最出格的是刘伶。他光着身子饮酒，别人嘲笑他，他回答说：天地是我的衣服，你们自己进到我的裤子里来了。老婆劝他戒酒，他让老婆拿酒来，对鬼神宣誓说："天生刘伶，以酒为名。一饮一斛，五斗解酲。妇人之言，慎不可听。"言毕痛饮大醉。《晋书》说他经常乘鹿车，携一壶酒，让仆人扛着锄头跟随他，吩咐说：我喝酒喝死了，就随地把我埋掉。他写了一篇《酒德颂》，赞颂醉酒的好处是："静听不闻雷霆之声，熟视不睹泰山之形，不觉寒暑之切肌，利欲之感情。俯观万物，扰扰焉，如江海之载浮萍。"总之，醉眼看世界，一切皆虚幻，酒可以让人摆脱身外这个现象世界的困扰。

"竹林七贤"的共同特点，一是爱酒，二是爱文学，三是爱自然山水，四是爱音乐。阮籍和嵇康的音乐成就尤其大，阮籍有音乐专著《乐论》和琴曲《酒狂》传世，嵇康写有音乐专著《声无哀乐论》，他得罪司马昭，被杀头，临刑前弹奏自己创作的琴曲《广陵散》，叹一口气说:《广陵散》从此绝矣。在酒、山水、音乐、诗之中生活，这样一种审美的生活方式，给后世真性情的文人树立了榜样。

2. 陶渊明

陶渊明（365年—427年）是晋代大诗人。他是官二代、官 n 代，曾祖父是东晋开国元勋，祖父和父亲都是太守，他自己几次任小官，最后一次是当彭泽县令，当了八十余天就辞职了，撂下一句名言"岂能为五斗米折腰"，从此归田隐居。

按照《五柳先生传》的自述，他很穷，屋子破得挡不住风雨和太阳，衣服打了许多补丁，经常揭不开锅，但安之若素。他天性爱酒（"性嗜酒"），亲朋好友知道他穷，就备酒请他喝，而他去了一定把酒喝完，一定要喝醉（"造饮辄尽，期在必醉"）。

陶渊明天性就是一个散淡之人，用不着靠酒来超脱功利。"采菊东篱下，悠然见南山"，他笔下的田园生活多么平常，又多么美好。这名句出自他的组诗《饮酒》第五首，在这首诗里，他说他之所以能够"结庐在人境，而无车马喧"，在人世间活得这么安静，原因是"心远地自偏"，他的心很安静，离功利世界很远很远。他是完完全全为田园而生的人，功名利禄丝毫不能进入他的心中。他是真散淡，真超脱，借用席勒的概念，他是一个彻底的素朴诗人，和他相比，别的中国文人都成了感伤诗人。

然而，要解脱生死，就不能没有酒了。以"饮酒"为题的诗有二十首，在另外那些诗里，包括别的题目的诗里，他也常常表达靠酒忘却生死苦恼的动机。例如："人生无根蒂，飘如陌上尘……得欢当作乐，斗酒聚比邻""从古皆有没，念之中心焦，何以称我情，浊酒且自陶，千载非所知，聊以永今朝"。事实上，人不分古今，生死都是人生之大忧，不是那么容易解脱的。不过，陶渊明终归是豁达之人，能够用自然的眼光看待生死，下了这样一个结论："死去何所道，托体同山阿"，死只是回到自然中去罢了。

三、唐代诗人与酒文化

诗酒的结缘，在唐代又掀起了一个高潮。唐代的大诗人，也是没有一个是不爱酒的。在人们的印象里，杜甫、韩愈都是很严肃的人，可是，杜甫的诗这样说自己："我生性放诞……嗜酒爱风竹。"他在诗里经常写到，因为穷向人借酒，或者借钱买酒，或者在酒店里赊酒，总之再穷也要喝酒。韩愈的诗说自己"遇酒即酩酊"，还说"断送一生惟有酒"，意思是这一辈子要过得下去，就只有靠酒了。李白更是以"酒仙"著称，杜甫对他的描写家喻户晓："李白斗酒诗百篇，长安市上酒家眠。天子呼来不上船，自称臣是酒中仙。"李白也夸张地说自己："百年三万六千日，一日须倾三百杯。"元稹说自己"我本癫狂耽酒人"。白居易说自己"一生耽酒客"。总之，都爱酒，并且引以为自豪。

唐代诗人饮酒，要追求的也是庄子的二境界。不过，第一个境界，超脱功利，对于唐代文人来说是一个难题。唐朝历史很长，中央政权和官僚体制比较稳固，文人要在政治上有所作为，唯一的途径是做官，因此普遍看重功名。不像在魏晋乱世，文人宁愿远离政治，逃避灾祸。可是，越是有才华的文人，往往越是不得志，于是就要用酒来消解仕途坎坷的烦恼了。在唐诗里，充满了爱酒不爱功名的表白，而这恰恰表明，心里对功名是非常在乎、非常纠结的。你看陶渊明，从来不这样表白，因为他心中根本没有功名这个东西。

这种情况在李白身上格外突出。李白是一个功名心特别强的人，又特别不得志。他一生只有一次近乎做官的经历，所谓待诏翰林，在唐玄宗身边等待任命，但不到一年就被辞退了。对这一段经历，他一辈子念念不忘。他经常喝着酒发表藐视功名的豪言壮语，例如："饮酒眼前乐，虚名何处有""常时饮酒逐风景，壮心遂与功名疏""且乐生前一杯酒，何须身后千载名""君爱身后名，我爱眼前酒"，等等。这些话其实都是在劝慰他自己。他说的身后名，指的也是功名，在封建时代，功和名是分不开的，你做了大官，你的名字才会被后人供奉，代代相传。在当时的人包括文人自己眼里，文学只是雕虫小技，李白哪里想到，正是文学使他得到了"身后千载名"。

相比之下，白居易要超脱得多，我上面引了他的诗句"一生耽酒客"，那是前半句，后半句是"五度弃官人"，他说的是事实。他做过杭州和苏州的市长，最后做到司法部常务副部长，辞掉了。他的诗还说："忧喜皆心火，荣枯是眼尘。除非一杯酒，何物更关身。"官场的腐败和复杂让他心烦，一杯酒下肚，看穿了仕途的荣枯只是过眼云烟。

庄子提倡的第二个境界，通过逍遥游解脱生死，从来就不容易达到，唐代诗人同样如此，就只好一醉方休了。这样的诗就很多了，最著名的是李白的《将进酒》，全诗概括为一句话，就是岁月飞快流逝，人生易老，那就喝酒吧，"与尔同销万古愁"。白居易的诗句说得很直白："把酒仰问天，古今谁不死。所贵未死间，少忧多欢喜。"李贺的诗句说得很沉痛："劝君终日酩酊醉，酒不到刘伶坟上土。"总之，死这件事是无可奈何的，只能靠喝酒来忘记它。

饮酒对于超脱功利和解脱生死的作用虽然有限，但是，饮酒本身是一件美好的事。唐代诗人饮酒很讲究格调。第一必须有自然美景，往往是在花间月下或林中池上。第二必须有音乐，一边弹琴一边饮酒。第三当然还必须写诗。在唐诗中，酒与景、酒与琴、酒与诗往往紧密相伴。酒与景，比如李白的诗句，"花间一壶酒，独酌无相亲。举杯邀明月，对影成三人。"酒与琴，比如李白的诗句，"琴鸣酒乐两相得"；白居易的诗句，"竹间琴一张，池上酒一壶""只将琴作伴，唯以酒为家"。酒与诗，比如杜甫的诗句，"宽心应是酒，遣兴莫过诗"；白居易的诗句，"各以诗成癖，俱因酒得仙"；韩愈嘲笑京城里的富二代，说他们"不解文字饮"，不懂得饮酒要有诗的境界；宋代的欧阳修说："醉翁之意不在酒，在乎山水之间也"。我们或许还可以加上：在乎诗和音乐也，在乎文学和艺术也。总之，饮酒不能只是一种生理的行为，它更应该是一种精神的享受，必须有审美的意境。

第二部分　曹操与酒文化

现在要讲你们的老乡曹操先生了。我先讲一讲作为一个历史伟人，曹操伟大在哪里，然后再讲他与酒文化的关系。

一、雄才大略的大政治家

曹操（155年—220年）是一个长期被妖魔化的历史人物。戏说历史不是今天才开始的，罗贯中就是一个戏说的高手，在《三国演义》和民间三国戏的影响下，老百姓都被洗了脑，一说起奸雄，立刻就想到曹操，曹操和奸雄几乎成了同义词。历史上真实的曹操完全不是这样的。真正读历史书并且有见识的人，都很佩服曹操。鲁迅说："曹操是一个很有本事的人，至少是一个英雄，我非常佩服他。"郭沫若在1959年大张旗鼓替曹操翻案，梳理了相关史料，澄清了若干误解，充分肯定了曹操的历史功劳。具体的内容，你们可以去看《替曹操翻案》一文（收在《史学论集》里）。

东汉末年，天下大乱，当时的中国有两大悲惨景象。一是汉朝气数已尽，皇帝只是傀儡，大小军阀割据混战，整个国家四分五裂。二是战乱使得农业荒废，老百姓大批饿死，人吃人现象非常普遍。曹操的诗《蒿里行》描述当时的情景是："白骨露于野，千里无鸡鸣。生民百遗一，念之断人肠。"据《三国志》估计，死亡人口是十分之九。

曹操是在这样的背景下走上政治舞台的。他起兵讨董卓，开始的时候好像也只是许多军阀中的一个，但他和别的军阀不一样，他这个人可以说真正是不忘初心，牢记使命，这个初心是拯救百姓，这个使命是统一中国。这有他后来的许多行为证明。例如，为了维护统一，他坚持自己不称帝。例如，为了振兴农业，他大规模推行屯田，把大片荒芜的土地建成了军垦和民垦农场。他是一个雄才大略的政治家，实行了许多有见地的政策，包括任人唯贤、依法治国等，我就不具体讲了。

遗憾的是，赤壁之战的失败，使得曹操未能实现统一中国的宏图。不过，他毕竟统一了中国北方，天下三分，魏十有其八，实际上统一了大部分国土。后来司马氏能够统一中国，是曹操打下的基础。和他相比，司马氏的眼光和胸怀都差得太远。如果是曹操统一中国，中国中古时期的历史会辉煌得多。

二、开一代新风的大文学家

曹操是一个全才，志向高远，能文能武。他酷爱读书，在文学、音乐、书法上都有很高的成就。《三国志》里说，他带兵三十余年，手不舍书，经常登高赋诗，谱了曲让人演奏。

曹操的诗，留存下来的只有二十二首，其中有几首已经成为千古传唱的名篇。两汉时期的诗，以朝廷制作的乐府为基本形态，到了汉末，诗人们也都是模仿乐府的腔调。曹操打破了这个传统，虽然在形式上也依据乐府，但把个人的真实感情写进了诗里，开启了一代新风。在他之后，包括"竹林七贤"、陶渊明在内，魏晋文学的精彩就在于抒发真性情，这个头是曹操开的，所以鲁迅赞美他是"改造文章的祖师"。

曹操不但自己写诗，而且在他周围团结了一批优秀的诗人，包括他的儿子曹丕、曹植，"建安七子"孔融、陈琳等。这些人经常聚集在曹府讨论文学，切磋诗艺，可以说是中国历史上第一个文学沙龙。其中，文学成就最高的是曹氏父子。在中国文学史上，能够与之媲美的也就是宋代的"三苏"（苏洵、苏轼、苏辙）父子了。

三、曹操与精神层面的酒文化

现在要说到曹操与酒文化的关系了，先说精神层面的。以酒入诗，借酒抒发人生的悲情，曹操也是第一人。最著名的当然是《短歌行》，开头几句何其质朴，又何其有力量："对酒当歌，人生几何。譬如朝露，去日苦多。慨当以慷，忧思难忘。何以解忧？唯有杜康。"我前面讲到，从"竹林七贤"到唐代诗人，也都用酒的题材来抒发生命无常、人生短暂的悲伤，但他们写的没有一首能够超过这首诗。曹操的诗句明白易懂，是从心底里喊出的，所以又能够直抵人心。这首诗写于赤壁大败之后，统一大业受挫，使他对人生短暂的感受格外痛切。不过，曹操终究是一个胸怀天下、干大事业的人，不会沉溺于悲伤，他的诗在悲伤中仍有一种雄健的调子。全诗用"周公吐哺，天下归心"结尾，他念念不忘的仍是以周公为榜样，吸纳人才，完成统一中国的使命。

曹操的人生观中，积极进取的一面始终占据主流。他在《秋胡行》里说："不戚年往，忧世不治"，意思是不为岁月的流逝悲戚，只为国家没有治理好忧虑。他在《步出夏门行》里的名句，"老骥伏枥，志在千里；烈士暮年，壮心不已"，谁读了不是既感动又敬佩。从曹操的文字看，他的人生理想倾向于道家，期望在家乡隐居，过"秋夏读书，冬春射猎"的清静无为的生活（《让县自明本志令》）；他的社会理想倾向于早期儒家，期望开明君王治国，政治清明，老百姓能够过上"仓谷满盈""无所争讼"的太平日子（《对酒》）。

四、曹操与物质层面的酒文化

在物质层面上，曹操对酒文化的贡献，主要依据他上呈给汉献帝刘协的一篇奏折，即《奏上九酝酒法》。这篇奏折收在了《曹操集》中，上呈的时间是建安元年（196年），那一年董卓废少帝，立献帝，是献帝即位的第一年，上呈这个奏折有庆贺的意思。献帝虽然是一个傀儡，但象征着一个统一王朝的存在，曹操对他始终是忠诚的。董卓被灭掉后，袁绍企图效法董卓玩废立的把戏，把献帝废掉，以此窃取大权，曹操断然拒绝，指出这样做会使天下永远不得安定，他也因此下了灭掉袁绍的决心。曹操忠诚于献帝，不是出于愚忠，他完全清楚汉王朝气数已尽，他要维护的不是汉王朝，而是国家的安定统一，始终把这放在第一位。也正是怀着这个拳拳之心，他在有生之年坚持不称帝，他死于建安二十五年（220年），直到生命结束，名义上仍是献帝的大臣。

《奏上九酝酒法》的内容，你们可以倒背如流了，我就不必具体说了。总之，九酝春酒是曹操家乡产的一种酒，他很喜欢，在奏折中详细讲述了这种酒的酿制方法。隆重地向皇帝推荐家乡的酒，这个举动不同寻常，一个性情率真、热爱生活的人才会这样做。也多亏曹操详述了酒的制法，古井贡酒的历史可以追溯到一千八百多年前，文字俱在，铁证如山。

曹操是魏太祖，但他不只是魏国的太祖。从酒文化来说，在精神层面上，他是以酒入诗、借酒抒发真性情的第一人；在物质层面上，他是把民间酿酒法用文字记载下来的第一人。所以，可以说，曹操也是中国酒文化的太祖，尤其是中国酒文化的文学鼻祖。

五、关于曹操禁酒及其他

曹操是一个爱酒的人，可是史书记载，他又曾经向汉献帝上表，制定禁酒令，这是为什么呢？主要原因是当时饥荒逼得老百姓到处造反，老百姓没有饭吃，你们还酿酒喝酒，老百姓就更要造反了。鲁迅解释说：曹操是个办事人，所以不得不这样做。

当时有一个文人叫孔融，是孔子第二十世孙，"建安七子"之一，在曹操手下当官，也是曹府沙龙里的常客，名气很大。得知曹操上表禁酒，他给曹操写了一封信，嘲笑说：夏商都是因为女人亡国，你为什么不禁婚姻？曹操为此很不爽，把他调了一个闲职，而他仍然天天大宴宾客，饮酒聚谈，经常叹息道：座上客常满，杯中酒不空，我就没有什么遗憾了。这个人也是真性情，心口如一，想必还说了一些让曹操不爽的话，曹操终于找了个借口把他杀了。

顺便讲一个刘备的故事。其实当时禁酒很普遍，刘备也曾经禁酒，甚至在家里搜出了酿酒的器具，也要坐牢。刘备手下有一个叫简雍的人，有一天两人一同上街，看见一男一女在街上走，简雍对刘备说：这两个人想要奸淫，为什么不抓？刘备问：你怎么知道的？简雍回答说：他们有奸淫的器具，这道理和抓有酿酒器具的人是一样的。刘备听了大笑，从此不再入户搜酿酒的器具。

曹操崇尚节俭，除了禁酒，他还禁止穿华贵的衣服，禁止厚葬。他自己衣被十年不换，每年拆洗缝补一次。他的遗嘱规定，穿平时的衣服入葬，不准放金玉珍宝。为了迎合他节俭的喜好，一些官员故意装出寒酸模样，穿得破破烂烂地上街，提着饭盒上班，成为当时一景。他的儿媳妇、曹植的妻子有一回穿了绣衣，被他看见了，这是明令禁止的，他竟然赐死，命令这个可怜的女人服毒自杀。

关于曹操喜欢杀人有许多传说，据郭沫若考证，大多不属实。但是，杀孔融，杀曹植的妻子，是有确切记载的，而且太不该杀。还有一个更不该杀的，就是名医华佗，也是亳州人，你们的老乡。曹操杀他，只因为他想在家里过读书人的生活，不肯做曹操的私人保健医生。临刑前，华佗拿出一卷书给狱吏，说这卷书可以救活重病的人，狱吏不敢接收，华佗就把它烧了。华佗的著作没有传下来，是中国医学的巨大损失。否则的话，值得亳州人自豪的，不但有曹操的九酝春酒，还有像孙思邈的《千金要方》、李时珍的《本草纲目》那样的一部医学奇书，而且时代要早得多。

品酒和封坛的文化意蕴

朋友们好，很高兴出席中粮孔乙己第三届封坛节。我这个人喜欢喝酒，黄酒、白酒、红酒、啤酒都喝，酒量还不小，但是，对于酒，我其实是个外行，无论酒的工艺，还是酒的文化，我都没有什么研究。

我是研究西方哲学、德国哲学的，尤其是尼采哲学，真正要说与喝酒有什么联系，尼采有一个很著名的思想，叫作酒神精神。酒神精神，细说起来很复杂，简单点儿说，是指人生离不开这样一种境界，在这种境界里，个人能够超越自己的小我，与宇宙大我合为一体。这种境界就是酒神的境界，醉的境界，没有这样的境界，人生是找不到根本意义的。

尼采的这个思想，和我们中国庄子的逍遥游思想是一致的。庄子说，"与天地精神相往来""与造物者游"，说的也是这样一种与宇宙合为一体的境界。

那么，怎样达到这样一种境界呢？最直接、最容易的方法就是喝酒。所以，我今天讲的题目是《品酒和封坛的文化意蕴》，题目很大，其实就是围绕为什么要喝酒，为什么要封坛，说一说我的看法。

一、酒的历史很悠久

酒的历史非常悠久，这个历史，可以分成喝酒的历史、造酒的历史和品酒的历史。

喝酒的历史，应该说和人类的历史一样古老了。大自然里已经存在野果和谷物自然酒化的现象，我们可以观察到，猴子对于野果自然酒化产生的液体很喜欢，由此可以推断，人类的祖先一定也是很早就喝这种自然酒化的酒了。人类开始造酒，其实就是受了自然酒化现象的启发。

造酒的历史，可以说和文明的历史一样悠久。按照传说，中国酒是杜康发明的。杜康是夏朝的第六代君王，离现在大概是四千年的历史。从考古发掘来看，商朝有大量盛酒用的青铜器，而在甲骨文和金文里，也有大量"酒"字，写成"酉"，就是酒字去掉三点水，是酒器的形状，距今大概是三千年的历史。

至于品酒的历史，所谓品酒，是指有文化意蕴的喝酒，喝酒和文化发生了联系。先秦的典籍里，已经有许多谈论酒的文字。比如《诗经》里说，"既醉以酒。"《礼记》里说，"酒者，所以养老也。"《左传》里说，"酒以成礼。"尤其从魏晋开始，一直到唐宋元明清，大量的文学作品里，大量的诗歌里，有许多对酒的歌颂，许多对饮酒和品酒的感受的描写。这个历史有两千多年了。

二、中国的国酒应该是黄酒

我们说杜康造酒，那么杜康造的是什么酒呢？《说文解字》里说："杜康始作秫酒。" 秫就是高粱，泛指谷物，谷物经过发酵酿造出的酒，是什么酒？就是黄酒（米酒）。世界三大古酒，黄酒、啤酒、葡萄酒，其中黄酒是中国人的独创。

黄酒是中国历史最悠久的酒。谷物酒分为黄酒（米酒）和白酒，黄酒没有经过蒸馏，度数低，白酒经过蒸馏，度数高。蒸馏技术是成吉思汗从阿拉伯带入中国的，所以白酒是元代才出现的，至少在南宋之前，中国古人喝的基本是黄酒。

所以，如果要说国酒，应该是黄酒。要称得上国酒，我认为应该符合三个条件。第一个条件是历史最悠久。在中国，黄酒的历史当然最悠久。我从小在上海生长，上海人把黄酒叫作老酒，老酒老酒，就是历史悠久的酒。第二个条件是成为老百姓的生活必需品。在很长的历史时期里，黄酒是中国老百姓的生活必需品。第三个条件是和中国的文化有密切联系。中国的大诗人，从陶渊明到李白、杜甫、苏东坡，是喝着黄酒写出那些伟大诗篇的。

可是，我们今天看到，在中国的酒类产品里，黄酒的产量和销量是最低的，只占了一个很小的比例。虽然历史很辉煌，现在却成了没落的贵族。怎样让黄酒重现辉煌，是一个值得研究的问题。中华民族的伟大复兴，应该包括黄酒的复兴。任重而道远，为此必须在生产、包装、营销各个环节进行革新。我认为重点是要吸引两个人群，一是高端人士，这样才可以成为品牌；二是年轻人，这样才可以成为时尚。

三、人为什么要喝酒？

人类自古以来就喝酒。人为什么要喝酒？如果只是为了生存，吃就可以了，用不着喝酒。吃，是人和动物共同的，但是，动物不喝酒，人喝酒。喝酒，是人和动物的一个重大区别。在一定意义上，可以把人定义为一种喝酒的动物。

喝酒肯定不仅仅是物质生活。在人的饮食行为中，饮酒是最具精神性的一种行为，满足的是精神需要。真爱酒的人，追求的不是口腹之欲的满足，而是精神的享受，是为了忘记日常生活的烦恼和单调，获得精神上的放松和欢畅。

所以，从个人来说，一个人滴酒不沾，固然是美德，但是我仍然替这样的人感到可惜，因为他可能错过了人生的一种美妙体验。无酒的人生，毕竟是无趣的。

从人类和民族来说，如果没有酒，无论民俗文化，还是高雅文化，都一定会大为逊色。我可以断定，如果没有酒，许多民俗的节日就不能维持，许多优秀的文学作品就不会产生。

四、民俗文化与酒

民俗文化最主要的体现，一个是逢年过节的喜庆，一个是喜丧嫁娶的习俗。这两个方面，都和酒分不开。

中国的传统节日，从春节、元宵节到清明节、端午节、中秋节、重阳节，都离不开酒。老百姓辛苦一年，逢年过节，全家人团圆，亲朋好友相聚，在一起饮酒，是一种庆祝，也是一种放松。

对于每个家庭来说，喜丧嫁娶是大事，也离不开酒。孩子出生，要喝满月酒和百日酒。女儿出嫁，儿子娶媳妇，要喝喜酒。老人去世，是白喜事，也要喝酒。在这些日子里，摆几桌酒，亲朋相聚，是对人生大事的尊重，也是情感的联络。

五、中国文人与酒

从高雅文化来说，中国文人与酒更是有不解之缘，中国的大诗人都是嗜酒之人。

我钦佩的中国古代大诗人，时代最早的一位是陶渊明。他的《五柳先生传》，讲的是他自己，他这么写："性嗜酒，家贫不能常得。亲旧知其如此，或置酒招之。造饮辄尽，期在必醉。"翻译成白话就是：我天性喜欢酒，家里穷，经常买不起。亲朋好友知道我这样，就备酒请我去喝。我去了一定把酒喝完，一定要喝醉。

唐朝的大诗人，比如杜甫、韩愈，在我们的印象里是非常严肃的人，其实也是嗜酒之人。杜甫的诗这样说自己："我生性放诞……嗜酒爱风竹。"他还经常写到因为穷向人借酒，或者借酒钱去买酒，或者到酒店里赊酒，再穷也要喝酒。韩愈的诗，说自己"遇酒即酩酊"，还说"断送一生惟有酒"，意思是这一辈子要过得下去，就只有靠酒了。

宋代大诗人陆游，他是绍兴东浦人，今天我们举办仪式的地方就是东浦。东浦出了一个陆游，非常了不起，他有热烈的爱国情怀，又有动人的爱情故事，你们应该好好打陆游这张牌。他也是嗜酒之人，他的诗很有气势，这么写："一饮五百年，一醉三千秋。"

中国古代的文人是很痛苦的，一方面普遍有生命无常的意识，另一方面仕途坎坷，越有才华就越坎坷，没有酒，人生怎么过？曹操的诗句，"对酒当歌，人生几何……何以解忧，唯有杜康"，最早说出生命无常的苦恼只有靠酒来解脱。李白的诗句，"且乐生前一杯酒，何须身后千载名"，说的是身后名声是空的，喝酒的快乐才是真实的。你们看一看唐诗宋词，用酒来解除生命无常和仕途坎坷的痛苦，这样的描写多得数不清。

但是，要注意一点，对于中国古代诗人来说，酒和诗是不可分的，喝酒的时候一定会写诗，写诗的时候也一定要喝酒。在他们的诗歌里，有许多这样的表达。比如，杜甫的诗句，"宽心应是酒，遣兴莫过诗。"白居易的诗句，"诗家眷属酒家仙。"陆游的诗句，"百岁光阴半归酒，一生事业略存诗。"所以，中国古人爱喝酒，最讲究的是喝酒的品位。饮酒要有境界，要有诗的意境。韩愈讥笑说："长安众富儿……不解文字饮。"翻译成白话就是：京城里的富二代，不懂得饮酒要有诗的境界。

喝酒最好的状态是什么？是微醺，就是将醉未醉，这个时候妙想联翩，文思泉涌。喝什么酒最能让人进入这样的状态？黄酒。白酒度数太高了，喝多了不是发酒疯，就是睡着了，还写什么诗？为什么唐宋以后，从元明清到现代，再也写不出唐诗宋词这样完美的诗篇，中国诗歌的黄金时代一去不复返了？就是因为黄酒喝得少了，都去喝白酒了。

六、仪式的内涵是恭敬之心

上面讲的是饮酒，现在讲一讲封坛。封坛是一种仪式。仪式不只是一种形式的东西，它是有内涵的。它的内涵是什么？孟子说："恭敬之心，礼也。"仪式的内涵，就是礼，就是恭敬之心，仪式是为了表达恭敬之心的。

仪式有三大类。第一类仪式，以天地鬼神为对象，比如古代的祭祀、天主教的弥撒、佛教的法事，是向宇宙间的某种神秘力量表达恭敬之心。第二类仪式，以家国人伦为对象，比如国庆、国葬、族庆、族祭、婚礼、丧礼，是向社会上的某种权威力量或者人生中的某些重大事件表达恭敬之心。第三类仪式，以器物为对象，比如以前农村盖房，要喝上梁酒、进屋酒，封坛也属于这一类，是向珍贵的或者重要的物质生活资料表达恭敬之心。

这三大类仪式有一个共同点，就是不可以没有酒。《左传》里说，"酒以成礼。"有酒，仪式才能够完成。

七、封坛的起源

说到封坛的起源，各种资料都说，是起源于绍兴的民俗。古时绍兴人家生了孩子，就酿几坛酒，用泥土封起来，藏在地下。生下女孩，这个酒叫作女儿红，女儿出嫁时拿出来请客。生下男孩，这个酒叫作状元红，儿子长大有出息了拿出来请客。

关于封坛，最早的记载是西晋时期的文学家、植物学家，名字叫嵇含，他在《南方草木状》里说：有南方人在女儿幼小时大量酿酒，埋在水塘里，女儿出嫁时挖出招待宾客，"谓之女酒，其味绝美"。嵇含是安徽人，他说的南方人，应该就是绍兴人。

由此可见，封坛寄托了父母对女儿婚姻美满、儿子事业成功的期望。现在男女平等，不论生男生女，应该期望他们都有美满的婚姻和成功的事业，父母的这个心意是不会变的。

八、今天封坛的意义

那么，今天我们在这里，绍兴酒的厂家和经销商聚集一堂，举行这个隆重的封坛仪式，意义是什么呢？我理解有以下三点。

第一，是向生我们养我们的天地自然表达恭敬之心。人是自然之子，大自然永远是我们的生命之源，当然也是绍兴酒的终极源头，提供了优质的鉴湖之水和生产优质稻米的良好环境，否则就不可能有优质的绍兴酒。

第二，是向历史表达恭敬之心。这个历史，既包括发明以及后来不断改良绍兴酒的祖先，我们要向他们的智慧和勤劳致敬，也包括一边喝着绍兴酒一边创作出优秀作品的历代文人，我们要向他们为绍兴酒文化做出的贡献致敬。

第三，是向工匠精神和商业良心表达恭敬之心。历经冬天三个月，我们用好米好水好工艺酿造出优质的绍兴酒，现在通过这个仪式，我们是在向消费者宣誓诚信，保证我们对酒的品质是负责任的，他们可以放心购买和饮用。

最后，我祝愿有一天绍兴黄酒能够重返国酒宝座，成为中国第一酒。

"和"的哲学

我把"和"看作一种哲学。哲学有两个要素。第一个是价值观，就是给事物订立标准，什么重要，什么不重要，给出一个衡量的标准。第二个是智慧，就是明事理，识大体，立足于全局看问题和做事情。"和"就兼有这两个因素，既是一种价值观，又是一种智慧。"和"的哲学思想，其他民族的文化中也有，但在中国文化中最典型。所以，我今天讲"和"的哲学，只讲中国哲学，不涉及西方哲学，虽然对于中国哲学，我只是一个业余学习者。

一、"和"是中国传统文化的核心价值观

中国传统文化包括儒、道、释三大流派，其中儒家是主体。这三大流派，都是强调"和"的理念的。

1. 儒家

儒家哲学实质上是一个伦理体系，关注的重点是道德，即通过道德建设和道德教育来建立一个和谐的社会。

孔子思想的核心是"仁"，也常谈及义、礼、信。孟子把道德法则和品质归纳为四个字，即仁义礼智，他称之为"四端"，意思是人性中四种道德的萌芽。董仲舒加上一个"信"字，变成五个字，即仁义礼智信，他称之为"五常"，意思是五项永恒的道德法则。现在湖南中烟再加上一个"和"字，变成六个字，即仁义礼智信和，我认为加上这个字是很有道理的，且听我分解。

我本人认为，在儒家思想家中，关于道德，孟子是讲得最好的。道德不是从外部强加于人的要求，道德在人性中有基础、有萌芽，在古今中外的思想家中，孟子是讲清楚这个道理的第一人。从人性来说，人有两个方面，一方面是生命，另一方面是精神性存在，可以称之为灵魂。作为生命，人与人之间有同情心。作为灵魂，人是有尊严的。关于道德在人性中的基础，西方近代哲学家讨论很多，分为两派，一派强调同情心，一派强调人的尊严。孟子很全面，说两者都是基础。在仁义礼智之中，仁和义是核心。"恻隐之心，仁也"，仁就是同情心，做人要善良。"羞恶之心，义也"，义是羞耻心，做人要有尊严，不可以亵渎做人的尊严。礼是义的延伸，"恭敬之心，礼也"，人是有尊严的，把这个认识扩展到他人身上，尊重他人，就会恭敬有礼，也就是有教养。智是分辨是非的能力，"是非之心，智也"，这里的是非不是认识上的对错，而是道德上的善恶，所以智就是良知。良知来自仁义之心，你心中有仁义，你自然就能够分辨，有仁有义是善，不仁不义是恶。董仲舒加上的"信"，按照孔子的用法，主要指"言而有信"，即诚信。信是义和礼的延伸，一个人有羞耻心和恭敬心，自尊并且尊重他人，就会诚实守信。

那么，我们来看一看，如果遵循儒家的教导，大家都具备五德，善良、自尊、有教养、有良知、讲诚信，社会会达成一个怎样的状态呢？用一个字概括，就是"和"，即一种和谐的状态。所以，仁义礼智信是以"和"为目的和归宿的，"和"是这些品质所达成的终极效果。《论语》里有一句话，"礼之用，和为贵。"这句话出自有子之口，但代表孔子的看法，意思是礼的宝贵功用是达成和谐。这个道理同样适用于其他四德，仁义礼智信的宝贵功用都是达成和谐。

儒家伦理讲究修齐治平，在修身的基础上齐家、治国，而终极目的是平天下。什么叫平天下？"平"不是打平、削平，而是和平，平天下就是和天下。平天下不是要征服世界，而是要天下大同，世界永久和平。

所以，湖南中烟在仁义礼智信后面加上一个"和"字，点明了五德的终极目的，表达更完整了。这个字加得好。证明完毕。

2. 道家

儒家讲的平天下就是和天下，直接讲和天下的是庄子，原话是："育万物，和天下，泽及百姓。"儒家主张通过道德来实现和天下的理想，道家反对，认为靠人为建立的道德秩序不但不能达成社会的和谐，反而会败坏原本朴素的人性，导致社会的冲突。老子说："大道废，有仁义。"说的就是这个意思。他们的主张是回归自然，返璞归真，无为而治，让

人性保持在一种朴素的状态，这样就能够和天下了。今天论坛的主题是
"万物皆和"，这个观念接近道家，庄子的意思就是：化育万物，万物皆
和，天下便和。不管有怎样的区别，和天下是儒家和道家的共同理想。
湖南中烟用"和天下"作为品牌的名称，用"天下和"作为书院的名称，
孔子和庄子都会给你们点赞的。

儒家哲学主要是伦理学，关注社会；道家哲学主要是本体论，关注
宇宙，这是两者的根本区别。道家是有一个解释宇宙的完备体系的。老
子把宇宙的本体称作道，什么是道，老子自己说无法用语言表述，总之
是一个混沌玄妙的东西，而最关键的，就是它本身蕴含着化育万物的力
量，这个力量，就是阴和阳的对立统一。他说："道生一，一生二，二生三，
三生万物。万物负阴而抱阳，冲气以为和。"道是一，阴和阳是二，阴
和阳的统一是三，由此生成万物。"冲气以为和"，意思是阴阳二气冲撞
激荡而形成和谐。庄子把老子的这个思想概括为四个字，"阴阳和静。"
西方的辩证法强调斗争，道家的辩证法强调和谐，这是中国文化的典型
特点。

3. 佛家

佛家对世界的解释，我认为主要是三个概念：无常、缘起、性空。
无常描述现象，缘起解释现象，性空解释本质，这里单说缘起。缘起是
一个缩略语，完整的表述是：因缘和合而生起。因是原因，缘是条件，
因缘和合而生起，就是原因和条件结合到了一起，事物才得以产生。因
缘和合很不容易，比如爱情，你和某个姑娘很般配，这是因，你和她在

合适的时间和场合相遇，这是缘，有因无缘就会错过，因缘和合才能终成眷属。所以，因缘和合来之不易，特别值得珍惜。

二、"和"的哲学内涵

和，就是和谐。庄子提出"与天和""与人和"，我们可以加上"与己和"，分三个层面来讲，就是人与自然的和谐，人与人的和谐，人与自己的和谐。

1. 与天和：人与自然的和谐

说到人与天的关系，我们会马上想到"天人合一"。"天人合一"是中国哲学的一个基本理念，儒家和道家都有这个主张，但含义完全不同。

儒家关注社会伦理，儒家的"天人合一"，"人"指人的道德本性和良知，"天"指宇宙的道德秩序和天理，强调两者是一致的、相通的，后者是前者的来源和依据。最早提出这个观点的也是孟子，他说："尽其心者，知其性也；知其性，则知天矣。"意思是人通过探究自己的心灵，就可以知道自己是有道德本性的，进而可以知道这种本性是来自宇宙的真理。这个人心、人性与天理相通的观点，后来成为宋明理学的基本思想。

道家关注自然大化，道家的"天人合一"，"人"指作为自然一分子的人，"天"指自然，强调两者本是一体。庄子说，"万物为一""天地与我并生，而万物与我为一"。意思很明确：万物是一体，我和万物也是一体。德国哲学家海德格尔围绕"人诗意地栖居"主题反复阐述一个观点：

自然万物都有其自身的存在和权利，作为自然中平等的一员，人应该善待万物，不可以把它们只当作满足人的需要的手段。事实上，道家哲学中已经蕴含了现代生态哲学的这个基本思想。

人有两个身份，一个是万物之灵，另一个是自然之子。儒家强调前者，道家强调后者。从人与自然的和谐来说，道家是主要的思想资源。作为企业，就是要重视生态和环境保护，建设生态型的绿色企业。

2. 与人和：人与人的和谐

儒家关注的重点是社会，因此，从人与人的和谐来说，儒家是主要的思想资源。我认为有两个观点最值得注意。

第一个观点：人和是成功的决定性因素。孟子说："天时不如地利，地利不如人和。"这句话妇孺皆知，已经是常用语。孟子是在讲打仗，但实际上是普遍真理，人和比天时地利重要得多。人和的关键是什么？孟子接着说："得道者多助，失道者寡助。"道，就是仁义礼智信，就是有道德。你有道德，你就会得人心，大家就会信服你，支持你。人和的实质是得人心，得人心者得天下。企业的成功也是如此，人和是决定性因素，一方面是企业内部领导者、管理层、员工之间的和谐，另一方面是企业与社会的和谐。

第二个观点：和而不同。我认为这是早期儒家特别精彩的思想，可惜也是儒家占据统治地位之后丢失了的思想。关于这个思想，有两句话最重要。第一句话："和实生物，同则不继。"出自《国语·郑语》，是西周末年周太史史伯说的。意思是，和谐则万物生机勃勃，雷同则死定了。

这句话讲的是"和"的好处和"同"的危害,"同"是没有个性,结果是死气沉沉;"和"是个性丰富而又彼此协调,这是活力的源泉。第二句话:"君子和而不同,小人同而不和。"众所周知,这是孔子说的。值得注意的是,孔子把"和"与"同"提到了君子小人之别的高度,视为两种相反的品质。小人无个性,而无个性者在一起就必然"同而不和",钩心斗角。君子有个性,而有个性者在一起就能够"和而不同",愉快合作。作为企业,"和而不同"就是要创造一种尊重个性差异的生态系统,让每个人的优点和特长得到最好的发挥,而这在总体上就会形成一种齐心协力欣欣向荣的局面。

3. 与己和:与自己的和谐

从个人来说,与自己的和谐包括身与心的和谐,情感与理智的和谐,工作与闲暇的和谐,知与行的和谐,等等。从企业来说,湖南中烟特别重视知与行的和谐,把王阳明的"知行合一,此心光明"作为天下和书院的院训,我认为抓住了关键。王阳明的"知行合一",重点强调的是知必体现为行,不行不是真知。企业是做实事的,最忌空谈。我注意到湖南中烟强调自我管理这个概念,提出做自我管理者,为自我管理者赋能,等等,我很欣赏这个提法,自我管理的实质就是知行合一,价值观和行动力的统一。

最后我想说,现在我们探究"和"的哲学,是很有现实意义的。由于新冠疫情的大流行,世界发生了很大的变化,需要我们认真应对。因为疫情，全人类都遭受了很大挫折，而受挫会使人们的心理变得脆弱，产生怨恨和愤怒，容易发生冲突。因此可以说，"和"是当今世界迫切需要的价值共识和智慧。在国内，这个问题同样存在，由于疫情造成的创伤记忆，经济挫折造成的现实痛苦，在人际关系上会出现某种疏远和紧张，在社会心理上会滋生各种负面情绪。如何用"和"的哲学进行引导和疏解，重建人际关系的和谐，重建社会心理的祥和，这是摆在每个有责任心的领导者——包括企业领导者——以及社会各界人士面前的重大课题。

《六祖坛经》与佛教的中国化

站在这个讲台上，我的心情可以用四个字表达——诚惶诚恐。我对佛学、对禅宗、对《六祖坛经》都相当无知，在三位大法师和各位高僧专家面前，我完全是一个小学生。接到邀请后，围绕这个主题，我真正像小学生那样做了一点儿作业，今天是来交作业的，敬请老师们指正。我谈几点认识。

一、佛教补中国传统文化之缺失

佛教对中国文化有巨大的贡献，弥补了中国传统文化的缺失。王国维指出：中国传统文化有两个严重的缺失，一是纯粹哲学即形而上学，对宇宙和人生终极真理的追问，二是本土宗教。陈寅恪也指出：佛教于形而上学独有深造，足救中国之缺失。佛教传入中国，推动了中国哲学的形而上学思考，先后出现了两个高潮，一是魏晋时期与玄学相结合的般若学研究，二是宋明理学。

中国缺乏本土宗教。冯友兰解释，儒教的"教"是教育、教化，不是宗教，孔子是导师，不是教主。宗教的要件，在形式上有教义、教主、教团、教规，在内容上一有超越性，超越世俗生活；二有终极性，是对人生问题的究竟解决。儒道二学无前者，后者较弱。道教有前者，无后者。佛教传入中国并且生根，为中国人提供了一种传播广泛而且长久的宗教信仰，至今仍在国人的精神生活中发挥着重大作用。

二、禅宗在佛教中国化中的作用

中国之所以缺乏形而上学和宗教，与重实际的国民性有关，其特点一是非思辨，二是入世。佛教的特点恰好相反，一是极具思辨性，正如人们所形容的，佛法博大精深，佛典浩如烟海；二是在本质上是出世的，以解脱为终极目的。这无疑造成了接受的困难，而禅宗解决了这两个困难，因此成为佛教中国化的成功典范。

针对非思辨的国民性，禅宗把佛教简易化，所谓教外别传，不立文字，抛开佛教经典，扫除烦琐哲学，把立足点放在开发生命本身的觉悟上。

针对入世的国民性，禅宗把佛教生活化，主张"佛法在世间"，废除印度佛教复杂的修行次第体系，把重心放在调整心态上，解除入世中的苦恼，提倡平常心是道、触类是道、即事而真等紧密结合日常生活的证悟方法。

三、《坛经》核心思想与中国传统哲学的契合点是心性理论

禅宗得以成功的更重要原因是找到了佛学与中国传统哲学的契合点，这就是心性相通的观念，因此而把佛教人本化了，上述简易化、生活化其实是人本化的一种效果。

中国哲学的基本观念是天人相通，认为人心与宇宙是相通的，这是一种人本主义的宇宙观。人心与宇宙为什么能够相通？因为宇宙本根派了一个代表住在人心中，这个代表名字叫"性"。"性"指的是人的最深刻本性，其实就是宇宙本根在人心中的存在，它藏在人心亦即人的精神世界的至深处，它一旦觉醒，天人就相通了。

《坛经》的核心思想可以用一句话代表，"自心顿现真如本性。"成佛的根据在自心之中，无须外求，明心就能见性，自心顿现即是真如本性。这比心性相通还进了一步，可以说是心性合一，心是宇宙的心，性是宇宙的本性，二者并无区别。所以，只要回归自心，就能顿悟成佛。

《坛经》中有两个偈。神秀的偈："身是菩提树，心如明镜台。时时勤拂拭，莫使有尘埃。"慧能的偈："菩提本无树，明镜亦非台……本来无一物，何处惹尘埃。"这两个偈的区别在于：在神秀那里，心是个体的心，所以会有尘埃，佛性是修炼成的；在慧能这里，心是宇宙的心，所以不可能有尘埃，佛性是本来具有的。因此而有了渐修和顿悟的分歧。

四、《坛经》是佛教中国化完成的标志

中国化的佛教要符合三个条件：(一)与中国传统文化相融合；(二)融入中国人的生活，成为国民精神的有机部分；(三)具有中国人喜闻乐见的表达方式。慧能创立的禅宗便是这样。

佛教中国化经历了三个阶段：(一)汉末和魏晋时期，格义阶段，释迦牟尼佛是外国人，来到中国，穿上了汉服或魏晋名士服，说着汉梵夹杂的洋泾浜中国话；(二)慧能之前隋唐时期，教门阶段，中国佛教八大教派已建立，各有自己重点信奉的佛典，释迦牟尼佛入了中国籍，说一口流利的中国话，但仍是外国人在说中国话；(三)从慧能创立南宗开始，宗门阶段，释迦牟尼佛重新投胎成为一个地道的中国人，这个中国人就是慧能，他说地道的中国话，不是外国人说中国话，中国话是他的母语。

五、宋明新儒学是禅宗结出的硕果

陈寅恪指出："宋儒采佛理之精粹，注解四书五经，产生新儒学。故佛教实有功于中国甚大。自得佛教之裨益，而中国之学问，立时增长元气，别开生面。"禅宗催生宋明新儒学，宋明新儒学开创中国哲学新格局，这是王国维、胡适、冯友兰、方立天等学者的共同见解。

禅宗醒目地把心性问题提到首位，是推动儒学转型的关键因素。围绕心性问题，宋明新儒学建构了体系化的本体论和人生论哲学。新儒学分两派：程朱理学强调心不即是性，格物才能穷理，与神秀近；陆王心

学强调心即是性，明心即可见理，与慧能近。

六、禅宗成为中国佛教主流也有负面影响

有长必有短，优点的另一面是缺点。禅宗把佛教简易化生活化，就难免削弱了印度佛教博大精深的理论内涵；把佛教世间化人本化，就难免削弱了印度佛教缘起性空的核心信仰。

我是学西方哲学的。据我所见，西方哲学走了两千多年，终于走到了佛法门前。西方哲学一直致力于寻求无常的现象世界背后那个常住的本体世界，康德以后终于得出共识，现象背后没有常住的本体，用佛教的语言表达就是无自性，于是反本质主义成为现代西方哲学的主流。西方哲学家还发现，语言和概念在本体的虚构中起了重要作用，于是名言批判成为现代西方哲学的热门，而这也是佛教般若学早就做了的事情。

我本人认为，般若学是佛学中极具哲学深度的一个领域。魏晋时期，般若学盛行一时，产生了像僧肇这样的大哲学家。禅宗占据主流以后，般若学衰微，中国佛教在哲学深度上有所退步。总的来说，我觉得中国佛教受儒道之影响远大于中国哲学受佛教之影响，因此，即使是堪称中国哲学之高峰的宋明新儒学，其所建构的本体论仍然是道德本体论，尚未达到本来意义本体论应有的深度和高度。

文化传承和创新

关于文化创新这个题目，我谈两点看法。

第一点看法：文化创新要依托传承。

在互联网时代，知识更新极为迅速，创新成为最重要的生产力之一。我们要创新，一个简单的道理是，创新不能无中生有，从零开始。文化创新更是这样，必须有深厚的文化底蕴，在此基础上才能推陈出新，有所突破。从一个城市来说，文化创新的关键就在于把自身文化积累的优势与时代的需要对接，做到价值最大化。在"一带一路"的语境中，能否使本地区在文化交往中成为一个活跃的参与者，成为一道具有文化魅力的风景，关键也在于把文化传承的文章做好。在这方面，韩城有得天独厚的优势。作为一个有三千年悠久历史的古城，国家第二批颁布的中国历史文化名城，韩城有大量国家级、省级文保单位，而最重要的是，有一个司马迁。

来到韩城，人们首先会想到一个伟大的韩城人，就是司马迁。司马迁不但是中国史学之父，中国通史和人物传记体裁的创始者，而且是一个大思想家、大文学家，他人格高尚，思想自由，才气磅礴，以卓绝千古的识力和笔力写《史记》，在中华文脉两千多年的传承中，是一座永远让人——用他评价孔子的话说——"高山仰止，景行行止"的高峰。他对中国文化的巨大影响怎么估计也不为过，从西汉到现代，凡大学者大诗人没有一个不佩服他的。

在欧洲，比司马迁晚一百多年，古罗马时期有一个普鲁塔克，也是一个大史学家、大思想家、大文学家，对于西方文化产生了深远的影响，他的名字在欧美知识界人人皆知。司马迁比起普鲁塔克毫不逊色，他是中国的普鲁塔克，一个世界级的文化伟人。韩城出了一个世界级的文化伟人，这是何等的幸运，何等的难得，何等的骄傲。所以，若要说文化创新，司马迁是韩城一个最大的宝藏，值得大做特做文章。

我本人对司马迁情有独钟，在中国古代文化伟人中最爱庄子、司马迁和苏东坡。我知道全国有千千万万热爱司马迁的人，但是，其中很多人可能不知道韩城是司马迁的故乡。我们要让韩城是司马迁的故乡这个知识家喻户晓，就像大家都知道曲阜是孔子的故乡一样。我们要让炎黄子孙都来历史之父的故乡朝拜，就像大家都到曲阜朝拜孔子一样。不过，韩城旅游要更上一层楼，交通是一个障碍，建议政府大显神通，让韩城早日通高铁。

第二点看法：创新成果要能够传承。

人们常说文化产业、文化产品，这些都是经济范畴，只是事情的一个方面。文化不只是产业，更是事业，我们做的不只是产品，更是作品。司马迁写《史记》不是在做产品，而是在创作传之千古的伟大作品。我们要以司马迁写《史记》的精神来做文化事业，无论影视，还是旅游，每做一个项目，务必打造成精品，既要顾及当前效益，更要注重久远价值。

　　总之，一方面要依托历史悠久的文化传承进行文化创新，另一方面要让我们的文化创新作品成为值得子孙们长久传承下去的优秀作品。唯有这样，我们才无愧是司马迁的乡人和传人。

何处忆乡愁

　　山西阳泉举办首届乡村旅游创意大赛，主题是乡愁，这个主题非常好，我说一说我的理解。

一、"愁"这个字

　　首先，乡愁的"愁"字，是一个很有诗意的汉字，这个字恐怕很难翻译成外文。中国古代诗词里面，尤其是唐诗宋词里面，写"愁"是一个主题。什么是愁？胸中一团浓郁又朦胧的情绪，似甜却苦，乍喜还悲，说不清道不明，我们的古人称之为愁。

　　我很喜欢辛弃疾的一首词，上阕是："少年不识愁滋味，爱上层楼。爱上层楼，为赋新词强说愁。"意思是少年人不懂愁，偏喜欢说愁，完全是矫情。下阕是："而今识尽愁滋味，欲说还休。欲说还休，却道天凉好个秋。"意思是真正懂得了愁的滋味，你是说不出来的，就只好说说天气。这个天气，是天凉好个秋，蕴含两个意思，一是"愁"字里面有一个"秋"字，二是秋的景色与愁的心情是对应的。

宋代另一个词人吴文英，他的一首词把这两个意思明白说出来了。开头两句是："何处合成愁？离人心上秋。""愁"这个字是两个字合成的，一个"秋"字，一个"心"字。在什么地方合成的呢？在离别的人的心上。

"愁"字由"秋"字和"心"字合成，这很有意思。愁是被秋意笼罩的一颗心。秋天有两个方面，一方面是收获的季节，果实累累，是甜蜜的；另一方面又是萧条的季节，落叶飘零，万木枯萎，让人感到忧伤。愁就是一种混合了甜蜜和忧伤的情绪，所以说不清道不明。

二、多愁善感的古人

愁是古代诗词的重要主题，我们的古人真是多愁善感，抒写了各种各样的愁。可以分为两大类。

第一类是思念之愁。离别妻儿，思念亲人，是离愁。孤身漂泊，思念故乡，是乡愁。其实离愁和乡愁是一回事，离愁侧重写对亲人的思念，乡愁侧重写对家乡的思念。

第二类是人生之愁。因为季节的变迁，为年华的虚度或者平生的不得志而悲伤，这叫闲愁。如果是为岁月的无常和人生的短暂而悲伤，这就是李白在《将进酒》里抒发的万古愁了。

当然还有别种的愁，比如春愁、旅愁，等等。古人写愁的一个特点是触景生情，因自然物候的触发而产生难以排遣的情绪。我们不要笑古人多愁善感，倒不妨扪心自问，在匆忙的现代生活中，我们的心情与自然的物候之间还能否有如此密切的感应，在情感的体验上是否粗糙了许多，贫乏了许多？

三、乡愁以乡村为依托

古人写乡愁的诗歌非常多，乡愁是中国传统文化里的一个重要主题。乡愁就是对故乡的思念，那么，什么是故乡呢？故乡不仅仅是一个人出生和居住的场所，光有这一点还不够，故乡应该是一个与土地和自然有紧密联系的地方，一个能够提示生命源头的地方。这个地方在哪里？回答只能是乡村，乡愁是以乡村为依托的。

英国诗人库柏的诗写道：上帝创造了乡村，人类创造了城市。在乡村，人和土地有紧密的联系，乡村里有分明的季节变化，人对自然物候有敏锐的感应。相反，城里人被人造的建筑物包围着，远离自然和土地，对季节的变化和岁月的交替不可能有敏锐的感应，所以城市很难给人以故乡的感觉。

我是在上海这个大城市里长大的，对此深有体会。在我的童年记忆里，最快乐的日子是在乡村度过的。我的祖母、外祖母都住在上海郊区的一个村子里，现在这个村子已经不存在了，但当时是真正的乡村，有农舍、田野、小河，我父母经常带我去那里玩。我的感觉是，在乡村，孩子是和大自然的生命共同体一起成长的，他是属于这个生命共同体的，他有很多伙伴，包括植物、庄稼、牲畜、昆虫，等等。所以我说，在城里长大的孩子是没有童年的，因此也是没有故乡的。什么是故乡？故乡就是珍藏着童年记忆的地方，而在城里长大的孩子，他的童年记忆是很贫乏的。你看那些在农村或者小镇长大的作家，比如鲁迅、沈从文，他们写的童年回忆特别能打动人，在城里长大的作家就写不出来。

四、乡村旅游：保护乡村，唤回乡愁

我们现在面临一个严峻的事实，就是城市化进程的负面作用，乡村正在消失。随着乡村消失，乡愁也就无所依托，正在成为一种人们很陌生的东西。你去问现在的孩子和青年，什么叫乡愁？他根本就没有概念，他知道抖音，知道网红，不知道乡愁。我们是在这样一个背景下来开发乡村旅游的，这是不利的因素，但是也可能成为有利的因素，可以激发我们做出一个不同的示范。

现在各地打造乡村或者古镇的旅游景点，有一个通病，就是破坏原生态，搬迁原住民。这样不管你花多大力气，最后也就是建成了一条商业街，或者一个商业景点，村镇丧失了原有的生命气韵和个性，成为空壳和表象。

我们绝不能这样做。现在我们把乡村旅游定位在打造"太行深处的人家"品牌，我觉得特别好，一定要打造原汁原味的乡村之家，让人感觉到太行深处真的是有人家，而不是只有一些旅游景点。白居易有一句诗，叫"风景触乡愁"，乡愁是由风景触动起来的。我们要建造能够真正触动人们乡愁的乡村风景，要有自然生态，有农耕和庄稼，有村民和风俗，也有自己的个性，让人感觉这才是故乡应该有的样子。

最后，我用一句话来概括，表达我对阳泉乡村旅游创意的希望，也许这句话可以做你们的广告词：何处忆乡愁？阳泉乡村游。

第六辑

阅读的力量

做大师的学生

我在阅读上的主张，我自己的阅读经验，归结为一句话，就是做大师的学生。

人是要过精神生活的，这是人和动物的最根本区别。如何才能拥有高品质的精神生活？人类的精神生活已经形成了一个悠久的传统，这个传统的主要载体就是书籍，尤其是伟大思想家和作家所写的经典作品，其中集中了人类两千多年来创造的最宝贵的精神财富。因此，读经典是进入人类精神生活传统，从而使自己过高品质精神生活的最重要途径。

倘若幸运，你在成长道路上也许会遇到好老师，但是，你会发现，好老师之所以好，往往是因为他从大师那里汲取了营养，而他往往还会把你引到他心仪的大师面前。所以，即使不幸运，你没有遇到好老师，也就不算什么了，大师就在图书馆的书架上，你直接去找大师就是了。

直接向大师学习，这是一条捷径，并且使你的阅读有一个很高的起点。经典作品的数量也非常多，你要从中逐渐找到最适合你的那个部分，找到和你的心性最相近的若干位大师。学习是最需要有主动性的事情，做大师的学生尤其如此。有效的阅读是自我成长的过程，读大师的书是为了更好地走自己的路。一开始，你是大师的学生，越来越熟悉了，你会感觉大师也是你的朋友，所表达的正是你的心声。你的心灵中有若干位亦师亦友的大师，你会多么充实。有一天你发现，你已经变成一个更好的自己，阅读的最大收获莫过于此了。

让经典作家成为顶级大 V

今天的时代，人们已经习惯于从网上接收信息，许多人处在"永远在线"的状态，把可以自由支配的时间全都用在互联网上了。当此之时，我要提醒人们，人类创造了互联网，但上帝也有它的互联网，我们不可只上人类的互联网，不再上上帝的互联网，把上帝借之向人类传递的最重要信息给屏蔽掉了。

上帝的互联网是一个比喻，我指的是两个方面：由一个方面来看是大自然，由另一个方面来看是人类的心灵世界。二者不可分离，若无人类的心灵世界，大自然只是一堆死的物质。自古以来，大自然孕育着人类的心灵，人类的心灵也感悟着大自然，如此形成了一个充满意义的超级互联网。中国古代哲学对这个互联网有一个名称，叫作天人合一。孔子说"闻道"，庄子说"独与天地精神往来"，佛家说"明心见性"，其实都是在教导我们上这个互联网。由于这个超级互联网的存在，人类有了哲学、宗教、文学，有了悠久而常新的精神生活传统。

人类历史上不断诞生一些伟大的心灵，他们善于感应自然，体悟心性，接收上帝的信息，并且通过自己的作品传达接收到的信息，他们被称作经典作家。经典作家是上帝的互联网上的网络高手，读他们的作品，可以使我们对上帝的信息形成一个概念，从而自己也学会接收上帝的信息。每个经典作家仿佛都用其作品建立了一个自媒体，只要你愿意，就可以加关注，成为其粉丝。你当然不必也不可能成为所有经典作家的粉丝，可是，倘若你一个也没加，总是追随凡俗世界里的大V，你的精神境界便堪忧。经典作家理应成为拥有最多粉丝的顶级大V，倘若他们普遍受冷落，这个时代的精神境界便堪忧。

互联网的好处是信息资源共享，然而，要享受到这个好处，第一你必须知道自己要什么，第二要具备相当的鉴别能力。现在的普遍情况是，人们上网只是被动地接收信息，这些信息常常与自己的生活和心灵生长也许毫无关系，结果就只是把自己变成了海量信息的一个通道。这恰恰说明，在互联网时代，至关重要的是为自己的精神生长打下一个好的底子，而阅读经典正是打底子的最好法子。一方面，在这些伟大心灵的熏陶下，你给自己的人生确立了一个明确的精神目标，从而知道自己要什么，就不会没头没脑地沉溺在信息的汪洋大海里了。另一方面，你品尝到了真正的精神佳肴，精神味觉自然变得敏锐而精致，从而具备良好的鉴别能力，知道自己不要什么，就不会对网络上大量无价值的信息发生兴趣了。总之，用经典打好底子，你清楚了自己要什么和不要什么，你就能够对互联网用其利不受其害了。

在互联网时代，知识更新迅速，有人由此断言经典作品已经过时，我的这篇短文是一个回应。须知人文经典的核心不是知识，而是人生的真理，其中凝聚了人类精神生活的精华。一个人倘若未尝经历过经典的洗礼，对人类精神生活的传统毫无概念，就很容易被知识的更新弄得眼花缭乱，六神无主。总之，阅读经典是心灵生长的必由之径，在互联网时代更是如此。你只有经常上上帝的互联网，才不会在人类的互联网世界里迷失方向。

图书馆是最踏实的文化事业

今天，坪山图书馆迎来了开馆的日子。受聘担任首任馆长，于我是一件很荣幸的事，我会努力尽职。坪山图书馆的首任馆长由谁来当，这有很大的偶然性。但是我相信，有一件事情是必然的，就是坪山图书馆一定会被办成一个好的图书馆。

为什么呢？因为这是深圳，这是坪山。深圳是中国最年轻的城市之一，坪山又是深圳最年轻的行政区，充满朝气，生机勃勃，给各种创新和试验提供了广阔的空间。

坪山区委区政府把文化建设作为全区发展的重点，又把图书馆建设作为文化建设的重点，我从中看到的是远见和胸怀，是一个爱文化、懂文化的领导班子。

图书馆是人类最古老的文化事业，图书馆的历史与人类有文字记载的文明史基本同步。人类创造的精神财富，绝大部分是以书籍的形式保存在图书馆里的。

图书馆也是一个民族最踏实、最造福民众的文化事业，一个民族的文化自信，在很大程度上体现在拥有历史悠久、品质优良的图书馆上。

作为一个城市，一个地区，是否拥有一个藏书精当、使用率高、受当地群众喜爱的公共图书馆，是衡量这个城市和地区整体文化水平的一个可靠标志。我相信，坪山图书馆会是这样一个图书馆。

从我本人来说，我一生受益于图书馆，受益于书籍，对图书馆深怀感恩之心。

长期担任阿根廷国家图书馆馆长的大作家博尔赫斯有一句名言：天堂应该是图书馆的模样。这句话形象地说出了爱书人对图书馆的情感。人生最好的境界是心灵的丰富、愉悦、宁静，要进入这个境界，最有效、最简单、最不花钱的方法是什么？就是在图书馆里坐下来，翻开一本书。

今天在座的我的好朋友、全国政协副秘书长朱永新先生也有一句名言：一个人的精神发育史，就是他的阅读史。我自己的经历与这句话完全契合。图书馆是我少年时代梦想开始的地方，我是在书籍的熏陶下，形成自己的人生理想和价值观，成为今天这样一个我的。

我一直是图书馆的受惠者，现在让我当这个馆长，正是给了我一个机会，使我得以回报社会，通过我的工作，让广大的人群成为受惠者。

自从受聘为馆长，我一直在问自己：我能为坪山图书馆做什么？我的什么阅读经验和资源可以和一个公共图书馆的文化需求对接？思考的结果是，我的工作重点应该放在大众阅读的组织和引导上面，让经典走进大众，让阅读成为时尚。

图书馆不只是一个存放和借还图书的物理性实体，它更应该是一个营造阅读风气和培养读书品位的精神性主体。图书馆应该主动做事情，不但要满足公众现有的需求，而且要创造新的更美好的需求。

坪山图书馆的办馆理念是开启人生的智慧、传承精神的高贵，那么，开启智慧的钥匙在哪里？精神传承的血脉在哪里？主要就在那些经典作品和优秀书籍里。这是一个宝库，我们要让更多的读者发现这个宝库，享受这个宝库。

为此需要做一系列工作，包括配书讲究品质，中外经典名著和当代优秀书籍尽可能配齐，并设立专门的推荐区域，包括举办高质量的读书讲坛和组织群众性的读书活动，等等，在这里我就不具体说了。

深圳人是最爱书的，购书量在全国城市中占首位。每次到深圳做读书活动，眼前满是洋溢着热情和欢笑的年轻脸庞，令我倍感温暖。

我希望看到，有一天，在深圳，坪山人是最爱书的，坪山的读书氛围最浓厚。

我还希望看到，有一天，坪山浓厚的读书氛围把深圳和全国的许多爱书人吸引到这里来，和坪山人进行交流。

总之，我希望看到的情景是：坪山人爱读书，爱书人聚坪山。

公众和好书之间的桥梁

第十届文津图书奖近日揭晓，从2014年中国大陆地区正式出版的汉文图书中评选出获奖图书10种，其中社科类5种，科普类3种，少儿类2种。这个比例，是本奖历届所遵循的规则。为了鼓励原创写作，本奖遵循的另一规则是原创作品的比例高于翻译作品。除此之外，各届还评选出推荐图书若干种，本届为70种。

国家图书馆自2004年设立文津图书奖，每年评选一次，迄今已是第十届。作为各届都参加的评委，我对这个奖怀有很深的感情。多年前我曾撰文表示，我之所以看重这个奖，是因为它有两个特点，一是纯粹，二是干净。令人欣慰的是，在各种图书奖和图书排行榜争抢眼球的今天，文津图书奖仍然保持了这两个特点，愈益显示了其自身的品格和价值。

作为公益性的文化设施，国家图书馆的职能是向公众提供图书阅读方面的服务。如何评价服务得好不好？我认为有两条标准。一是数量，国家图书馆理应拥有举国最丰富的藏书，向最广泛的公众开放，使任一国民能够便捷地借到想读的书。二是质量，除了环境、设备、效率，等等，质量更体现在对公众阅读的良好引导上。设立文津图书奖，围绕该奖举办获奖图书作者公开课等系列活动，就是引导公众阅读的重要举措。

一国公民的精神素质，可以从阅读风气之厚薄和阅读品位之高低见出，而提升精神素质的途径又非阅读莫属。当今每年图书出版量以数十万计，加之网络快餐文化的冲击，国家图书馆更应承担引导之使命。引导的重点，我认为主要有二：一是经受了时间检验的经典作品，它们是人类迄今为止所创造的最重要的精神财富；二是新出版的好书，它们是当代人所创造的优质的精神财富。文津图书奖致力于后一种引导，如同一座桥梁，把公众引导到适合其阅读的新出版的好书面前。所谓适合其阅读，在注重知识性和思想性的同时，必须兼顾可读性和普及性，这是本奖面向广大公众的题中应有之义。

文津图书奖是一个安静的奖项，远离媒体的喧闹和热点的炒作。这符合它的本性，因为它是国家图书馆设立的，而图书馆是知识的圣殿、精神的家园，原本就是安静的。也愿你以一颗安静的心来阅读我们推荐的书，如同坐在国家图书馆的静悄悄的阅览室里。

阅读文化的复兴

在今天互联网时代，普遍存在一种担忧，就是网络导致了阅读的危机。通常的表述是，阅读呈现了碎片化、低质化的特征，甚至不再是真正的阅读。在这种担忧之中，蕴含着两个判断。其一，印刷书籍是承担严肃阅读的合适媒介，而网络不是。其二，文化精英仍会坚持印刷书籍的阅读，而沉湎于网络的大量人群只是消费大众。

在《阅读的力量》这本书里，作者富里迪通过对阅读以及阅读观点的历史进行梳理，向我们指出，事实上，类似的担忧和争论古已有之，从未平息，只是随着时代场景的变化而变换了其形式而已。他的梳理给我们提供了一个广阔的历史视野，其中包括引证了不同时代围绕阅读问题的具有代表性的对立言论，有助于我们思考今天所面临的问题。

本书的副标题是"从苏格拉底到推特"，暗示了从古希腊到互联网时代，阅读始终是一个引起纷争的问题。从西方历史的角度看，有若干关键的节点。一是古希腊，由于书写材料的珍贵，只有极少数人有机会阅读书面文本，但苏格拉底已经担忧书面文本的间接性会导致误解，主张唯有直接的口头对话才能保证理解的正确。二是15世纪古腾堡发明活字印刷技术后，书籍的传播使得阅读人口不断增加，围绕阅读利弊的争论也随之增加，但各方都承认阅读会对心智产生重大影响。三是19世纪小说兴起，以歌德的《少年维特之烦恼》为焦点，虚构作品对人们真实生活的影响引起道德恐慌，而沉湎于小说的阅读大众则遭到道德批判。四是20世纪60年代以来，数码技术兴起，网络的利弊成为关注的重点，恪守传统者持批判立场，反传统者则欢呼又一次阅读革命的到来，宣称读者摆脱了书籍的压迫，真正成为阅读的主人。

那么，作者的立场是什么？在叙述各种不同乃至相反的观点时，他的态度是审慎的，往往并不明确地表示可否。就我们今天的问题来说，争论发生在两个方面。一是关于媒介，即网络文本与印刷书籍的关系，他承认阅读文化面临严峻挑战，但原因不在技术领域，抨击网络和讴歌网络都是片面的。二是关于阅读主体，精英阅读与大众阅读的关系，他反对走极端，显然不赞成精英主义。我赞同这两点看法，阅读的利弊不取决于媒介和身份，而是取决于阅读的目的、内容和方法。作者的结论是，阅读是一种拥有其自身价值的文化修养，我们应该复兴这样的精神，这个复兴要从培养娃娃开始。

书与美好生活

主办方让我来谈谈书与美好生活的关系，可能是找对人了。我应该算一个爱书的人，读了一辈子的书，还是有一些体会的。书与美好生活的关系，我想谈两点。

一、阅读本身是一种美好生活

培根说：心情愉悦的阅读本身就是在享受生命。我觉得他说出了爱书人的共同感受。享受生命当然还有别的方式，但不能缺了阅读这个方式。我写过一句话：人生最好的境界是丰富的安静。怎样能够进入这个境界呢？一个最简单也最有效的方法是翻开一本书。一个有阅读爱好的人是不太会无聊或者焦躁的。日子多么平淡，翻开一本书，就可以悠游岁月，感到富足。世界多么喧嚣，翻开一本书，就可以尘虑皆消，获得清净。沉浸在一本自己喜爱的书之中，你会觉得时间仿佛停止了，当你合上书本，又会觉得时间过得真快。这正是一切美好享受的共同特点——当下即永恒。阅读的美好，这是其一，阅读是享受生命。

蒙田说，人生有三种美好的交往，一是知己的朋友，二是恩爱的伴侣，三是心仪的书籍。其中，前两种不是想要就能够有的，唯有书籍是自己完全能够做主的，只要愿意，它可以伴随一生，在孤独时给你莫大的安慰。在精神的世界里，不存在时代、国别、民族的壁垒，通过阅读，你可以在全人类历史的范围里与优秀的灵魂交往。我相信灵魂与灵魂之间是有超越时空的亲缘关系的，在书中可以找到自己的灵魂知己。你读了许多书，其中某一些会特别让你共鸣、感到默契、怦然心动，你会觉得作者仿佛懂你的心，说出了你想说而未说的话，这些作者就是你的灵魂知己。对于我来说，庄子、苏东坡、蒙田、爱默生、尼采就是这样的灵魂知己，我不觉得他们时隔久远，他们一直无形地陪伴着我，给我以欢愉和力量。阅读的美好，这是其二，阅读是与优秀的灵魂交朋友。

事实上，在书中遇见灵魂知己，也是一种自我认知。你之所以觉得作者说出了你想说而未说的话，是因为你确实有类似的体验和思想，但似乎沉睡着，现在被作者唤醒了，变得清晰了。作者懂你的心，因此让你也更懂自己的心了。这是阅读中最愉快的时刻，你发现自己原来还有这么一些好东西，充满惊喜。你心中本来就有这个种子，现在破土了，如果你珍惜，它便会发芽、生长、开花，结出你自己的果实。我的许多种子就是在阅读中被激活的，而写作则是让种子开花结果。阅读的美好，这是其三，阅读是自我发现和自我生长。

二、阅读使整个人生更美好

阅读本身是美好生活，这是一个方面；另一个方面，阅读的收获会提升整体生活的品质，使整个人生更美好。

第一，阅读让你开阔。在这个世界上，无论从时间看，还是从空间看，我们每个人生存和活动的范围都是极其有限的。一个不读书的人，单凭自己感官的直接感知，视野必定狭窄。你可以去周游世界，但是如果不读书，不知道一个地方的历史、地理、人文，就只是到此一游，等于没有去。阅读是超越时空限制的主要方法。通过阅读，你获得的不只是知识，更是一种看事情的眼光。视野开阔，胸怀才会开阔。人遇事之所以想不开，是因为坐井观天，心胸狭窄。让你的心灵活在一个广阔的世界上，你就不会死在一件小事上了。可悲的是，死在一件小事上的人何其多也。

第二，阅读让你丰富。叔本华说，人只能按照内心世界的限度看世界，心中没有的，世界上再多，也仍然看不见。内心世界贫乏的人，所见的世界也是贫乏的。要让你的心灵丰富，有两个主要途径。一个是珍惜你的经历。你在经历中的感受和思考，把外在经历转变为内在财富。另一个就是阅读。人类创造的精神财富主要是以书籍的形式保存的，它们属于一切人又不属于任何人，你必须自己去占有适合你的那一份，阅读是占有的唯一方法。

第三，阅读让你高贵。人是精神性的存在，高贵是人之为人的题中应有之义。我说的高贵，是指人要有精神追求，在世俗生活中坚持真善美的理想。人类精神追求是有一个悠久传统的，它的主要载体是书籍。通过阅读，让自己过高品质的精神生活，就是在加入和传承这个传统。爱因斯坦说：我们要关注那些永恒而至高无上的财富，在传给子孙的时候，使它们更加纯洁而丰富。他的意思是说，传承精神的高贵，我们人人有责。我读大哲学家、大思想家、大艺术家的作品和传记，一个至深的感触是，人类曾经诞生过如此高贵的灵魂，生而为人是非常光荣的，来人世一趟是非常值得的。

第四，阅读让你宁静。上面所说阅读的各项收获，实际上都可以归结到宁静。因为开阔，心灵不受所处小环境中俗人琐事的搅扰，于是宁静。因为丰富，内心充实而快乐，于是宁静。因为高贵，人生有坚定的精神目标，于是宁静。古今中外的哲学家都强调，宁静是幸福生活不可缺少的特征。你的身体尽可以在世界上奔波，你的心情尽可以在红尘中起伏，关键在于你的精神中一定要有一个宁静的核心。有了这个核心，你就能够成为你的奔波的身体和起伏的心情的主人。

最后，我要说，阅读也许还可以让你长寿。人的身体在很大程度上受心灵支配，忧虑和烦恼最容易致病，心态好是最好的养生。通过养心，阅读还起到了养生的效果。大学者中多寿星，原因就在于此。

也许有人会问：你说的阅读的好处，只是指阅读纸质书吧？那倒不是。在互联网时代，书的形态更加多样化，除了纸质书和纸质杂志，还有听书、电子书以及各种网络公共媒体和自媒体平台，我认为这是一件好事。其好处是，发表和阅读都更加便捷，并且可以满足不同喜好的人们的需求。网络阅读成为主流的阅读方式，不但是不可阻挡的趋势，而且已经是事实。在我看来，在阅读这件事上，最重要的是内容。因此，在内容的优质和原创上下功夫，是网络媒体不可推卸的责任。

今天的主办方是有书，有书这个名字起得好。我用一句话来结束我的发言：美好生活必须有书，有书才有美好生活。

因书而美

世上什么最美？我的回答是书。人因书而美。繁华街头、幽静公园、教堂和茅屋、空客和地铁，瞥见一个专注的阅读者，总是令人眼前一亮，分明看见他（她）沐浴在一种精神的光辉之中。空间因书而美。图书馆和书店，不论大或小、古老或现代、宏伟或朴素，置身其中，总是令人心中一静，远离尘世的喧嚣和烦恼。

顾晓光行走于世界各地，所见林林总总，偏能聚焦于因书而美的人和空间，用摄影之美传示阅读之美。此前他已出版摄影集《旅行之阅阅读之美》，收录了他在不同场合抓拍的阅读者的影像。现在他又出版这本摄影集《因书而美——世界图书馆与书店漫游》，收录他在五大洲40多个国家和地区拍摄128家图书馆和书店的作品，向我们展现了空间因书而美的真实情境。

长期担任阿根廷国家图书馆馆长的大作家博尔赫斯有一句名言：天堂应该是图书馆的模样。我相信，凡爱书人对这句话都必定心有灵犀。天堂是布满光明的地方。书是光，有书的地方就有光明。伟大的灵魂在书中发光，这光芒超越时间和空间，照亮每一个爱智的灵魂。

请你翻开这本书，领略因书而美的空间。愿你热爱阅读，成为因书而美的人。

深圳有一个可爱的书吧

　　物质生活书吧20周年，晓昱约稿，我这才意识到自己去书吧太少了。记忆中只去过两次，一次是2002年夏天，另一次是2004年秋天，都是康延带我去的，印象皆美好。

　　书吧是和21世纪一同诞生的，这颇有象征意味。新世纪开始，深圳的文化生活活跃起来，我有时会被请去参加活动，那两次到书吧，都是去参加活动的时候。白天在深圳读书月的会场做讲座，听众爆满，气氛热烈，我感受的是深圳文化的活力。晚上去书吧做客，朋友相聚，小酌欢谈，我品味的是深圳文化的魅力。在书吧里，我结识了深圳最可爱的文化人，一个个只为喜欢而读书和写书、买书和卖书。是的，还有卖书，这就是书吧美丽的女主人晓昱。

　　初识晓昱，我的印象是，这个女孩待人接物落落大方，明朗自然。这个印象至今未变。当时她告诉我，为爱情辞掉了电视台主持人的工作，结果却是失恋，就到深圳开了这个书吧。她开玩笑说：那时候周老师在哪儿呀？现在家庭这么美满，我只好每天一个人回家了。我心中感佩她的坚强和洒脱，而以她的洒脱，我相信她不会责怪我是在泄露她的隐私吧。

书吧取名物质生活，曾使我略感惊讶，书籍不是属于精神生活的吗？于是我给自己解读。其一，物质是前提，吃不饱肚子，还读什么书？深圳不是因为领先改革开放，物质极大丰富，才成为全国人均购书最多、阅读氛围最浓的城市的吗？其二，阅读要具有物质的坚硬性和质量感，成为生活中的必需。其三，对于女性，身体和心灵、物质和精神是浑然一体的，分不开，也分不清。所以，美女开书店，精神生活就是物质生活。不管是正解还是歪解，请晓昱笑纳。无论如何，以物质生活为书吧的名称，是一个貌似平凡的奇想，我佩服。

我始终记着，深圳有一个可爱的书吧。下次到深圳，我一定要再去那里喝一杯红酒。

第七辑

哲人三章

没有困惑，何来信仰？

——读奥古斯丁《忏悔录》

一

我正在写一本书，从我的视角讲西方哲学史。前不久写到奥古斯丁，重读了《忏悔录》，受到的震撼丝毫不亚于多年前初读的时候。在基督教体系中，奥古斯丁被公认为最伟大的神学家。在一般人的印象里，神学是枯燥的，板着面孔的，殊不知神学的奠基者却是一个闪放着人性光华的超可爱的人，令人感叹历史是多么富有戏剧性。

奥古斯丁（354年—430年）出生于北非，当地的居民，血统混杂，各种信仰并存，多数人是异教徒。他的母亲是一个虔诚的基督徒，一心盼望儿子早日受洗和成婚，做一个好基督徒。可是，这个不听话的儿子似乎注定要走过一段曲折的路程，在信仰上是一个异端，在男女关系上放荡不羁，而最后的结果则远远超出母亲的期望，成为基督教历史上的第一圣人，以及一个禁欲的僧侣。

奥古斯丁的一生，可以分为两个阶段。30岁以前，用他自己的话说，他是一个罪人。30岁以后，他皈依基督教。从41岁起，他任北非海港城市希波的主教，直到去世。《忏悔录》这本书，是他46岁时写的，当时已任主教。我相信，凡是读过这本书的人，都会被他的真实的人格和丰富的个性所吸引。

二

《忏悔录》是一本奇书，是人类历史上第一本个人心灵自传。在这本书里，奥古斯丁用忏悔的口吻叙述了自己从童年到中年的心路历程。他的叙述有两个特点。

第一，极其诚实，毫不避讳一般人看作隐私的经历，例如性爱经历。他的青年时代充满迷惘，他在寻求信仰的道路上有许多困惑，他都诚实地写了出来。不但如此，即使在担任主教之后，他在信仰问题上仍有困惑，他也诚实地写了出来。

第二，非常善于反省和剖析自己最隐秘的、最微妙的心理活动，乃至潜意识中的欲念。他的内心世界丰富而细腻，而他又善于用理性的眼光去剖析内心世界，有人因此认为他是人类历史上第一个心理学家。所以，毫不奇怪，在成为神学家之后，他仍然非常重视内心世界的体验，认为内在体验是通向上帝的必由之路。

这两个特点表明，他是一个人性丰满而且能够坦然面对人性弱点的人。读这本书的时候，你会觉得作者离自己很近，难以相信它是公元4世纪的一个人写的，而且这个人还是一个主教！

关于奥古斯丁写这本书的动机，论者大多解释说，因为人们知道他曾经长期信奉摩尼教，并且曾经是一个怀疑论者，有许多异端思想，而现在他不但受洗了，而且当上了主教，这个巨大的转变既招致敌人的攻击，也会让信众感到疑惑，因此有必要对自己的这个转变做出交代。但是，在我看来，他的这本书更是为自己写的，比起向别人交代，他更需要向自己交代。他一定感到，他必须对自己这个转变的内心历程进行仔细的审视和分析，检验其真实的程度。这实际上也是在向上帝交代，因为一个人唯有对自己诚实，把一个诚实的自己呈现在上帝面前，才是真正忠实于上帝。所以，毫不奇怪，全书的语气既是在对上帝言说，也是在对自己言说，二者紧密交织在一起。

三

在《忏悔录》中，奥古斯丁的忏悔从童年记事起开始，可是我们看到，他的忏悔更像是控诉，是一个活泼好奇的孩子在控诉强加于自己的应试教育的痛苦。他说："我童年不喜欢读书，并且恨别人强迫我读书，但我仍受到强迫。那些强迫我的人说是为我好，其实他们除想要我贪求名利之外别无目的。"他还说："一个公正的人是否能赞成别人责打我，由于我是孩子时因打球游戏而不能很快读熟文章，而这些文章在我成年后将成为更恶劣的玩具？"

忏悔的主体部分是青年时期，重点是肉欲。在当年罗马帝国的版图内，青年男人的性生活是很随意的，他也不例外。他回顾说："我如此盲目地奔向堕落，以致在同辈中我自愧不如他们的无耻，听到他们夸耀自己的丑史，越秽亵越自豪，我也乐于仿效，不仅出于私欲，甚至为了博取别人的赞许。为了不受嘲笑，我越加为非作歹，并且由于我缺乏足以和那些败类媲美的行径，便捏造我没有做过的事情，害怕我越天真越不堪，越纯洁越显得鄙陋。"

这种淫乱的状况应该是发生在他的青春期，17岁时，他与之告别，有了一个专一的情妇。一年后，她给他生了一个孩子。他很爱这个女人，两人的关系持续了十五年之久。32岁时，母亲逼婚，给他找了一个富家女，年龄还小，要等两年才能成婚。因为这桩婚事，他断绝了与那个女人的关系，女人回非洲当了修女。奥古斯丁在自传中沉痛地说："我的心本来为她所占有，因此如受刀割，这创伤的血痕很久还存在着。"但是，他接着承认，他不能忍受两年的等待，受肉欲的驱使，又另找了一个情妇，直到正式结婚。

奥古斯丁的结婚和皈依基本是在同时。据他自述，有一天，在米兰的一个花园里，他耳中不断响着一个声音，叮嘱他"拿起读，拿起读"，他就翻开《圣经》，看到"不可好色淫荡"和"总要披戴耶稣基督"的词句，幡然醒悟，决心终结追逐色欲的生活，笃信基督。然而，皈依之后，他仍性欲旺盛，耽于床笫之乐，于是这样向上帝祷告："主啊，请你赐给我纯洁和节制，但不要立即赐给。"接着解释说，他是怕主立即答应，消除了他的好色之心，使他不能享受女色了，所以他明知这是病态，却不愿加以治疗。这个心理活动非常真实，而他细致地捕捉到，诚实地写了出来。

在自传中，他一再谈到，他早已厌倦了世俗生活，戒除了名利欲，唯独对女人仍是辗转反侧，不能忘情。即使现在当了主教，选择了独身生活，从前的色情场景仍会隐约呈现在记忆中，而一进入梦境，还会被色情的幻象所颠倒，并且感到欢悦。他问上帝："我的主，是否这时的我是另一个我？为何在入梦到醒觉的须臾之间，我判若两人？"

这么看来，在肉欲的问题上，奥古斯丁始终是困惑的。事实上，性欲是人的极强的本能，一个人即使遁入空门，也难以真正戒除。奥古斯丁在自己身上体验到了这一点，我们据此可以理解，他后来为什么会强调，性欲是原罪，而救赎不能靠人自己的努力，只能靠上帝的恩典。

四

读《忏悔录》的时候，我们会发现，奥古斯丁总是在向上帝发问。他想得很多，喜欢追根究底，但自己很少做结论，坦率地承认自己无知。下面我举几个例子。

其一，对人生的困惑。他在米兰街头看见一个自得其乐的乞丐，不禁感叹自己不如这个乞丐快乐。他问自己：你愿意快乐呢，还是愿意忧患？回答是愿意快乐。进一步问：你愿意和那个乞丐一样呢，还是像你现在这样？他却宁愿做这个忧患的自己了。人生的追求充满着疑难，他问自己也问上帝："难道我们真的不能抓住任何可靠的东西，来指导我们的生活吗？"

其二，对上帝的困惑。基督徒的最高理想是找到上帝，得窥上帝的真实面目。可是，这何其困难。奥古斯丁用日常生活中的现象做比方。我们寻找丢失的东西，在记忆中对它会有一个印象，一个东西与这个印象不符合，我们就知道它不是自己要寻找的，直到与印象符合的东西出现在眼前为止。这就说明我们是凭记忆去寻找的，假如记不起，就不认识，假如不认识，即使失物拿在手里，也认不出，便不能说已经找到。在信仰上存在同样的困境：如果我们对上帝没有记忆，就不可能寻找到上帝，而我们对上帝似乎的确没有记忆。因此他叹息说："主啊，看见你的本来面目，这是我们尚未享受到的权利。"

其三，对时间的困惑。在西方哲学史上，奥古斯丁是第一个从哲学上追问和思考时间难题的人。人们把时间分作过去、现在和将来，他问道：过去已经离去，将来尚未来到，现在永不止息地成为过去，它们究竟在哪里？他试图做出解释：过去存在于记忆中，将来存在于期望中，现在存在于对当下事物的注意中，所以时间只是一种主观的东西。在做了这个解释之后，他承认自己仍觉困惑，坦白道："时间究竟是什么？没有人问我，我倒清楚，有人问我，我想说明，便茫然不解了。"他还向上帝说了一段非常有意思的话："主啊，我向你承认，我依旧不知道时间是什么，却知道我花了很长时间讨论时间，可是既然我不知道时间是什么，怎能知道时间有长短呢？我真愚蠢，甚至不知道我究竟不知道什么东西。我的主，你看出我并不说谎——我的心怎样想，我便怎样说。"的确如此，"我的心怎样想，我便怎样说"，这正是他最可爱的地方。

五

许多年前，我写过一段话："我不相信一切所谓人生导师。在这个没有上帝的世界上，谁敢说自己已经贯通一切歧路和绝境，因而不再困惑，也不再需要寻找了？至于我，我将永远困惑，也永远寻找。困惑是我的诚实，寻找是我的勇敢。"

我不是基督徒，但我真切地感到，人生必须有信仰。一个人到这个世界上来，只要他是有感情、有思想的，就一定会对世界和人生产生种种困惑。有困惑说明你的心智是活泼的，你的态度是认真的。因为困惑，人才会走上寻找信仰的路。寻找未必就能找到，但是，我相信，诚实地面对自己的困惑，不掩饰，也不自欺，是找到信仰的前提。读奥古斯丁的《忏悔录》，我更加坚定了这个认识。

平凡生活的智者

一

无论是作为作家，还是作为哲学家，蒙田都在我的最爱之列。译林出版社邀我为这个新版《蒙田随笔全集》（以下简称《随笔集》）写序，我很乐意来说一说我为什么如此喜欢他的作品，他的作品为什么在今天仍值得我们阅读。

蒙田（1533年—1592年）生活在文艺复兴的末期和近代的开端，是站在近代门槛上的第一位文化巨人。比他稍晚，还有两位文化巨人，都受到了他的影响，就是培根和莎士比亚。莎士比亚是文豪，培根是哲学家，而蒙田在文学和哲学上都是开创新风气的先驱。

蒙田是法国波尔多人，一生主要的生活方式是隐居，最用心做的事是写《随笔集》，生前三卷都已先后出版。在西方，随笔这个体裁发端于古罗马，普鲁塔克和塞涅卡是顶尖的高手。这两位正是蒙田最喜欢的作家，他在著作中经常引证，文风也受其影响，但显得更加散漫，更像是家常闲谈。读他的随笔，我真正感觉到是在听一位智者谈话，他的心态平和而豁达，他的见解平实而深刻。

在《随笔集》中，蒙田对写作发表了许多中肯的见解，我认为最重要的是两点，而这两点也正是他的文风的显著特征。第一是朴实。他说："朴实无华的真理闪放光彩，使任何华丽的描绘相比之下都黯然失色。"写作要像平常说话那样，既明白易懂，不用生僻字，又平易近人，少讲大道理，蒙田说他只想用巴黎菜市场里说的语言。第二是自由。普鲁塔克的许多文章，东拉西扯，似乎忘记了主题，蒙田赞叹道："上帝啊，这些充满朝气、写无定法的即兴之作有多美啊，越是随意越有许多神来之笔！"实际上他自己更是如此，笔意纵横，没有固定的套路，仿佛经常跑题，整体看下来却有一种天马行空的气势。这样的写法，形散神不散，不是大手笔是用不好的。

蒙田无疑是写随笔的第一流大师，他的文学成就举世公认。可是，他在哲学上的贡献好像遭到了忽视，在迄今出版的西方哲学史著作中，你几乎找不到他的名字。在我看来，毛病出在写哲学史的人的狭隘的学术眼光上。蒙田不属于学术界，不属于任何界，仿佛天地间突然生出了这样一个朴素又聪慧的人，撇开一切理论，用最本真、最直接的方式探究人性和人生的问题。他把哲学带回到原初的状态，使之重获永恒的品格。他没有创立任何可以供后来的哲学家继承或批判的学说，却用人文主义精神熏染了近代哲学，给哲学注入了一股清流。

二

哲学家们研究宇宙、上帝、自然，而蒙田告诉我们，他研究的是他自己。在《随笔集》开头，他开宗明义地宣布："读者，我自己是这部书的材料。"他还说："我研究自己比研究其他题目多。这是我的形而上学，我的物理学。"整个三大卷《随笔集》，就是他研究自己的一个记录。

在蒙田之前，要往上追溯一千二百年，我们才能找到一个人，是曾经把自己当作研究对象的，就是奥古斯丁。不过，两人有根本的不同。奥古斯丁是为了忏悔，从自己的身上认识人性的卑微，从而舍弃小我，皈依上帝。蒙田是立足于以人为本，通过研究自己来研究人性，以一种非常健康的心态对自己和人性都予以肯定。《随笔集》的写法也和《忏悔录》不同，它不是自传，没有叙述自己的任何具体经历，而只是仔细观察自己的内心世界，把观察的收获写了出来。

蒙田自己说，人们总是把视线朝向别人，朝向外面，而他则对准自己，看自己的里面。如同一个充满好奇的游客，他在自己的内心转悠，看那里的各种风景。他把观察自己看作人生的第一要务，是基于两点认识。第一，在自己身上可以领悟人生的基本道理。一个人凭借自己的经验，而无须凭借书本，只要善于学习，就足以让自己变得聪明。你若肯反省自己过去暴跳如雷的样子，就比阅读亚里士多德更能够看清这种情绪的丑恶，从而把它克服。你若常回顾经受过的苦难和屈辱，就比阅读西塞罗更能够懂得命运的变幻莫测，从而有所准备。第二，在自己身上可以察知人性的真实样子。一个人只要具有光明磊落的判断力，就可以把自己作为人性的例子，给自己就像给第三者一样坦然做证。通过长期仔细观察自己，就训练得对别人也能够做出适当的判断。

蒙田从自己身上研究人性，态度诚实而坦然。在《随笔集》中，他把在自己心中观察到的一切如实地表达出来，力求保持其本来面貌。他说："我把自己整个儿展示在人前。"他为他是第一个这样做的人而感到自豪。他指出，描述自己比描述别的事物更困难，但也更有意义。"如果世人抱怨我过多谈论自己，我则抱怨世人竟然不去思考自己。"的确如此，如果人们把耗费在交际和事务上的时间分一点给自己，多一些对自我的思考和认识，生活的品质就一定会变得好一些，这个世界也一定会变得好一些。

通过从自己身上研究人性，蒙田得出了两点主要结论。

第一，人皆有弱点，有弱点才是真实的人性，因此应该宽待人性的弱点。举例来说，人性的一个普遍弱点是变化无常，人最难做到的是始终如一。这是因为每个人都是由许多零件组成的，各个零件都在起作用，而作用的大小在不断发生变化，使得我们和自己不同，不亚于和别人不同。换一种说法，人心中有许多不同的冲动，有时这种冲动占据优势，有时另一种冲动占据优势，因此所有的人都像孩子一样天真地为同一件事时哭时笑。蒙田的这个看法包含了后来弗洛伊德的基本观点，就是人的行为是受无意识支配的，而不是由理性支配的。蒙田并不认为自己可以例外，承认自己的表现也经常自相矛盾，无法自圆其说。不过，他认为这符合人性之常理，如此打趣道："谁看到我在妻子面前一会儿冷若冰霜，一会儿春风满面，认为这都是装的，他就是个傻瓜。"

第二，人性原本是平凡的，因此应该以平凡的人性为楷模，把平凡的人生过好即是伟大。试图超越人性、拔高人性是可笑的，蒙田就此说出一串常人会认为不雅的大实话:"即使登上世上最高的宝座,仍然是坐在自己的屁股上。""国王和哲学家要拉屎,夫人们也如此。"所以,要承认平凡,接受平凡,谁都不要装。最伟大光辉的业绩是生活得和谐,而不是攻城略地、治国理政、攒积财富,那些最多只能算是附属品。恺撒和亚历山大在日理万机之际,倘若也懂得充分享受生活的乐趣,把战争和政治当作日常工作,而把平凡生活看作伟大事业,这样才是聪明人。

三

"我知道什么?"——这是蒙田的名言,他自己说,他把这句话作为格言,铭刻在一个天平上。如同对人性一样,他对人的认识能力也评价不高,确切地说,不做夸大的评价。他不相信人凭借理性能够洞察万物的真理,他自己处世做人也绝不自以为正确,而他安于如此。智慧在于知道自己无知,这是苏格拉底的教导,而在他身上几乎成了本能。他是一个温和的怀疑论者,这种怀疑论在他的全部言行中散发着温暖的气息。

蒙田认为,人的无知是必然的。大自然的奥秘永远认识不完,人对自己的精神和肉体也所知甚少。每样事物都有几百副面孔和几百条肢体,我们只能认识其中的一些,没有人能看到全貌。何况命运还把它的混乱多变带进我们对事物的判断里,使得我们的判断像我们的遭遇一样充满偶然性。

无知是人的认识的根本特征,所以不可独断。根据自己认为的可信与不可信,去判断可能与不可能,自己不会做或不愿做的事,就认为别人也不会做或不该做，把自己作为准绳去衡量一切人，这是多数人的通病。蒙田说，他确立了一个原则，生活有千百种不同的方式，绝不要求别人按照和他一样的方式生活。因此，任何意见都不会让他吃惊，任何信仰都不会让他生气，不管与他多么格格不入，因为它们都有其产生的原因和根据。

然而，知道自己无知是难的，你必须走进知识的殿堂，去推那一扇扇门，才知道门对你是关闭的。还要勇于承认无知，蒙田说，世上一切弊端都产生于人们害怕暴露自己的无知。我的理解是，害怕暴露无知，就会不懂装懂，把事情搞砸，或者强词夺理，把和平破坏。坦然承认无知的习惯要从小就培养。蒙田表示，他若教育孩子，就会这样做，让孩子习惯于用询问和疑惑的方式来回答问题，宁可他们六十岁时还保持学徒的模样，也不要像现在这样，十岁时就装出博士的派头。

四

蒙田主张过好平凡的人生，平凡的人生当然不是马马虎虎的人生，要真正过好是不容易的。怎样过好平凡的人生，他的论述十分广泛，我只说他特别强调的一点，就是不要出租你自己。

一个人首先要认识自己是什么样的人，由此知道什么是自己可以做和应该做的事，那就好好做。对于每个人来说，把最符合自己天性的事做好，就是幸福。蒙田自己是一个真性情的人，听从自己的天性做人做事，不勉强自己接受不喜欢的东西，觉得这样最快活。世人认为再好的事，不符合他的天性，他就不做，绝不会为此后悔。

你应该关心的不是人家怎样说你，而是你自己怎样对自己说。你懂得思考和掌握自己的人生，你就已经完成了一切事情中最伟大的一件事情。只要你的真实的自己完好无损，你就绝不会失掉什么。真实的自己是人生一切价值的承载者，丢失了这个承载者，一切价值都不复存在。一个人渴望把自己变成天使，他就是一个傻瓜，因为他自己已经不存在了，谁来对这个变化感到高兴和激动呢？

我们的某些部分得益于社会，我们的最好部分得益于自己。因此，要善于独处，这是一种伟大的能力。真正的退隐是把心灵引回到自己，这在城市和王宫里也可以做到，但是独处时更容易做到。我们应该有妻子、孩子、财产，但是不要黏得那么紧，把幸福完全依赖其上。我们必须给自己保留一个隐秘的后厅，只属于自己，在那里和自己进行日常的对话，不为外人所知。在那里，和自己谈笑—若妻儿和财产都不存在，这样万一失去的时候，就不会觉得好像天塌了一样。

人们表面上好像都很看重自己，可是实际上总是在出租自己。他们住在家里，但不是作为自己，而是作为房客。他们的天赋不是给自己用的，而是给奴役他们的人用的。他们到处抵押自己的自由，不管大事还是小事，相干的事还是不相干的事，他们都不加区别地掺和，只要不手忙脚乱，就觉得好像不是在活着。

要不出租自己，关键是摆脱事务和人际关系的控制，让自己享有自由和悠闲。蒙田说："自由和悠闲，这是我的主要品质。""我这一生的主要任务是懒懒散散过日子，不必过于劳碌。"人在社会中生活，人际关系如果处理不好，会让你不得安闲，还会让你痛苦。据我所见，对于处理人际关系，蒙田有两件法宝。

一是无求于人。他说在他的熟人中，从没见过有谁比他更少有求于人，他自己分析，原因在他的性格。一方面，天生有点傲气，受不了被人拒绝，欲望和计划也有限，不需要去求人。另一方面，特别喜欢懒散，对自己的休息权利和自主权利同样珍惜，憎恨一切控制，不论是控制别人还是被人控制。有求于人，无非是两种结果，一是遭到拒绝，二是被迫受惠于人，二者都难以忍受，所以干脆就无求于人。

二是少管闲事。首先是不要卷入别人的事务，"不是自己同意的事不要任意介入"。尤其在朋友之间，要防止不必要地介入对方的事务，或把对方拖入自己的事务，而这往往是最难做到的。其次，要尽量少知道别人的秘密。蒙田说，交代他保密的事，他都深藏心底，但希望尽量少沾边。他告诫朋友们，不让他说出去的事就少对他说，因为他不善于做假，没有勇气矢口否认自己知道的事，他可以不说出来，但是予以否认，就会很为难，很不开心。

蒙田所讲的处世智慧，貌似消极，其实很实在。人生的烦恼，大半来自有求于人和多管闲事。这样的处世智慧与社会担当并非不相容，他自己做过两任波尔多市的市长，深受市民爱戴。

五

蒙田说，人生有三种美好的交往。一是知己的朋友，二是恩爱的女子，这两种都不是想要就能够有的。第三种是与书籍交往，它缺少前两种的优点，但有前两种不具备的长处，就是自己完全能够做主，只要愿意，就可以伴随一生，在孤独时给人莫大的安慰。他是一个爱读书、会读书的人，关于阅读有许多精辟的见解，我在这里也略加阐述。

人为什么要读书？蒙田说："我在书籍中寻找的也是优游岁月的乐趣。"他表示，他只想安闲地度过人生，没有一样东西是他愿意为它呕心沥血的，包括做学问，不管这是一桩多么光荣的事。因此，在阅读时，他注重的是愉快。对于食品，我们有时注重营养，有时只图好吃，精神食品也是如此，有时不一定有营养，有乐趣就行。他说他每天读书消遣，不分学科，博览群书。阅读时遇到困难，他不为之绞尽脑汁，经过一两次思考，得不到解答也就不了了之了。

当然，读书注重愉快，并不是无所用心。蒙田反对的是死抠书本内容，他说，内容本身不重要，能够起到推动自己思考的作用就可以了。在谈论教育问题时，蒙田把他主张的读书方法讲得更清楚。他说，教师要把伟大的著作家和不同的学说介绍给学生，让学生自己来选择或者就存疑。他必须吸收他们的思想精华，不是死背他们的警句，不要仅仅因为是权威之言就记在脑子里。如果他通过自己的理解真正接受了某种见解，这种见解就是他自己的了，他可以大胆忘记是从哪里学来的。真理属于每一个看到它的人，不在于谁先说谁后说，也不在于是柏拉图说的还是我说的。蜜蜂飞来飞去采花粉，最后酿成的蜜属于蜜蜂自己，不管花粉是采自莲花还是牛至。可是，事实上，教育往往是灌输知识，而不是培养心灵。蒙田谈到从学校里出来的学生时说："他应该带了一颗丰盈的灵魂回来，却只带回一颗膨胀的灵魂；他并非把它充实，而只是把它吹胀。"

蒙田特别强调，要警惕不被知识伤害。知识这个东西本身无所谓好坏，可能有益也可能有害，看你天赋如何，还看你怎么用它。人不需要太多知识就能够活得自在，太多的知识会成为负担并造成混乱。植物吸水太多会烂死，灯灌油太多会灭掉，同样的道理，书读得太多也会抑制思维活动。有一个词形容这样的人，叫作文殇，就是被文字之斧劈成了残疾。

总之，真正重要的是心灵的培养，自我的成长，阅读的意义即在于此。

《随感集》内容丰富，我在这个序里只能择要介绍，难免挂一漏万。请你翻开书，自己慢慢品读。读蒙田的书，他主张的读书方法是更适用的。闲暇之时，不妨随手翻开其中某一篇，怀着轻松的心情阅读。这样一篇篇读下来，你会发现，你结识了一位多么可爱的智者，而在不知不觉之中，你的心灵得到了滋养和提高。

"为了生存，我们需要谎言"

——尼采论艺术比真理更有价值

一、艺术形而上学

尼采美学实质上是人生哲学。用宇宙永恒变化的眼光看，世界和人生本无意义，如何为本无意义的世界和人生赋予意义，是尼采美学要解决的核心问题。

在《悲剧的诞生》（1872）中，尼采明确赋予艺术以形而上意义，谈到"至深至广形而上意义上的艺术""艺术的形而上美化目的"等，他把对于艺术的这样一种哲学立场称作"艺术形而上学"或"审美形而上学"。[1] 十四年后，在为《悲剧的诞生》再版写的《自我批判的尝试》一文中，他又称之为"艺术家的形而上学"，并说明其宗旨在于"对世界的纯

---

[1]《悲剧的诞生》15、24、5。Friedrich Nietzsche, Saemtliche Werke. Kritische Studienausgabe. Herausgegeben von Giorgio Colli und Mazzino Montinari. Deutscher Taschenbuch Verlage. Muenchen 1999. Bd.1, S.97、151、152、43.（《校勘研究版尼采全集》，G．科利、M．蒙梯纳里编，德国袖珍图书出版社，慕尼黑1999年，第1卷，第97、151、152、43页。）以下引该全集均缩写为 KSA。

粹审美的理解和辩护"。[1]

艺术形而上学可以用两个互相关联的命题来表述：

其一："艺术是生命的最高使命和生命本来的形而上活动。"[2]

其二："只有作为一种审美现象，人生和世界才显得是有充足理由的。"[3]

在《自我批判的尝试》中，尼采再次强调了这两个命题："艺术是人所固有的形而上活动。""只是作为审美现象，人在世上的生存才有充足理由。"[4]

在这里，第二个命题实际上隐含着一个前提，便是人生和世界是有缺陷的、不圆满的，就其本身而言是没有充足理由的，而且从任何别的方面都不能为之辩护。因此，审美的辩护成了唯一可取的选择。第一个命题中的"最高使命"和"形而上活动"，就是指要为世界和人生作根本的辩护，为之提供充足理由。这个命题强调，艺术能够承担这一使命，因为生命原本就是把艺术作为自己的形而上活动产生出来的。

由此可见，艺术形而上学的提出，乃是基于人生和世界缺乏形而上意义的事实。叔本华认为，世界是盲目的意志，人生是这意志的现象，二者均无意义，他得出了否定世界和人生的结论。尼采也承认世界和人生本无意义，但他认为，我们可以通过艺术赋予它们一种意义，借此来肯定世界和人生。

---

[1]《自我批判的尝试》5。KSA,Bd.1,S.17、18.

[2]《悲剧的诞生》前言。KSA,Bd.1,S.24.

[3]《悲剧的诞生》24、5。KSA,Bd.1,S.152、47.

[4]《自我批判的尝试》5。KSA,Bd.1,S.17.

人和动物的根本区别，不在于人的生存是有意义的，动物的生存是没有意义的。事实上，人的生存同样是没有意义的，根本的区别在于，对于生存的无意义，动物不在乎，而人不能忍受，叔本华因之把人定义为形而上学的动物。在尼采看来，通过艺术赋予生存以意义，原是人固有的冲动，而这种冲动在希腊人身上体现得最为典型。

在《悲剧的诞生》中，尼采用日神和酒神作为象征，代表两种基本的艺术冲动。它们表现在三个层次上。首先，在世界的层次上，酒神与世界的本质相关，是生命摆脱个体化原理回归世界意志的冲动，日神则与现象相关，是生命在个体化原理支配下执着于现象的冲动。其次，在日常生活的层次上，梦是日神状态，醉是酒神状态。最后，在艺术创作的层次上，造型艺术是日神艺术，音乐是酒神艺术，悲剧和抒情诗求诸日神的形式，但在本质上是酒神艺术。

从艺术形而上学的角度来看，二元冲动理论真正要解决的不只是艺术问题，更是人生问题，日神和酒神是作为人生的两位救主登上尼采的美学舞台的。日神沉湎于外观的幻觉，反对追究本体，酒神则要破除外观的幻觉，与本体沟通融合。日神用美的面纱遮盖人生的悲剧面目，酒神则揭开面纱，直视人生悲剧。日神教人不放弃人生的欢乐，酒神教人不回避人生的痛苦。日神迷恋瞬时，执着人生，酒神向往永恒，超脱人生。日神的潜台词是：就算人生是个梦，我们也要有滋有味地做这个梦，不要失掉了梦的情致和乐趣。酒神的潜台词是：就算人生是幕悲剧，我们也要有声有色地演这幕悲剧，不要失掉了悲剧的壮丽和慰藉。二者综合起来，便是尼采所提倡的审美人生态度。

在《作为教育家的叔本华》（1874年）中，尼采用稍微不同的语言阐述了艺术形而上学的思想。他说：通过哲学家、艺术家、圣人的出现，"从不跳跃的自然完成了它唯一的一次跳跃，并且是一次快乐的跳跃，因为它第一回感到自己到达了目的地"，即实现了"对于存在的伟大解释"。自然产生他们的用意，乃是为了它的自我认识、自我完成、自我神化这样一个"形而上的目标"。[1] 自然本身没有给它的最高产物——人类的生存指明意义，这使得它自身的意义也落空了，"这是它的大苦恼"，而"它之所以产生哲学家和艺术家，是想借此使人的生存变得有道理和有意义，这无疑是出自它本身需要拯救的冲动"。[2] 在这些把自然拟人化的表述中，所表达的当然是人的感受。自然对意义是冷漠的，但人不能忍受自己在一个无意义的宇宙中度过无意义的生命。不过，既然人是自然的产物，我们也就可以把人的追求看作自然本身的要求的一种间接表达。

尼采对于艺术拯救人生的力量始终深信不疑。后来，他也一再强调：艺术是"生命的最强大动力"，"艺术的本质方面始终在于它使存在完成，它产生完美和充实，艺术本质上是肯定，是祝福，是存在的神化"，艺术是"使生命成为可能的伟大手段，求生的伟大诱因，生命的伟大兴奋剂"，是悲剧性的求知者、行动者，苦难者的"救星"。[3]

---

[1]《作为教育家的叔本华》5。KSA,Bd.1,S.380、382.

[2]《作为教育家的叔本华》7。KSA,Bd.1,S.404.

[3]《权力意志》808、821、853。

二、艺术是生存必需的谎言

艺术形而上学的基本内涵是对世界和人生做审美的辩护，对于这个基本内涵，尼采始终是予以肯定的。但是，后来，他越来越不满意于他当时用来表达这个基本内涵的形而上学框架了。在《看哪，这人》中，他谴责自己的这部早期著作"散发着令人厌恶的黑格尔气味"，使用了黑格尔式的正题、反题、合题的逻辑推演程序："一种'理念'——酒神因素与日神因素的对立——被阐释为形而上学；历史本身被看作这种'理念'的展开；这一对立在悲剧中被扬弃而归于统一。"[1] 在《自我批判的尝试》中，他批评自己当时"试图用叔本华和康德的公式去表达与他们的精神和趣味截然相反的异样而新颖的价值估价"[2]。所谓"叔本华和康德的公式"，是指现象与自在之物、表象与意志的世界二分模式，而在《悲剧的诞生》中，他的确是用这个模式来解释世界层面上的二元艺术冲动的。在和传统形而上学的世界二分模式彻底决裂之后，他认为有必要正本清源，强调自己一开始所提出的并不是一种新的形而上学，而是一种新的价值评估。

在20世纪80年代后期的遗稿中，尼采对此有一个提示："人们在这本书的背景中遇到的作品构思异常阴郁和令人不快，在迄今为人所知的悲观主义类型里似乎还没有够得上这般阴郁程度的。这里缺少一个真实的世界与一个虚假的世界的对比，只有一个世界，这个世界虚伪、残酷、矛盾、有诱惑力、无意义……这样一个世界是真实的世界。为了战胜这

---

[1]《看哪，这人》：《悲剧的诞生》1。KSA,Bd.6,S.310.

[2]《自我批判的尝试》6。KSA,Bd.1,S.19.

样的现实和这样的'真理'，也就是说，为了生存，我们需要谎言……为了生活而需要谎言，这本身是人生的一个可怕又可疑的特征。""形而上学、道德、宗教、科学，这一切在这本书中都仅仅被看作谎言的不同形式，人们借助于它们而相信生命。""误解存在的性质，这是在道德、科学、虔信、艺术所有这些东西背后的最深最高的秘密意图。"[1]

这里值得注意的是两点：（一）作为《悲剧的诞生》的背景的是一种最阴郁的悲观主义，即认为并不存在本体界和现象界的区分，只存在一个残酷的无意义的世界；（二）在这本书里，包括艺术在内的一切精神建构都被看作帮助我们战胜这个"真理"以信仰生命的"谎言"。

这是否是尼采对自己早期思想的故意误解呢？应该说不是，他至多只是把《悲剧的诞生》时期约略透露过的思想用最直截了当的方式表达了出来。那时候他已经谈到美与真理之间的对立：酒神冲动所创造的神灵们"对美不感兴趣""它们与真理同源……直观它们会使人成为化石，人如何能借之生活？"而诉诸美和适度的日神文化的"至深目的诚然只能是掩盖真理"[2]。他还谈道：日神艺术是"大自然为了达到自己的目的而经常使用的一种幻想。真实的目的被幻象遮盖了，我们伸手去抓后者，而大自然却靠我们的受骗实现了前者""艺术家的生成之快乐，反抗一切灾难的艺术创作之喜悦，毋宁说只是倒映在黑暗苦海上的一片灿烂的云天幻景罢了。"说得最明白的是这一段话："这是一种永恒的现象：贪婪的意志总是能找到一种手段，凭借笼罩万物的幻象，把它的造物拘留在人生中，迫使他们生存下去。一种人被苏格拉底式的求知欲束缚住，

[1]《权力意志》853。

[2]《酒神世界观》2。KSA,Bd.1,S.562、564.

妄想知识可以治愈生存的永恒创伤；另一种人被眼前飘展的诱人的艺术美之幻幕包围住；第三种人求助于形而上学的慰藉，相信永恒生命在现象的旋涡下川流不息……我们所谓文化的一切，就是由这些兴奋剂组成的。按照调配的比例，就主要是苏格拉底文化，或艺术文化，或悲剧文化。如果乐意相信历史的例证，也可以说是亚历山德里亚文化，或希腊文化，或印度（婆罗门）文化。"[1] 从这些话中我们可以清楚地看到，即使在当时，尼采内心其实并不真正相信一切形而上学，包括艺术形而上学。在最后这一段话里，他列举了三种文化，第一种是知识，第二种是日神艺术，第三种实际上是酒神艺术，但把它和印度教归作了同一类，本质上都是形而上学，而这三种文化都被断为诱使我们生存下去的兴奋剂。就他把这一切说成是世界意志为了达到自己的目的而发动的而言，我们从中似乎还能嗅到一点形而上学的气味，但这种形而上学其实是比喻性质的。事实上，他并不相信"在现象的旋涡下"存在着川流不息的"永恒生命"，存在的只是"黑暗苦海"，那无意义的永恒生成变化过程，而我们的生命连同我们生活于其中的整个现实世界也属于这个过程，不过是这个过程中的稍纵即逝的片段罢了。在尼采看来，这就是我们不断地试图掩盖却又不得不面对的可怕的真理。

由此可见，即使在早期提出艺术形而上学思想的时候，尼采并不当真相信艺术能够赋予人生以形而上学意义，他心里明白，无论日神、酒神还是艺术形而上学，也都是为了生存而必需的谎言。

---

[1]《悲剧的诞生》3、9、18。KSA,Bd.1,S.37、68、115-116.

三、艺术比真理更有价值

尼采后期是从价值观立场来解释《悲剧的诞生》中的思想的。他说："人们看到，在这本书里，悲观主义，我们更明确的表述叫虚无主义，是被看作'真理'的。但是，真理并非被看作最高的价值标准，更不用说最高的权力了。求外观、求幻想、求欺骗、求生成和变化（求客观的欺骗）的意志，在这里被看得比求真理、求现实、求存在的意志更深刻、更本原、'更形而上学'，后者纯粹是求幻想的意志的一个形式。""这样，这本书甚至是反悲观主义的，即在这个意义上：它教导了某种比悲观主义更有力、比真理'更神圣'的东西——艺术"，因为这本书的作者知道"艺术比真理更有价值"。[1] 在这里，"更形而上学""更神圣"都被打上了引号，明确地被看成譬喻，而最后一句话点出了其真实含义，就是"艺术比真理更有价值"。归根结底，生命是根本的尺度，尼采是用这个尺度来衡量艺术的价值，并且赋予它以所谓形而上学的意义的。不妨说，尼采自己戳穿了他在《悲剧的诞生》中编造的艺术形而上学的"谎言"，还了它以价值评估的本来面目。

人们也许可以说，不管尼采怎样强调艺术比真理更有价值，既然他认定悲观主义是真理，而艺术只是谎言，认定人必须逃避真理，靠谎言活下去，他在骨子里就终究是一个悲观主义者。这种说法当然有一定的道理。但是，对于一个已经不相信人生的终极意义的人来说，也许只有两种选择，或者像叔本华那样，甘于人生的无意义，彻底否定人生，或

---

[1]《权力意志》853。

者就像尼采这样，明知人生无意义，偏要给它创造出一种意义来。在这一点上，尼采颇有一种"知其不可而为之"的气概，他自称"悲剧哲学家"，他的哲学确有一种悲剧色彩。

这里涉及一个重要问题，即艺术与真理的关系问题。尼采后来回顾道："在我一生的早期，我就认真思考艺术与真理的关系问题了；甚至现在我还非常害怕这种不一致的外表。我的第一本书是献给它的。《悲剧的诞生》之相信艺术是立足于别种信念的背景的：不能靠真理生活，'求真理的意志'已经是衰退的征象。"[1] 艺术与真理的对立的确是尼采的一贯思想，在他后期的著作中，这个思想得到了越来越明确的论述。

许多哲学家都曾讨论艺术与真理的关系问题，不过，我们要注意，尼采所说的真理和一切站在传统形而上学立场上的哲学家所说的真理是有完全不同的含义的。柏拉图最早提出艺术与真理相对立的论点，但立足点恰与尼采相反。柏拉图认为，理念世界是真实的世界，是真理；经验世界不过是它的影子和模仿；艺术又是影子的影子，模仿的模仿。所以，相对于真理而言，艺术最无价值。他所说的真理是指理念世界。他的思想在哲学史上有巨大影响，虽然受他影响的后世哲学家未必像他那样贬低艺术的价值，但基本思路都是把艺术看作对理念的某种认识或表现，并根据这种认识或表现的程度来确定艺术的价值。例如，黑格尔认为，艺术是理念的感性显现。叔本华也认为，艺术是对理念的认识和复制。理念这个范畴是叔本华为了解释艺术而特地引入他的美学里来的，其实是和他的整个哲学体系不相容的。在柏拉图和黑格尔那里，理念就

---

[1] F. Nietzsche，Werke，19 Baende u. 1 Register Band，Leipzig（《尼采全集》，莱比锡），1894-1926，第14卷，第368页。该版全集俗称 Grossoktav-Ausgabe（大八开本）。

是本体世界，是现象世界背后的本质和意义源泉。在叔本华这里，本体世界是盲目的无意义的意志，他把理念说成是意志的直接的、完全的客体化，可是，他从来不曾说明，盲目的无意义的意志是如何能够客体化为让人进行审美观照的有意义的理念的。

在尼采的美学中，理念这个范畴只是偶尔被提到，不再起任何重要的作用，他是直接用意志来解释艺术的。当他谈论艺术与真理的关系时，所说的已经完全不是艺术与理念的关系。他彻底否认了理念世界的存在，因而在实质上也否认了本体世界和现象世界的划分。他之所以反对对世界的科学的、道德的、宗教的、形而上学的解释，是因为所有这些解释都是柏拉图的理念论的变种。既然不存在理念的意义上的真理，那么，艺术与这样的真理是对立还是统一的问题就无从谈起了。

对于尼采来说，只存在一个世界，虽然他沿用叔本华的术语称之为世界意志，但实际上指的就是那个永恒生成变化的宇宙过程，这个过程本身是绝对无意义的，因为在它背后并无一个不变的精神性实体作为它的意义源泉。他所说的真理就是对这个过程的认识，不过这个过程其实是永远不可能成为我们认识的对象的，因此，确切地说，是对这个过程以及属于这个过程的我们的人生之无意义性的某种令人惊恐的意识。在这种意识的支配下，我们当然是无法生活的，于是需要艺术的拯救，艺术是我们可以用来对付这个可怕真理的唯一手段。"真理是丑的。我们有了艺术，依靠它们就不致毁于真理。"如果说艺术是谎言，那么，这种"用谎言战胜现实的能力"正是人固有的，靠了它才能完成"生命应当产生信仰"这个艰巨的任务。[1] 所以,艺术的价值不在于它揭示了真理,相反在于它遮蔽了真理,在真理面前保护了我们的生命。站在生命的立场看,艺术高于真理。

四、非道德意义上的真理和谎言

在尼采早期未发表的手稿(1870年—1873年)中,有一篇题为《论非道德意义上的真理和谎言》的论文,很值得注意。在这篇论文中,尼采用"谎言"界定人类认识的性质,在他一生的著述中这可能是最早的。

尼采在该文中指出,人类只在宇宙的某个小角落里存在一瞬间,人类的理智原本是极其可怜的,其使命不过是引导人类度过这短暂的生存。可是,因为拥有了它,人类便无比自负,仿佛世界之轴在它之中转动似的。作为生存的手段,理智与真理全然无关。那么,人类是怎么会产生"真理"的错觉的呢?据尼采分析,原因在于语言的发明。

由于社会生活和交往的需要,"事物的一种稳定通行和有约束力的符号被发明出来了,语言的立法能力也提供了第一批真理法则。于是,在这时,第一次产生了真理与谎言的对比,说谎者使用着通行的符号——语词,以便把不真实的东西弄得似乎是真实的。"语词原是一大堆隐喻,用来指代事物,并非对事物的真实认识。但是,"一个民族在长久使用之后,便觉得它们是牢固的、有约束力的规范",于是视之为真理。所以,"真理是人们业已忘记了它们是幻觉的幻觉,是失去了感性力量的

---

[1]《权力意志》822、853。

用旧的隐喻，是图像已经磨灭了的硬币，于是只被当作金属看，不复被当作硬币看了"。人们"用符号化的方式遵照数百年习惯无意识地说谎，正是经由这种无意识，正是经由这种遗忘，产生了真理的感觉"。[1] 简言之，在社会生活中，语词原是有用的"谎言"，因为长久使用，成为习惯，因此被当成了"真理"。

尼采在这里说的"失去了感性力量的用旧的隐喻"，指的是概念式的语言。他认为，既然语言起源于隐喻，那么，我们就应该回到源头上去，刷新人类固有的形成隐喻的冲动。这就是艺术。"形成隐喻的冲动是人的基本冲动……它为自己寻找发挥其作用的新领域，寻找另一条河床，终于在神话中，归根结底在艺术中找到了。"在这方面，希腊神话为我们树立了榜样。"人自身有一种不可战胜的癖好，就是乐于受骗，当古希腊行吟诗人栩栩如生地讲述史诗童话的时候，或者当戏剧演员在剧中把国王扮演得比现实中的更像国王的时候，人是多么幸福而心醉神迷。一旦他能够受骗而不造成损害，从而庆祝他的农神节，那种本能、那种伪装的技艺就会长久施展，他一向的奴隶服役就得以解除；他便空前地丰盛、富有、自豪、灵巧、大胆。"我们应该向希腊人学习，打破抽象概念的藩篱，快乐地创造新的隐喻。[2]

这篇论文的题目表明，尼采是在非道德意义上使用"真理"和"谎言"之概念的。人对世界的一切认识都是"谎言"，但说它们是"谎言"与道德无涉。有两类基本的"谎言"。一类"谎言"有实用价值，就是概念和科学。另一类"谎言"有审美价值，就是艺术。与此相应，尼采区

---

[1]《论非道德意义上的真理和谎言》。KSA,Bd.1,S.877、880、881.

[2]《论非道德意义上的真理和谎言》。KSA,Bd.1,S.887、888.

分两类人，即理智型的人与直觉型的人，而后者的典范就是希腊人。

五、两类不同的外观

在尼采的著述中，"真理"（Wahrheit）一词在不同语境中有不同的含义。当他说"艺术使我们不致毁于真理"时，"真理"是指对世界和人生无意义的意识，即悲观主义。在《论非道德意义上的真理和谎言》一文中，"真理"是指人类对自己理智的自负评价。就"真理"是指对世界的客观认识之通常含义而言，他认为人类的一切认识都不是"真理"。

在认识论上，尼采的观点可以概括为透视主义（Perspektivismus）。根据他的说明，透视主义包括以下几个基本论点：第一，认识即评价，即解释，对世界的解释是多元的，人类的解释只是可能性之一；第二，解释即透视，"透视"（Perspektive）这个概念与"视角""地平线"（视界）概念相关，表明认识脱不开一定的角度和范围；第三，透视的发射中心（主体）是生命本能、权力意志、情绪冲动；第四，透视所得的世界图景不是"真理"，而是虚构、外观；第五，透视不是凝固的，而是流动的，其视界依强力意志的提高而拓展。

"外观"（Schein）是尼采的透视主义的一个重要概念。透视的产物是"外观"，即从一定视角出发所得的世界图景，而非真理，即世界的所谓本来面目。既然透视是从生命本能、情绪冲动、权力意志出发的对世界的价值观照，那么，外观就是人与世界的价值关系的产物。Schein，在德语中又有"光""假象"等含义，所以尼采常常把它与"谬误"（Irrtum）、"虚假"（Falsch）、"幻觉"（Illusion）、"欺骗"（Täuschung）、"谎

223

言"（Lüge）等概念并提，并且认为："一切生命之中"均有"欲求谬误的力量"[1]；"如果不是建立在透视评价和外观的基础之上，就根本不会有生命"[2]。总之，人对世界的认识必须是外观，也只能是外观。

尼采把外观分成两大类别，一类是理性、逻辑、科学，另一类是感性、美、艺术。在他看来，两者都是生命的必要条件。

第一类外观是我们为实践需要而加以整理和简化了的世界。世界本是永恒的生成，并无持存和同一之物。"唯有通过外观，某一个可计算的同一事件的世界才被造就……'外观'是一个经过整理和简化的世界，我们的实践本能创造了这个世界……"[3] "'现象'界是被整理过的世界，我们把它感觉为实在的。'实在性'在于相同、熟悉、类似之物的不断重复，在于它们的逻辑化了的性质，在于相信我们在这里能估计、计算。"[4]如果说第一类外观是把世界逻辑化的产物，它要消除的是世界的混乱，以求获得实践的效用（传达、计算等），那么，第二类外观则是把世界审美化的产物，它要消除的是世界的无意义性，以求获得生命的信仰。尼采在《悲剧的诞生》中阐述的日神艺术，就是以创造这一类外观为鹄的。逻辑化外观有赖于简化，审美化外观则有赖于模糊化。尼采如此写道："这个透视世界，这个视觉、触觉、听觉世界，对于一种精致得多的感觉器官来说，是虚假的……概括得愈肤浅、愈粗糙，世界就显得愈有价值、愈确定、愈美、愈充满意味。看得愈透，我们的价值估价就消失得

[1]《权力意志》，544。

[2]《善恶的彼岸》34。KSA, Bd.5, S.53.

[3]《权力意志》，568。

[4]《权力意志》，569。

愈多——无意义性近在眼前了！"[1]

　　尼采眼中那个人类的认识无法触及的本体世界有两个特点。一是混沌而无秩序，逻辑化外观因此有了必要。二是残酷而无意义，审美化外观因此有了必要。不过，在尼采看来，这两类外观不是等值的。他曾谈到外观有等级之别："是的，有什么东西迫使我们非要假定存在着'真'与'假'的根本对立？假定外观有等级，就像光的总色调有明暗之别一样，这岂不够了？"[2] 在他看来，和逻辑相比，艺术处于更高的等级。他说：为了信仰生命，人"必须是个艺术家。他的确是的。形而上学、宗教、道德、科学，这一切只是他追求艺术、追求谎言、逃避'真理'、否定'真理'的意志的产物"[3]。很显然，第一类外观（"真理""存在""科学"）被当作第二类外观（"艺术""幻想""谎言"）的派生物，放在了从属的地位上。

　　简要地说，逻辑化外观具有工具价值，满足的是生存的需要，审美化外观具有目的价值，满足的是意义的寻求。就人们往往误认为逻辑化外观是"真理"而言，在这个语境中，"艺术比真理更有价值"的命题也是成立的。

　　要之，根据"真理"一词的不同含义，"艺术比真理更有价值"命题可由两层意思理解。其一，世界和人生本无意义是"真理"，艺术能够使我们战胜这样的"真理"。其二，人们误认为科学和逻辑是"真理"，艺术比这样的"真理"更有价值。

---

[1]《权力意志》，602。

[2]《善恶的彼岸》34。KSA，Bd.5，S.53、54.

[3]《权力意志》，853。

第八辑

教育的使命

守护人性

我不在教育界工作，更不是教育家，怎么也来谈教育了呢？可是，在今天，目睹弊端丛生的教育现状，哪个有责任心的人不在为教育忧思？身受弊端的危害，哪个心力交瘁的家长不在把教育埋怨？那么，我也和大家一样，只是以一个公民的身份发表一些感想罢了。

当然，既然我是学哲学的，当我思考教育问题时，就一定会把这个专业背景带进来。我在哲学上做的工作，大量的是对人生问题的思考。不过，我相信，人生问题和教育问题是相通的，做人和教人在根本上是一致的，人生中最值得追求的东西，也就是教育上最应该让学生得到的东西。我的这个信念，构成了我思考教育问题的基本立足点。

人生的价值，可用两个词来代表，一是幸福，二是优秀。优秀，就是人之为人的精神禀赋发育良好，成为人性意义上的真正的人。幸福，最重要的成分也是精神上的享受，因而是以优秀为前提的。由此可见，二者皆取决于人性的健康生长和全面发展，而教育的使命即在于此。

不错，这只是常识而已。唯因如此，真正可惊的是，今天的应试教育很多方面都违背了这一常识。一种教育倘若完全不把人性放在眼里，只把应试和谋生树为目标，使受教育者的头脑中充满死记硬背的知识，心中充满谋生的焦虑，对于人之为人的精神性的幸福越来越陌生，距离人性意义上的优秀越来越遥远，我们的确有权问一下：这还是教育吗？

有智者说：经济决定今天，政治决定明天，教育决定未来。此言极是，因此，最令人担忧的是今天教育的久远后果，一代代新人经由这种教育走上了社会，他们的精神素质将决定未来数十年乃至上百年的精神水准和社会面貌。让教育回归人性，已是刻不容缓之事，拖延下去，只会愈加积重难返，今后纠正起来更加事倍功半。

无论个人、民族，还是人类，衡量其脱离动物界程度的尺子都是人性的高度，而非物质财富。个人的优秀，归根结底是人性的优秀。民族的伟大，归根结底是人性的伟大。人类的进步，归根结底是人性的进步。人性是"由无数世代苦心积累的神圣不可侵犯的庙堂珍宝"（尼采语），守护这一份珍宝，为之增添新的宝藏，是人类一切文化事业的终极使命，也是教育的终极使命。

据我所见，凡大哲学家都十分重视教育，他们致力于人性和人类精神的提升，而唯有凭借正确的教育，这个事业才有成功的希望。我一直想系统地研习大师们的教育著述，不做完这项工作，我知道自己对教育是说不出真正有分量的话的。我一定会做这项工作的，请假我以时日。现在这个集子，只是汇编了我迄今为止与教育有关的文字，我自己并不满意，但暂时只好如此。我相信，在针对今天教育发出的众多清醒的声音之中，我的加入多少也能起一点积极的作用。

传承高贵

关于教育的使命，可以有种种不同的表述。但是，在我看来，无论怎么表述，出发点都应该是对人类生活和个人生活的目标的定位。在谈教育之前，我们首先要确定，对于人类和个人来说，怎样的生活状态是值得追求的。做这个判断当然不是根据某种抽象的理想，因为我们已经拥有几千年的人类文明史，而对某个值得追求的目标的不懈追求是这部文明史中的事实。人类历史上曾经产生过一些伟大人物，不论他们属于哪个民族，共同的目标是人性的进步，使人性中的高贵成分得到发展，使人类臻于美好和完善。借用《圣经》中的比喻，上帝是按照自己的形象造人的，那么，在自己身上守护上帝的形象，让人的精神性得到印证，便是人的职责。这就是高贵，而高贵是一种精神血脉的传承，教育的使命——使命中的本质部分——即在其中。

天生万物，唯独人有能思考真理的头脑，能感受美和崇高的心灵，能追求至善和永恒的灵魂，因为这些精神性的品质，人才成为万物之灵。为了生存和发展，人需要改变外部世界，从事物质生产，因此积累了实用性的知识。在教育中，知识的学习是一个必要部分。然而，如果脱离人类精神性品质的传承，只是传授实用性知识，这样的教育就是把人引向与万物之灵相反的方向，使之成为万物中平庸的一员，至多是生存技能高超的一个动物罢了，因而不配称作教育，只配称作谋生训练。真正的教育理应使人在知识面前保持头脑的自由，在功利世界面前保持心灵的丰富，在物质力量面前保持灵魂的高贵。

这就对学校和教师提出了很高的要求。我们总是在考核学生，英国哲学家怀特海说得好：首先应该考核的不是学生，而是学校。要在学生心中传承高贵，必须让他们经常目睹高贵，因此一所学校必须拥有相当数量的教师，他们身上真正体现了高贵。他们的作用，一是作为高贵的榜样，给学生带来潜移默化的熏陶，二是在教学中善于把知识的传授和文化的传播结合起来。教师自己应该是一个有文化底蕴的人，不论他教什么课，都能把文化底蕴带入所传授的知识中。事实上，一个没有文化底蕴的教师，他讲课一定是单调刻板的，在知识的传授上也效果甚差。在这方面，学生是最公正的裁判，他们本能地喜爱有激情和想象力的老师，讨厌照本宣科的教书匠。你自己充满对精神事物的热情，才能在学生身上点燃同样的热情。

有两个传承高贵的圣殿，一是优秀教师的课堂，二是摆满大师作品的图书馆。那些伟大的书籍记录了人类精神追求的传统，通过阅读它们，你就进入了这个传统。所以，一所好的学校，第一要有一批好的教师，第二要给学生留出自由时间，鼓励和引导高质量的课外阅读。其实这两点是互相联系的，一批好教师往往能带出良好的阅读风气，而唯应试是务的学校就必然剥夺学生的自由时间。倘若有聪明的学生来问我怎么办，我只能说，没有人能够真正阻止你去读那些伟大的书籍，而你一旦从中领悟了高贵的魅力和价值，就会明白一切代价都是值得付出的。

兴趣比职业伟大，素质为兴趣护航

——给女儿的信

啾啾，从这个暑假说起吧。这是你上大学后的第一个暑假，在纽约州偏远的汉密尔顿学院苦修了一年，终于盼来一个长假，原以为你会多待在家里，或者在国内到处玩玩，没想到你比以往任何时候都忙。假期的一多半时间里，你和一位同伴忙于做一台被你们称作"浸没式多媒体肢体剧"的戏剧。从招演员到租场地，从编导到排练，从宣传到售票，你忙得不亦乐乎，天天早出晚归，不见人影。看你这么充满热情，我当然支持，但不免悬着一颗心。实验戏剧是小小众的玩意儿，你们又是初出茅庐，我担心现实会给你泼下一大盆冷水。四场演出，我看了首尾两场，放心了。非专业的演员，临时结集，皆情绪饱满、配合默契，用动作、表情、声调演绎生命的爱和困惑，水平高于我的预想。最让我惊讶的是，国内小剧场的实验戏剧基本赔钱，而你们居然小有盈利，可以让剧组二十几个年轻人吃一顿庆功的宴席。我心中由衷地呼喊：孩子们，你们真可爱！

你是在上高中时喜欢上戏剧的。其实，你喜欢上戏剧，这本身就让我想不到。从中考开始，你给了我一连串想不到。初中毕业，你坚决地表示，不想继续在应试体制里做一个好学生了，于是报考了北京十一学校国际部，确定了出国留学的去向。在十一学校，戏剧是你的选修课之一，而你很快成了学校剧团的骨干演员。我去看过你的演出，想不到平时拘谨的你在舞台上如此放得开。高中毕业前夕，没有麻烦父母，更没有依靠社会机构，你自己把申请美国大学的事搞定了。进大学后，在选课、参加社团等事情上，你也都是自己拿主意，戏剧仍是你选课的重点。这所学校亚裔学生极少，绝大多数是白人学生，你很好地适应了环境，在不同肤色的学生中广交朋友。我完全想不到，从小受宠爱的娇女儿能够如此独立自主，性格内向的小淑女能够如此开朗合群。

　　到目前为止，戏剧是你的最爱。那么，戏剧会成为你将来的职业吗？干这一行可不容易，你会如愿或者成功吗？事实上，你周围的亲友或多或少表示了这样的疑虑，我不妨说说我的看法。首先我要说，这样的疑虑毫无必要。一个人对一个领域有真实的兴趣，满怀热情，并且有毅力去克服各种困难，这是一个非常好的状态。但凡出现了这样的状态，就好好在其中享受吧，不要去问将来有没有前途之类的庸俗问题。兴趣比职业伟大，兴趣的价值不取决于它能否成为职业，没有成为职业丝毫损它的价值。如同杜威所说，兴趣是能力的可靠征兆。在兴趣的引导下认真做事情，相关的能力就得到了良好的生长。在一个人的成长过程中，具体的兴趣指向可能发生变化，但这个变化一般不会超出天赋所规定的范围。因此，即使你将来的事业不是戏剧，你通过戏剧得到生长的能力，例如，对人性的理解、对社会的思考、想象力、鉴赏力等，也一定会在未来的事业中发生作用。我坚信，凡用心学来的东西，都不会白学的。

那么，正因为此，其次我要说，无论你多么喜爱戏剧，都不要怀着一种专业化的心态。大学本科是打基础的阶段，目标是素质的优秀。人文学科的各个门类是相通的，在博的基础上才有高质量的专。兴趣不妨集中，但不可单一。在求知的道路上，没有兴趣的人是在原地踏步，兴趣狭窄的人则往往走不远，二者都反映了素质上的缺陷。青年人充满好奇心，在大学阶段接触诸多新的知识领域，适当的兴趣广泛是自然的倾向。条条大路通罗马，要善于通过不同的兴趣点走向自己的目标。兴趣必须靠素质护航，唯有素质优秀，兴趣才能转化为实力，在未来不可预测的复杂因素中开辟出真正适合自己的事业。我这么说，并无批评你的意思，只是一种提醒。事实上，你在大学第一年还选修了哲学、艺术史、摄影等课程。你是有哲学的悟性的，小时候提过许多哲学性质的精彩问题，我都写在《宝贝，宝贝》这本书里了。我无意让你继承父业，专习哲学，倘这样就太可笑了。我只是希望你发展这方面的禀赋，因为在文科任何领域包括戏剧上要有大的气象，哲学底蕴是不可缺少的。

这封信就写到这里，归结起来两句话：兴趣比职业伟大，素质为兴趣护航。

爸爸是你的童年的守护人

——给儿子的信

亲爱的儿子，我可爱的宝贝，快过年了，爸爸决定给你写一封信。上个月，你刚过了十二岁生日，这意味着你从童年进入了少年，现在给你写爸爸给儿子的第一封信，我觉得正是时候。

日子过得真快。十二年前，一个健康漂亮的小男孩来到世上，把我认作父亲，年过六十之后，我忽然儿女成双，当时的喜悦心情，依然在我心中回荡。十二年来，我们父子俩共度了多少快乐的时光。一岁的时候，你已经会走路了，可是仍然喜欢在地上爬。你的爬行是一绝，两手交替伸出，有力地拍打地板，小屁股撅起，有节奏地左右扭动，灵活至极。我不由自主地学你的样，也在地上爬，当然爬得十分笨拙。我们俩一边爬，一边互相喊叫，我喊你小狗狗，你喊我大狗狗，喊声此起彼伏，屋子里一片欢腾。那个场景仿佛还在眼前，而不知不觉的，大狗狗和小狗狗忽然可以像两个男人那样进行有内容的谈话了。

你现在上小学六年级，再过半年，就要上初中了。你和我都知道，你这个小学阶段过得相当艰难。你原是一个很阳光的孩子，活泼开朗，待人友善，日常说话也透着笑声。可是，自从上小学后，情况发生了变化，你的阳光的性格蒙上了越来越浓重的阴影。每天上学，你几乎都是流着眼泪去的。你经常发出责问：世界上为什么要有学校？你们大人为什么可以不上学？你甚至怨怪我们为什么要把你生出来，让你受上学的苦。这个情况使我很惊诧，因为当年姐姐上的是同一所学校，她上得很愉快，学习成绩在年级始终名列前茅。我了解到，你恐惧上学，主要原因是害怕语文课和英语课，这两门课的成绩在班上是倒数几名，因此成了一个所谓差生，经常被老师留下来训话。我和妈妈试图在家里给你补这两门课，发现你仍是抗拒，不耐烦死记硬背那些生词和课文，于是只好作罢。

说实话，我丝毫不认为小学阶段的学习成绩有多重要，因为我知道，一个人未来的成就与此毫无关联，而且我对现行的应试教育有自己清醒的认识。我面临的难题是，怎样保护你的身心健康，让你不受挫折的伤害，我的责任是做你的童年的守护人。你一定记得，爸爸从来没有为成绩差责备你，而总是鼓励你，夸奖你聪明，让你不要在乎分数。

事实上，你的确聪明。你喜欢画画，你画得非常好，我有许多画家朋友，他们看了都说不可思议。你的数学能力不同一般，我们父子俩常在一起玩数学游戏，解数学趣味题，你往往比我棒。这并不简单，我读中学时也是数学尖子呢。当然，还有体育，你爱上了定向越野运动，这个运动需要体力、灵巧和头脑的清晰，你很快成了全校的最佳选手，在全市比赛中为学校拿了冠军。在我眼里，你的这些本领精彩无比。姐姐是全优生，我不会因此要求你也成为全优生，我才不这么愚蠢呢。有两个孩子，我发现，即使同父同母所生，孩子也会有很不同的个性，绝不可以用同一把尺子去要求和衡量。孩子不一样，生命真奇妙，我对此感到的是惊喜。中国的教育从前有些一刀切，从小学开始，人的价值就被分数估定，这是一种愚昧。正确的做法是，让每个孩子都因为自己的优点而获得荣耀，快乐自信。爸爸管不了学校里的事，但至少在家里要这样做，尽最大努力来消除学校评价体系给你罩上的阴影。

至于说到语文成绩差，我认为这并不说明你语文水平低。我曾经问你，爸爸的语文水平怎么样，你回答说，爸爸是作家嘛，语文水平当然高，我就告诉你，爸爸上小学的时候，语文成绩也不好。我说的是事实。在我看来，语文水平就是表达能力，而你的口头表达非常生动，叙事很有条理。这样的例子举不胜举，我稍微举几个。小学低年级时，有一回，你要教我魔法，我问要付多少学费，你说：一分钱。我惊叹：这么便宜！你说：对于我们神来说，魔法太简单了，付一分钱就够了。你看你多幽默。还有一回，天气奇冷，我想去公园散步，你阻止，说：如果你去，一会儿我要去公园找一块人形的戴眼镜的冰了。我心中赞叹：一篇童话。听大家夸奖你的画，你说了一长串话，我记录了下来。你是这样说的：以后我的画放在博物馆里，我会有很多很多粉丝；等我老死后，我还活在我的画里，人死后就活在他创造的东西里。多么精辟的人生哲理！所以，你只是有些字不会写，以后迟早会写，那时候一定能够写出好文章，我对此深信不疑。事实上，自从爱上了阅读，你的词汇量大增，写作水平有了很大提高。

宝贝，爸爸立志做你的童年的守护人，你觉得爸爸这个使命执行得怎么样，你还满意吗？现在，你从童年进入了少年，我想给你提两点希望。第一，我希望你葆有一颗童心，依然纯真可爱，健康快乐，把童年的宝藏带入少年。第二，作为少年人，自我支配的能力变得重要了。你要明白，即使做自己感兴趣的事，要做出成绩，也必须有毅力，贵在坚持。何况人活在世上，常常还要做并无兴趣但必须做的事，比如进中学后，有的课程你未必喜欢，但作为基础教育，你必须学下来，那时候就更要靠毅力了。你要有一个决心，就是做自己学习的主人。今天做自己学习的主人，明天你才能成为自己人生的主人。希望你记住爸爸的这个嘱咐，在今后的学习和生活中，你会慢慢懂得它的意义的。

　　亲爱的宝贝，爸爸爱你，永远为你祝福。

感恩和寄语

——给女儿和儿子的春节家书

　　啾啾，叩叩，我的宝贝，快过年了，爸爸想和你们说说话。

　　首先我想让你们知道，我心里是多么感激你们，在我充满变故的人生中，是你们给我带来了最纯净的快乐。我由衷地感到，有你们这一双可爱的儿女，是我此生此世最纯粹的幸福、最自豪的成就。啾啾出生时，爸爸已年过五十，叩叩出生时，爸爸已年过六十。有人说，我这个年纪，应该享清福了，而我却要忙两个孩子，命真苦。他们哪里知道，这正是我的福气，上帝不让我老，在通常认为是老年的年岁，仍将生命生长的蓬勃氛围布满我的生活空间，这是何等的恩宠。

　　当然，养育小生命是很辛苦的，但是，我始终觉得，在这辛苦中，得到远远多于付出，享受远远多于疲惫。经常，在忙碌一天之后，夜深人静之时，我悄悄走进大卧室，看见娘儿三个睡在一张大床上。啾啾是有自己的卧室的，但你总喜欢去和妈妈、弟弟挤一块儿。看着你们安宁熟睡的情景，我心中充满感动和祥和，一天的疲劳顿时烟消云散。

　　有一回，在无锡出席一个活动，我和一位法师在台上对话，台下是

240

一千五百名白衣白裤的信众。对话进行中，法师突然停住，朝我神秘地笑，回头看大屏幕，信众齐声鼓掌，也都注视大屏幕。大屏幕上突然开始播放视频，你们姐弟俩分别说了一些温暖的话，向我祝贺父亲节。原来那天是父亲节，主办方这个策划完全瞒着我，给了我一个意外的惊喜。我感到惊讶的是，他们怎么这样了解我，知道来拨动我心中那根最敏感的弦。

据说哲学要人不食人间烟火，一心思考终极问题，如果是这样，我宁愿不要哲学。我的哲学源自我的生命体验，它让我珍惜生命中那些美好的、宝贵的经历。一个好家，和家人在一起过平凡的日子，我感到的是实实在在的幸福，于是我知道我的生活观点是正确的。我的生命体验中也有痛苦的甚至悲观的方面，但这个方面只属于我自己，我不会让它给你们的成长投上阴影。也许在将来，你们有了类似的体验，我会和你们交流和讨论，那时候你们会懂得，一个勇于面对人生苦难的人，可以生活得更加积极而阳光。

关于对你们的教育，我也想说一说我的想法。现在中国的家长也许是世界上最焦虑的人，担心孩子的学业，担心孩子的将来，操心操劳没有一个头儿。在我看来，父母的这种焦虑成了孩子成长中最大的阴影。你们看到，爸爸妈妈不是这样的。我一直认为，孩子的成长，最需要的是爱和自由。我的这个教育理念，既是哲学思考的结论，更是健康本能的直觉。将心比心，在逼迫下痛苦地学习和做事，还有什么比这更加违背孩子的天性吗？人生的底色是阴暗的，将来不知要花多大力气来重建光明。所以，我坚持一个原则，绝不在应试教育的重负下再给你们增加负担，没有让你们上任何课外补习班。看一看周围的同学，你们会发现，这样做的家长少之又少。

作为两个孩子的父亲，有了对比，我发现，即使同父同母所生，孩子也会有很不同的个性。啾啾性格内向，敏感细腻，叽叽性格外向，活泼开朗，各个是风景。我愿你们都能够顺应自己的个性，扬长避短，走出自己的路来，成为最好的自己。叽叽还小，你的路还不清晰，在你这个年龄也不应该清晰，你就再懵懂一些日子吧。啾啾，当初美国有两所大学录取你，你选择到纽约大学 Tisch 学院学戏剧，放弃了哥伦比亚大学。你要做艺术家，不想当学者，爸爸支持你。你大约是在爸爸身上吸取了教训，觉得学者的生活太单调。不过，我要提醒你的是，你生性多愁善感，容易纠结，你一定要学会跳出来看世间万象。爸爸送给你一句话：哲学是艺术的守护神。

我的两个宝贝，无论我多么爱你们，也只能做你们的临时监护人，无论父母多么用心，人生的路只能由你们自己走。将来你们会遇到各种人、各种事，有好人也有坏人，有快乐也有痛苦，你们必须自己去面对。你们要做自己人生的主人，具备人生最重要的一种能力，就是自己争取幸福和承受苦难的能力。

爸爸爱你们，爸爸为你们祝福。

给孩子一个明亮的童年

　　本书初版于2010年1月，迄今已十年有余。我在书中记叙了女儿的幼年和童年时光，这个小女孩现在已长成了一个青年。经常有读者关心地或好奇地询问，啾啾后来的经历如何，现在的状况又怎样，趁这个新版之机，我做一点简略的回应。

　　我只讲四件事。

　　一、初中毕业，她自己决定，不上普通高中，考入了北京十一学校国际部。她对我说，从小学到初中，她虽然成绩很好，但很累，不想继续在应试体制里做一个好学生了。

　　二、在北京十一学校读高中期间，她热爱上了戏剧。戏剧是她的选修课之一，她在这方面展现的才华让任课的外教赞不绝口。我们做父母的也感到耳目一新，想不到这个性格内向的乖乖女，在舞台上如此放得开，并且创建了戏剧社，出色地领导一个团队。她自己甚感欣慰的是，做成了一件爸爸从未做过的事，证明了自己独立的能力和价值。用她自己的话说："我不再是他的附录，他则成为我继续谱写人生时一个有用的参考。"

三、申请美国的大学，她同时被哥伦比亚大学和纽约大学录取。哥大比纽大更有名，但她选择了纽大，进了纽大 Tisch 学院戏剧导演系。对于这个选择，她如是说："我觉得我的问题可以非常简便地转换为：学戏剧电影，应该去北大清华还是北影中戏。"我笑说，如果进哥大，前途是当学者，爸爸是反面教员，当学者哪比得上当艺术家有意思。

四、她在纽大成绩优异，年年被列入"校长名单"，是全校级别的优秀学生。戏剧是综合艺术，她全面训练自己，绘画、摄影、音乐、诗歌皆有精彩表现。在戏剧的创作、导演、表演上，更是风生水起，先是作品入选现代舞剧圣地贾德森舞蹈剧场，后又担任 Tisch 学院主剧场全学期唯一由学生领导的大型戏剧的制作人，作品皆成功演出。在纽约的戏剧圈里，她成了一个小有名气的艺术家。

读者在本书中可以看到，在孩子的教育上，我是很放得开的，给孩子充分的爱和自由。我相信，每个孩子都是一个独特的灵魂，都有属于自己的路，父母的责任是提供适宜的生长环境，让孩子逐渐找到这条路。今天的父母都怕孩子输在起跑线上，可是，在我看来，倘若按照社会的流行观念或自己的主观意愿，逼迫孩子走一条不合其禀性的路，这个做法本身就已经是让孩子输在起跑线上了。我只把注意力放在让孩子身心健康、人格健全上，对孩子的未来则不做任何具体规划，以平常心对待，顺其自然。女儿的成长经历告诉我，这种宽松的方式至少在大方向上是对头的。

当然，啾啾将来能否以戏剧为职业，仍是说不定的。戏剧是小众艺术，在商业化的大环境中，干这一行可不容易。不过，她如此喜爱这门艺术，我就全力支持她。我送给她一句话："兴趣比职业伟大。"此话有两层意思。其一，一个人对某个领域有真实的兴趣，满怀热情，并且有毅力去克服各种困难，这是一个非常好的状态。但凡出现了这样的状态，就好好在其中享受吧，不要去问将来有没有前途之类的庸俗问题。其二，在兴趣的引导下认真做事情，这是能力增长的最有效途径，即使将来从事的是不同的事业，所增长的能力也一定会在将来的事业中发生作用。在任何一种职业生涯中，综合素质都比专业技能更为重要。

我自己重读本书，最感满意的是，啾啾的童年阳光明媚，我们没有给它染上一丝焦虑的阴影。她后来能够快乐自信地走自己的路，明亮的童年想必是给了力量的。我希望今天的父母们都戒除焦虑，给孩子一个明亮的童年，这才真正是父母的无上功德，必将惠及孩子的一生。

对标准答案说不

　　我的文章常被收进中学语文课本，更多被用于中学语文测试，这给我提供了一个机会，让我对中学语文教学有了一点近距离的观察。

　　首先要感谢语文教学界，承蒙其厚爱，我在中学生里有了许多读者。经常有人告诉我，说自己从中学开始就读我的作品了，我心知这主要缘于语文课。一个作家的作品能够由课堂这个最直接的途径，进入一代代少年人的视界乃至心田，这是怎样的福气，我感恩。在学生的心目中，进入课本也许就意味着进入历史，以至于有一回和某中学的学生见面，一个男生站起来说："周老师您还活着啊，我以为您是民国人物哩。"我愉快又惭愧地为我还活着向他道歉。

　　然而，我也常听见有中学生发出抱怨，说我的文章把他们害苦了。这大约有两种情况。一是文章难懂，对此我要检讨自己，我的有些文章有概念化的毛病，品质不高，本不该被选中的。二是试题难答，这就不能全怪我了，有必要检讨测试的方式。有一回，一个初三女生拿给我一份试卷，是以我的《人的高贵在于灵魂》为文本的测试，她让我自己做一下，然后按照标准答案打分，我得了69分。她十分得意，因为我比她得分低，她还得了71分呢。当然不能说作者一定很理解自己的作品，但是，如果标准答案是作者自己也不容易猜中的，我们就有理由问：所谓标准答案的根据是什么？这种有标准答案的测试方式能否测出真实的理解能力？

现行测试方式对语文有一个似乎不言而喻的定位，即语文是一门知识。按照这个定位，理解一个文本，就是要把这个文本所包含的知识找出来，予以牢固的掌握。语文诚然包含知识，比如语法规则和修辞手法之类，但语文课的目的是培养阅读和写作的能力，而这种能力其实与是否牢记这类知识没有什么关系。这类知识是默会和实践性质的，没有人是因为牢记这类知识而成为一个好的文学鉴赏者或者一个好的作家的。本书中多有这样的试题，问某个句子运用了什么论证方法，我看了答案才知道，竟有道理论证、举例论证、对比论证、正反论证、比喻论证、引用论证等这么繁多的名目，而我写这些句子的时候哪里想得到。

按照语文是知识的定位，文本的内容也被归结为若干知识要点，无非是中心论点（主题思想）、段落大意以及文中某些关键语句的含义，而能够按照标准答案回答出这些要点就算是理解了文本。这是现行语文测试的一个基本模式，我认为它不但把理解简单化了，而且阻碍了真正的理解。我要郑重强调一个观点：语文绝不只是知识。这有两层意思。其一，即使你在逻辑上正确地归纳了文本的中心论点和段落大意（这在一定程度上可以看作知识），也不等于理解了文本，因为好的文本的意义远远大于这一点儿知识。其二，知识有标准答案，文本的意义则不可能有标准答案，好的文本的意义一定是开放的，因此真正的理解也一定是积极的而不是被动的。可是，标准答案的存在却逼迫学生只能作被动的理解，把注意力放在揣摩可能的答案上面，阻塞了主动的积极的理解过程。

真实的理解过程是怎样的？我们与一个文本相遇，它借文字符号表达了某种意义，在理解之前，这个意义是不明确的，唯有在理解中才会明确起来。所谓明确起来，并不是文本中有一个纯粹客观的东西，我们把它捕捉到了。一方面，文学作品传达的是作者的感受和思考，其意义是复杂而非单一的，从不同角度去看可以有不同的理解。另一方面，接受者面对一个文本的时候，心灵不是一片空白，他在以往的经历和阅读中也积累了感受和思考，一定会把他的积累带进理解之中。这个情况既不可避免，也十分必要，实在是理解的前提，因为倘若心灵一片空白，他是不可能读懂任何文本的。

根据这两个方面，德国哲学家伽达默尔提出了一个概念，叫作视域融合。理解发生的时候，存在着两个不同的视域，一是文本的含义，二是接受者的心灵积累，而理解的结果是这两个视域的融合。最后得出的东西，必定为文本和接受者所共有，你中有我，我中有你，其间的界限事实上无法明确区分。

换一个说法，理解是接受者与文本之间的对话，而成功的理解就是有效的对话。一方面，文本是好的文本，有丰富的内涵，有充分的开放性。另一方面，接受者是好的接受者，有丰富的心灵积累，有充分的理解力。因此，二者之间能够最充分地相互作用，实现最大限度的视域融合。经由这样高品质的理解，文本的意义和接受者的心灵积累都在增长。纵观人类的精神历程，优秀书籍的传播和优秀心灵的成长的确是同行并进的。

用这个观点来看语文课，无论课文阅读，还是文本测试，都应该把重点放在调动和增加学生的心灵积累上，以此促进学生的心灵生长。为此，第一必须选择好的文本，不但要有值得去理解的内涵，而且要契合学生心灵积累的一般情况。务必杜绝假大空的文本，那种东西既没有可供理解的内涵，在学生的真实经验中又没有对应物，只会麻痹和败坏心灵。第二要改变教学和测试方式，总的精神是推动学生与文本对话。测试对文本的理解，我主张用两种方式，一是写评论或读后感，二是设计出能够激发独立思考的试题，这样的试题不可能有标准答案。在这两种方式下，评判的标准都是看有无真实感受和独立见解，能否言之成理。事实上，在自然的阅读状态中，学生哪里会去关注主题思想、段落大意之类的东西，他如果读得兴趣盎然，内心必有一种共鸣或者抗争，而这正是他的理解力得到了充分动员的表现。现行语文课的问题就在于违背了这种活泼的自然状态，人为设计一套死板的方式。

语文课有两项使命。一是母语的训练，让学生学会正确地读、想、写。二是人文素质的培养，亦即上文所说的心灵的生长。在实际的教学中，二者是不可分的。教材是基础，应该既是优秀的母语范文，又有纯正的人文内涵。无论母语的训练，还是人文素质的培养，都是通过阅读好作品受熏陶的过程。理解不是孤立的能力，它是在熏陶中不知不觉形成的，语文测试所测试的实际上就是熏陶的效果。

本书的主体部分是55份中学语文试卷，是一位有心的编辑替我搜集和汇编的。用作测试文本的我的文章，其中有相当一些，出题人做了删节，本书皆保持原样，不予复原。在每份试卷后面，我都写了评注。有些试卷甚合吾意，有些明显存在我所批评的弊病，我都如实写了我的看法。我的评注皆对事不对人，为此在写之前绝不去看是哪个单位使用了这份试卷。我的看法不一定对，只是一种切磋，旨在探索合理的语文教学和测试体系。在这个探索中，我的文本只是方便的案例，用谁的文本都一样，不会影响我的判断。我期待本书能在语文教学界引起讨论，也欢迎有切身体会的中学生发表意见。

德国的经验：教育兴国和文化崛起

自18世纪中叶起，德国由一个落后地区迅速崛起，在精神文化领域迸发了巨大创造力，人才辈出，向世界贡献了近现代最伟大的天才人物中的大部分。这个势头到20世纪前期仍未减，纳粹上台前，德国人获得的诺贝尔奖数量是世界之最，超过英美两国的总和。纳粹给世界带来的巨大灾难让德国蒙受耻辱，也在很大程度上遮掩了其巨大的贡献。作为一个英国人，彼得·沃森认为应该公正地评价德意志民族的功过，因此撰写了《德国天才》[1]这部大书。在本书中，作者综合了大量相关研究成果，拨云见日，探究德意志精神文化繁荣的渊源和历程，各领域天才的成就和影响，同时对纳粹产生的根源进行了剖析。

按照作者的论述，德国的文化崛起有赖于两大力量的交集。一是1740年继位的弗里德里希二世厉行的变革，使普鲁士迅速成为军事文化强国。二是由温克尔曼、沃尔夫、莱辛等启蒙思想家开始的对人文主义的大力倡导。在朝野的共同努力中，最令人瞩目的是教育改革的

---

[1]《德国天才》（全四册），[英] 彼得·沃森著，张弢、孟钟捷译，商务印书馆，2016。

成就。从19世纪上半叶开始，德国在全世界率先创建了研究性大学。其决定性的措施，一是破除了中世纪神学支配高等教育的传统，把哲学院置于大学的首位，所包括的历史学、语文学、古典学、数学等学科赢得了作为自主学科的尊敬。二是开设研讨班，创立博士学位教育，开启了现代意义上的学术研究，并且逐渐形成了具有独立品格的知识精英阶层。与此同时，建立普及义务教育体制，设立公共图书馆，提高全民文化素质。

在德国人的精神倾向中，有两个观念获得了最重要的意义。一是文化（Kultur），指思想、艺术和宗教之精神领域，德国人把它与文明（Zivilisation）相区别，后者只是人类生存状态的外部表现。另一是教化（Bildung），指个人的内在发展，按照洪堡的定义，其特征是无目的性、内在性和学术性。建立文化型国家、教化型国家成为德人的崇高目标。事实上，由哲学、文学、音乐构成的德意志精神王国的建立，要比19世纪中叶俾斯麦营造的政治帝国早一百多年。

于是我们看到，在将近两个世纪中，德语国家在各个领域里涌现了最多的天才人物，这里只需开列一个不完全的名单就可以了。哲学：康德、黑格尔、马克思、尼采、胡塞尔、海德格尔。社会学：韦伯。文学：歌德、席勒。音乐：巴赫、海顿、莫扎特、贝多芬、瓦格纳。数学：高斯。物理学：爱因斯坦、普朗克。生物学：孟德尔。心理学：弗洛伊德、荣格。

我本人认为，当此争取中华民族伟大复兴之际，本书中所述德意志文化复兴的经验尤其值得中国人认真研究。中国古代文化灿烂，向世界贡献了孔子、老子、庄子等文化伟人，唐诗宋词等文化瑰宝。同时期的德国则十分落后，在中国的汉代，日耳曼人尚是游牧部落，直到中国的清朝前期，德国还是许多分散的小公国。然而，近代的情况恰好相反，中国没有再出现具有世界性影响的文化伟人。其中的缘由令人深思，而德国对教育和文化的重视无疑是值得我们学习的。

在人与永恒之间，教育何为？

三十年前，我把随手记下的点滴人生感悟汇集起来，整理成一本小书出版，书名叫《人与永恒》。出版不久，赣南师院一个大学生读到这本书，无比喜欢，一字一字抄录了全书。他描述当时的感觉说："在一瞬间中，我领会了哲学的力量，思想的力量。"三十年后，这个大学生已经是一位知名的教育学家，仍然不忘当年充满喜悦的激动，也用点滴感悟的形式写下他对教育的思考，于是有了这本《教育与永恒》。

书有自己的道路。一个作家写了一本书，他不可能知道，他的书会以何种方式与不同的人相遇，灵魂的共鸣会以怎样出其不意的方式发生。人与人之间这种精神交感和影响的奇妙现象，每每令我感动和喟叹。

由《人与永恒》触发，李政涛教授写了《教育与永恒》，按照我的理解，此书要追问的问题便是：在人与永恒之间，教育何为？

人，生存于宇宙之中，宇宙是永恒的存在，人的生命却短暂，在人与永恒之间，似乎隔着无限的距离。但是，人不甘于短暂，要寻求永恒，人类的一切精神生活，皆是为了铺设一条超越之路，使人能够达于永恒。哲学和科学，用理性的思考铺路，以求达到的永恒是真。诗和艺术，用情感的体验铺路，以求达到的永恒是美。宗教和道德，用意志的自律铺路，以求达到的永恒是善。人类精神的这三种形式，在教育中融汇，教育的目标，正是要使理性、情感、道德这三种精神能力得到良好的生长，培养人性意义上优秀的人。好的教育培养出来的人，拥有自由的头脑，丰富的心灵，善良、高贵的灵魂，这样的人，就会成为肩负着人类使命的践行者，在他们身上，我们看到了人类朝向真善美行进的努力和希望。

当然，这只是我的回答，而且相当笼统。在本书中，作为教育学的研究者和教育事业的实践者，作者给出了具体的回答，贯穿在各个章节中。对于作者来说，"教育与永恒"这个题目有双重含义。其一，教育是他为自己选定的永恒的志业。其二，教育本身是对人类永恒的精神价值的追寻。教育者心中有永恒之目标，在教育的路途上尽管仍然会有迷惘，但内心是明亮的，前程是光明的。

本书的风格，是诗性的感悟，直觉的捕捉，自问自答式的内心独白和质疑。我欣赏这样的风格，随处有真知灼见闪烁，下面仅举几例。

关于教育的作用：教育是这个世界上最重要的十字路口，通往不同的方向，铸造不同的人生；但是，教育也有限度，是对人生限度的有限突破，它在个体身上最大的成功，就是最大限度地克服了这个人的人生限度。

关于教育与时代的关系：教育在时代面前要保持独立性，不向风云变幻的时代妥协，而应该让时代向守护永恒价值的正确的教育妥协；优秀的个体要在自己身上克服时代，在没入时代的深水畅游之时，经常伸出头来仰望天空。

关于教育时间：现在许多学校制定的时间表贯穿着权力逻辑，是对人的肉体的操控，导致肉体丧失了精神和理性；教育时间设计中极大的弊端是"满"和"精细"，导致了机械化和碎片化的人生。

关于学校。正向问：学校是一个什么样的地方？是给学生以欢乐和希望，还是带来恐惧和厌倦的地方？是给学生以生长和发展，还是带来束缚和压制的地方？反向问：学校不是什么？不是生产物质财富的企业，不是推行行政逻辑的机关，不是让教师无条件服从长官命令的兵营，不是全方位管控师生的监狱，等等。正向和反向的诘问，皆促人反省创立学校的初心。学校遭遇的诸多困境，根源往往在于不把学校当学校。

读者可以看到，上述种种思考，都是在回答这个问题：在人与永恒之间，教育何为？

如果说，作者把本书当作对我的致敬之作，那么，我的这篇序言便是对作者的回敬之言。这个回敬，同时是一个新的致敬，我以此向中国教育界一位有良知和独立思考的学者表达敬意。

从观念到细节

朱永通君曾担任中学语文教师，后又从事教育刊物和书籍的编辑工作，《教育的细节》是他在教育领域多年观察和思考的心得的一个结集。他是一个有心人，无论到学校采访、出席论坛和活动、看稿件和报道，还是女儿的上学经历和反应，他都能从中发现生动的细节，引发深入的思考。《教育的细节》是书中一篇文章的标题，他用来做全书的书名，我觉得很有道理，因为关注细节正是他的教育思考的特点，也是本书的特点。

浏览本书，有三个概念给我留下了深刻的印象，我想用它们来阐释我对本书的解读，亦引申出我自己的思考。这三个概念是观念、细节和一厘米。

"观念"是本书第一辑的主题，也蕴含在其他各辑的论述中。观念的重要性在于，它决定了人的行为的方向。哈耶克指出，哲学的影响是最大的，它用一般观念影响社会科学，社会科学又用根据一般观念对具体问题的思考影响大众。作为社会科学的一个领域，教育更是如此，人生观决定了教育观，一个时代的教育状况背后必有一种起支配作用的基本价值取向。基于这个理由，我本人一直认为，要改革中国教育当今的诸多弊端，关键在于正本清源，澄清教育的理念。

观念并不抽象，正如第一辑标题所示，人是"活在观念里"的。这个在生活中无处不起作用的观念，不管是源自文化传统的基因、意识形态的灌输、生存环境的浸染，还是社会转型的折射，一经铸成，就如同幽灵一样深藏在无意识之中，操纵人们的行为。这就有了"细节"的重要性。如果说观念决定方向，那么，细节则体现了观念，正是从细节中可以最清楚地看到真正起作用的观念是什么。

看一所学校的教育观念是否对头，不必看校园文化是否有声有色，教育改革是否轰轰烈烈，考核指标是否名列前茅，这类表面文章有时还是反面证据，一个细节就足以让背后隐藏的丑陋暴露无遗。本书中有一个例子。在一所重点小学，校长带作者参观，一路娓娓介绍校园布置如何体现学校的教育理念。上课铃响，两个男生急匆匆迎面跑来，见到校长，一脸慌张，想躲闪而无处可躲，硬着头皮继续跑。这时校长突然铁青着脸，把两人喊住，厉声训斥。作者被校长判若两人的表现镇住了，由此想到：学生迟到是常见现象，却像试纸很快就能检测出教育行为背后的价值含金量。

的确如此。用什么态度对待学生迟到，是否尊重差生的人格和自尊心，布置作业是否用心思让学生的学习既有效又省时，能否尽力给学生的个性差异留出空间，给不给小学生留出足够的睡眠时间，这些都是细节，却体现了教师是否爱学生，学校是否遵循学生本位，教育是否立足人性，总之，体现了基本的教育理念。

这就要说到"一厘米"的概念了。德国统一前两年，东德卫兵亨里奇射杀了一名企图翻越柏林墙出逃的青年。柏林审判时，被告律师辩称，受审人当时只是执行命令，没有选择的权利。法官的反驳十分精彩，指出即使执行命令，仍有把枪口抬高一厘米的主权，可以选择打不准。作者把这个典故应用到教育工作上，提倡"一厘米之变"，从能改变的地方开始，积少成多，以此引发更大的改变。确实，我们无能改变整体的教育体制和环境，但是任何体制和环境都取消不了个人的相对自由，而这个自由正是体现在你如何处理一个个细节上。

当然，"一厘米之变"的作用毕竟是有限的。在一定意义上，这是教育界有良知之士在现行体制下的无奈选择。倘若行政主导、功利至上的教育体制无根本改变，"一厘米之变"往往也是困难重重，坚持者会被边缘化甚至遭到逆淘汰。

作者耳闻目睹中国教育界太多的怪现状，有按当地教育主管部门规定放学十分钟后清空校园的"减负"新政，有教学楼里布满书架、书架上摆满廉价垃圾书的著名"书香校园"，有打造"教改"神话、不到三年吸引50多万人参观、门票收入3万多元、拉动周边第三产业获利45亿元的"品牌"乡村中学，不一而足。我读后无语。观念有正确和错误之别，而比错误观念更可怕的是虚假观念，在被歪曲的"减负""书香""教改"等招牌之下，中国教育舞台上在上演多少荒诞剧！而在这类剧目中，都可以看到行政机构担任的导演角色。我不得不说，现在我对教育的唯一期望是减少荒诞，回到常识，而这何其难也。

第九辑

新形势下的教育

坚持教育即生长的理念

很多大哲学家都关注教育问题，写有论教育的专著，比如洛克、卢梭、康德、尼采、杜威、怀特海。这些大哲学家的哲学观点很不同，可是，在教育即生长这个理念上高度一致，只是用不同的语言表述而已。

教育即生长这个理念立足于对人性的理解，包含两层意思。第一，作为人类的一个个体，每个人来到这个世界上的时候，已经具有潜在的人类共同的精神能力了，那么教育就是要让这些精神能力得到很好的生长。第二，每个人不但具有人所共有的精神能力，而且每一个人都是不一样的，都具有自己特殊的禀赋，所以教育即生长又是要让每个人特殊的禀赋得到很好的生长，个性得到健康的发展。

这个理念指明了教育的目标，就是精神禀赋的良好生长，从而使人成为人性意义上优秀的人。它反对的是给教育规定一个功利目标，强调生长本身就是价值，成为优秀的人本身就是价值。事实上，即使从功利的角度看，只要生长得好，结果也不会差，优秀的人肯定更有希望获得真正意义的成功。

这个理念也指明了教育的重点，就是能力的培养。具体地说，智育的重点是认知能力、独立思考能力的培养，拥有自由的头脑，而不是知识的灌输。美育的重点是感受能力、情感体验能力的培养，拥有丰富的心灵，而不是技艺的训练。德育的重点是实践能力、道德自律能力的培养，拥有高贵的灵魂，而不是规范的强制。

教育立足于人性，以精神禀赋的良好生长为目标，以能力的培养为重点，这个道理是不会变的。今天这个时代发生的最重要事情是互联网，互联网极大地改变了人们的生活方式，这个改变相当全面，包括改变了交往方式、消费方式、学习方式等，实际上也就改变了教育的大环境。那么，在互联网时代，教育即生长这个理念是不是过时了？我认为不但没有过时，而且更显得重要。理由之一，互联网时代知识更新迅速，创新成为最重要的能力，而有无创新能力取决于综合素质。理由之二，互联网时代信息泛滥，一个人必须具备扎实的功底和良好的鉴别能力，才能用信息共享之利而避其害，而这也取决于综合素质。因此，在互联网时代更应该坚持教育即生长的理念。

创新与智力教育

在互联网时代，知识更新极为迅速，创新成为最重要的生产力之一。五中全会把创新列为五大发展理念之首，实际上是顺应了这个趋势。

那么，创新能力到底是一种什么能力呢？世界上并不存在一种孤立的创新能力，你不可能开一门叫创新的课程来培养这个能力。所谓创新能力无非是一个人整体智力素质的体现，其中包括很多因素，比如，好奇心、想象力、独立思考亦即追根究底的能力，综合思考亦即融会贯通的能力，跨界思考亦即触类旁通的能力，等等。

然而，我们发现，恰恰是这些非常重要的智力因素，在应试体制里是不被重视的，甚至是受到压制的。因此，创新的需要已经形成倒逼之势，改变应试体制是燃眉之急。现在有个别现象，学历高也许不受用人单位欢迎，人们对此有各种解释，但我相信，原因之一是一个学生在应试体制内被打磨得越久，真正的智力品质就被磨损得越甚，因而越不能适应工作的需要。

从智力生长的角度看，互联网时代的环境有利也有弊。互联网的最大好处是信息资源共享，只要你善于自学，有自己明确的兴趣方向，就可以很便捷地从网上获取相关学科的基本信息和最新动态。"互联网＋教育"的兴起，各种公开课的开设，使你可以自主地选择适合你的教师和课程。大量网络社群、公众号、App 平台虽然良莠不齐，但至少其中一部分是有教育含量的，而且呈增多的趋势，也提供了多样化的选择，事实上已经和正在形成诸多自学者网络群体。不妨说，互联网是自学者的天堂。

可惜事情还有另一面。对于缺乏自制力和学习能力的人来说，互联网不啻是地狱。这是一个充满诱惑力的地狱，沉溺于其中的人会误以为是天堂。我们看到，互联网给少数心智活泼的青年提供了创业和成功的机会，但与此同时，一将功成万骨枯，网瘾又使相当数量的青少年成为虚拟世界的奴隶，丧失了真实生活的能力。这对他们今后的人生将带来严重后果，不必说拥有自己的事业，连谋生都困难。

由此可以得出一个看法：在互联网时代，有自学能力的人会胜出，没有自学能力的人会落败甚至被淘汰，这基本上是一个规律。在一定意义上可以说，创新能力就是自学能力。其实，一切教育本质上都是自我教育，一切学习本质上都是自学。从来只会考试的人，走出学校后不一定有真本事，往往还比较平庸。相反，那些有大成就的人，在学校里未必是学霸，但一定是善于自学的人。不过，这个规律在互联网时代会表现得更加鲜明。

那么，可以不要学校教育了吗？当然不是，恰恰是要求学校教育改变应试的总体格局，回归智育的本义。智育的目标是智力的良好生长，智力怎样算生长得好？我认为有一个可靠的征兆，就是善于自学。一个学生具备了快乐学习和自主学习的能力，他的智力品质一定是好的。如果我们的学校把立足点从让学生被动应付功课和考试转移到增强自学能力上来，培养出尽可能多的合格的自学者，我们的教育就成功了。这意味着在课程设置、教材编写、教学方式、评价标准、师生关系等方面必须有一系列的改变。比如在课程设置上，一方面要差别化，让学生有较大的选课自由；另一方面要少而精，给学生留出自学的时间。在评价体系上，不再以考分论英雄，而是让智力真正优异、善于自学的学生在学校里就成为英雄。孩子都是看重荣誉的，价值导向往往会起决定性的作用。按照这个方向来规划教育，优秀生在互联网时代诚然如鱼得水，资质一般的学生成为网络牺牲品的现象一定也会少得多。

教育和培训的不同

一、区分两类梦想

有两类梦想。一类是精神理想，对应于人的精神属性。理性追求真，人类因此有哲学和科学；情感追求美，人类因此有文学和艺术；意志追求善，人类因此有道德和信仰。这三者在社会构成精神文明，在个人构成精神素质。它们不能直接变成现实，而是指引方向，体现在社会实践和个人行为中。

另一类是现实蓝图。从社会来说，有两个方面。一是政治体制，即法治，包含自由、平等、民主、公正，构成政治文明，其实质是精神理想即善和正义在社会层面的实现。二是经济实力，即富强，构成物质文明。

教育的使命，一方面是唤醒、培育、绽放前一种梦想，使民族成为文明的民族，个人成为优秀的个人；另一方面是筹划、实现后一种梦想，使民族成为富强的民族，个人成为成功的个人。前者更根本，是教育的灵魂和终极使命。

二、教育和培训的不同

尼采曾经论述教育与生计的区别。生计是为了生存而学习知识技能，超出于此，教育才开始。以谋生为目标的教育不是真正的教育，只是指导生存斗争的说明书；相关机构不是真正的教育机构，只是生计机构。真正的教育是女神，以谋生为目标的所谓教育只是有智识的女仆、女管家。

他这个论述的背景，是当时德国教育出现了两种倾向，一方面数量扩张，另一方面内涵缩减。德国教育实行双轨制，文科中学进行古典人文教育，学生可以升普通大学，实科中学进行职业培训，学生可以升职业高校，不能升普通大学。但是，因为文科中学扩招，与实科中学的区别在消失，随之大学也扩招。尼采认为这导致了仅剩两种教育，一种是速成，能快速成为挣钱的生物；另一种是深造，能成为挣许多钱的生物。

在德语中有两个词，我们一般都译作教育。一个是 Bildung，原义是一个东西按它的本性形成。另一个是 Erziehung，原义是一个东西按它的功用培植。前者才是真正的教育，就是人的形成，精神属性的生长，使受教育者成为人性意义上优秀的人。后者可以译作培训，就是以职业为目标的知识传授和技能训练。教育是实现人作为目的的价值，培训是实现人作为工具的价值。所以，超出培训才有教育，限于培训则没有教育。

我们今天更应该思考，教育有没有超出职业培训之上的更高使命。

三、真正的教育不可缺少的课程

第一是哲学，哲学应该是必修课。要名副其实，引导学生爱智慧，想根本问题。教材以问题为中心，汇编哲学家们主要的不同观点，没有标准答案，启发独立思考。可以借鉴法国中学的做法，不论报考文科还是理科，最后学年都以哲学课为主；高考第一门考哲学，只有这门是全国统考，不合格就不能上大学。哲学考试被称为法国人的成人礼。

第二是通识课，内容为中外人文经典选读。

四、今天仍需要精英教育

精英是从事高级文化研究的人才。我们今天仍需要精英教育，理由有二。第一，高级文化的重要性。哲学、自然科学、社会科学、人文学科体现一个民族精神能力发展的高度，并且引领个体精神能力的生长。其水平决定了整体教育的水平，如果落后，个体生长的环境差，整体教育也一定落后。第二，个体禀赋的差异，相关的专门人才必是少数。

高等教育原是精英教育，现在国际趋势是大众化（毛入学率15%~50%）、普及化（50%以上）。中国1999年开始院校升级和扩招，现在已达到大众化水平，大学生数量和博士学位授予量世界第一。后果一是数量"大跃进"，质量大倒退，二是精英教育和职业培训皆缺失，高不成低也不成，毕业即失业。

精英教育不可能普及，普的结果必是取消。教育理应分层，至少研究生保留为精英教育。分层不等于不公平，公平不是平均化。三项措施实现公平：机会公平；选拔方式科学和透明；不同层级之间道路畅通。育人（培育精神能力）贯穿各层级，职业学校亦然，只是不以文化为专业而已。

中国的教育缺什么？

今年[1]7月，英国教育部宣布，英格兰半数小学将在数学课堂上采用中国上海模式，为此拨款四千一百万英镑，用于提供教科书和培训教师。事情缘起于由国际经济合作与发展组织开发的PISA（国际学生评估项目），2012年有六十五个国家及城市的五十万名十五岁学生参加，上海获得数学、科学、阅读三个单项第一和总分第一，英国排名第二十六，美国排名第三十六。据估测，英国学生数学水平落后于上海学生三年。这个结果使英国教育部大受刺激，决心从娃娃抓起，其后选派小学数学教师到上海取经，又引进上海数学教师到英国示范教学，直至今年决定大面积推广上海模式。

这个新闻在英国和中国都引起了热议。中国基础教育的强势有目共睹，孤立起来看也肯定是一个优点，但是，如果全面衡量教育质量，这个优点是否又隐含了中国教育的严重缺点呢？我认为是这样的。

首先我要提醒人们想一个问题：为了取得这个优点，我们的孩子付

---

[1] 此文写于 2016 年，实行"双减"教育政策之前。

出了什么代价？众所周知，中国的孩子是最辛苦的，从小学开始就忙于功课，早上八点到校，上一天正课，再上课后班，一般十七点离校，回家还要做作业一两个小时。周末的时间，一多半家长会逼迫孩子上各种课外班、补习班。没有时间玩，睡眠严重不足，近视率高，是中国小学生的常态。不用说，中学阶段负担更重，逐年递增，高考结束才得以喘一口气。从六岁到十八岁，中国的孩子为中国基础教育的骄人成绩奉献了全部童年和少年。相比之下，欧美小学生上学像玩似的，课时短、上课轻松、没有家庭作业。中国小学生每天弓着背，背着沉重的书包上下学，书包里装着一天要对付的一大堆课本、教辅、练习本、生字本、作业本等，这是中国每所小学门口的典型景象。一位在上海取经的英国小学校长看见了感到惊诧，指着书包问：这是什么？我想应该这样回答他：这是中国基础教育的缩影。我们有理由问：为了基础教育取得好成绩，牺牲掉孩子们的身心健康是否值得？用人性的尺度衡量，拥有幸福的童年，身心健康地生长，难道不是更重要的价值吗？现在英国引进上海模式，实际上也面临了这个问题，BBC拍摄纪录片，片名就是一个质疑：我们的孩子足够坚强吗？片中一位英国中学校长指出，上海模式依靠的是中式父母的价值观，而在他看来，这是成问题的。

接下来我想重点探讨一下，让中国孩子付出了沉重代价的中国基础教育本身有什么问题。已经有论者指出一个现象：中国在基础教育领域一贯强势，但为何到了学术研究领域就成了弱势？以数学为例，今年QS世界大学数学学科排名，英国剑桥第一，牛津第四，中国最靠前的是北京大学，排名第三十。重要的数学大奖例如菲尔兹奖，基本上被欧美数学家包下，华人获奖者仅丘成桐、陶哲轩二人，都是在西方受的教育。诺贝尔奖的情况也一样，我们中学阶段物理化学的基础教育也很用力，但至今没有中国自己培养的人才问鼎诺贝尔物理和化学奖。好的基础教育应该能够培养出推动学科发展的优异人才，我们有理由问：我们的基础教育真的非常好吗？基础教育和优异人才培养之间断裂的原因何在？我们对基础教育的理解是不是太狭窄了，局限于知识的记忆和掌握，而它本来应该包含比这重要得多的一些内涵？

第一，人的个性和天赋是有差异的，好的教育应该尊重差异，为不同个性的发展和不同天赋的生长提供良好的环境。对于每一个个体来说，教育的最大功德是能够使他发现和成为最好的自己。在这样的教育环境里，具有特殊天赋的优异人才最能够脱颖而出。中国的基础教育显然不尊重差异，从教材、教学到测试都是标准化的，像一条流水作业线在制造统一的产品。从小学开始，人的价值就被考试的分数估定了，全优生无比荣耀，差生高度自卑。分数面前人人平等，可是用分数评判人的价值本身就已经是不平等的。人的天赋不同，未必都是读书种子，有的孩子有艺术天赋，或者动手能力，或者合作和交往能力，为什么不该享有荣耀？就学科来说，数学好的语文未必好，反过来也一样，门门课优秀有何必要？大量事实证明，小学成绩好坏与今后有无作为并无关联，但是，目前看，一个后来大有作为的人很可能在小学和初中阶段备受压抑。所以，至少在小学阶段，应该彻底淡化学习成绩的作用，让每一个孩子都拥有快乐和自信。

第二，到了中学阶段，一个人的天赋会开始比较明确地显现，其征兆是兴趣。以兴趣为动力和向导，进行自主学习，这是一个研究者必备的能力，而这个能力是在中学阶段打下基础的。中学教育应该为基于兴趣的自主学习创造条件，一是在课程设置上提供多样化选择的空间，二是保证学生有可支配的自由时间。欧美中学的课程分为必修课和选修课，必修课又分不同层级，选修课有丰富的选项，学生可以根据兴趣和能力制定自己的课程菜单。数理化课程分层级十分必要，我们的中学生花在数理化学习上的时间实在是太多了，其中至少有一半人，将来的专业和工作完全用不上这些知识，因此基本上会忘光，白白花费了这么多时间。

另一方面，那些爱好数理化的学生又被统一的课程拖了后腿。除了北京十一学校，现在中国的中学还都是课程划一，课业繁重，学生既没有选课的自由，也没有自学的时间，基本上是在为应试打工。这种情况导致了某种先天不足，因此即使到了大学阶段乃至研究生阶段，具备研究性自主学习能力的人也是少之又少，中国在学术研究领域落后就毫不足怪了。

第三，中国的基础教育在教学内容上偏于知识性，强调熟练掌握课本知识，即使语文也被当作知识来传授，对课文的理解竟然也有标准答案；在教学方法上偏于灌输式，基本上是老师讲学生听，师生之间、同学之间缺乏互动讨论，有些老师不鼓励甚至忌讳学生发表独立见解。这种教学模式在知识性测试中自然会显示优势，但必然损害两种最重要的智力品质，即好奇心和独立思考能力。对于科学创新来说，这两种品质的重要性是不言而喻的。我还想强调独立思考能力对于培养人文素质和公民觉悟的重要性。在这方面，法国人提供了一个范例。法国高中把哲学作为必修课已有两百年历史，按照法国教育部大纲的表达，其目的是培养学生的批判性思维。哲学又是中学毕业会考的第一门科目，只有通过了哲学会考才有资格上大学，考试的方式是围绕考题写作文，我随便举几个考题，我们对他们的哲学课就会有一个概念了。比如：所有信仰都违背理性吗？所有真相都是可证明的吗？世上是否存在任何科学无法解释的问题？或者：真理高于和平吗？如果是你，你会往广岛、长崎扔原子弹吗？很显然，所有这些问题都不可能有标准答案，而哲学的意义正在于启迪独立思考。别的欧美学校没有法国这样正宗的哲学课，但是鼓励独立思考是一致的教育理念。比如说，你一定想象不到，英国小学六年级的家庭作文题目会是"你认为谁对第二次世界大战负有责任"。

总的来说，中国基础教育的缺点是：一、功课负担太重，不利于学生身心健康；二、标准化的教学和测试体系，忽视个性、天赋的差异和兴趣的激励，不利于每个人成为最好的自己，也不利于优异人才的涌现；三、偏于知识灌输，不利于自主学习和独立思考能力的培养。缺点和优点是相连的，要改变这些缺点，几乎必然会损害中国基础教育的优点，即基础知识的大量和熟练掌握，中国在 PISA 测试中很可能就风光不再了。但是，我认为这是值得的。我期盼有一天，中国自己培养的人才频频获得诺贝尔奖和菲尔兹奖，而在 PISA 测试中的排名则不妨落到比如说第二十六，和英国换个位置，让英国去当第一名吧。英国教育部好像在为此努力，不过我估计他们只是一时想不开，很快会明白过来的。

教育新生态中的变和不变

年会主题是营造教育新生态。我本人认为，衡量教育生态，主要看好坏，而不是新旧。如果生态原本是坏的，即使加进新的因素，仍然是坏。按照我的理解，提出新生态这个概念，主要是指新科技对教育产生的影响，导致教育形态和方式发生了很大变化。因此，我想探讨一个在我看来很重要的问题，就是在这些改变中，有没有不可改变的东西，是教育之为教育的本质的东西，如果丢掉了就不复是教育了？新科技是不是更加凸显了这种东西的重要性和不可取代性，要求我们坚持和加强，从而在根本上改善教育生态？

在这类新科技中，最热门的是互联网和人工智能。针对这两个热门，我谈两点看法。

一、互联网与自我教育

互联网给教育带来的改变是有目共睹的，总体上也是积极的。我想强调的是，在互联网时代，自主学习的能力变得异常重要，这对我们现行的教育体制提出了尖锐的置疑。

对于教育，我有一个基本观点，即一切教育本质上是自我教育，一切学习本质上是自学。教育的这个特性，在天才身上表现得尤为突出。在人类文化的任何领域，一切做出了创造性贡献的人物，无不是自我教育成的，而并非学校和老师教出来的。不管在现实中有无师承，他们本质上都是自己向本领域内的大师和能者学习，并且在学生时代往往与体制化的学校教育发生冲突，是冲破了体制的阻力得以成长的。

教育的这个特性，同样体现在一般学生身上，只是不像天才成长故事那样有戏剧性罢了。现在学校用分数评估学生的优劣，但是，走出校门之后，重新洗牌不可避免，生活实践不会在乎你在学校里分数的高低，只会检验你素质是否真正好。基本可以断定，那种具备自我教育能力的学生会胜出。所谓自我教育的能力，我是指养成了智力活动的习惯，能够在兴趣引导下自主学习。相反，一个全优生，如果只知道对付功课，只会考试，走出校门后，他的平庸会暴露无遗。

有自我教育能力的人会有作为，没有这个能力的人往往平庸，这从来是规律，而在互联网时代会表现得更鲜明。互联网的最大好处，是信息资源发达和共享，可以便捷地获取所需要的信息。但是，要享受这个好处，前提是你有自己感兴趣的领域和方向，知道自己要什么，并且具备相当的鉴别能力，能够找到有价值的信息。否则的话，网络信息如潮水般涌来，你只是被动地接收信息，这些信息与你的生活和心灵毫无关系，不是促成，反而是败坏了你的心智生长，你只是成了海量信息的一个通道。事实上，现在许多人就处于这种状态。所以，互联网的作用是双面的。一方面，对于有自我教育能力的人，它为学习提供了广阔的平

277

台。另一方面，如果本来不具备这个能力，在信息流的强制作用下，这个能力就更无从培养了。

今年新冠肺炎疫情全球大流行，凸显了互联网的优点和不足。优点很明显，因为有网络，学校没有彻底停摆。有人由此得出一个乐观的看法，认为网课能够取代或大部分取代实体教学。我的看法是不能，因为事实上疫情还暴露了网课的不足。第一，网课缺乏实体教学的现场感和亲密性，在课堂上，教师与学生有现场互动和情绪交流，教师看着学生的眼睛讲课，与面对屏幕讲课，讲者和听者的感受都是完全不一样的。第二，孩子自制力弱，听网课远不如在课堂上专心，效果较差，因此许多学校在复课后只好把网课的内容重新教一遍。所以，至少在基础教育阶段，课堂仍然必须是教学的主要场所。

我认为，真正应该考虑的不是用网课取代实体教学，而是如何改革实体教学，使它成为教育新生态中良性的基础环节。现在有一些学校教育，从教育理念到课程设置、测试方式、评价体系，都是唯应试导向，完全阻碍自我教育能力的培养的。从小学到中学，课程划一、课业繁重、分数至上，学生始终在为应试打工。对于大多数学生来说，学习是一件痛苦的事，区别只在承受力的大小和对付得好坏。好不容易熬到进了大学，终于大功告成，大量学生在学习上不再有进取心。自主学习的前提是对学习有兴趣，我们从开端就败坏了这个前提。这样教育出来的人，在互联网时代多半会成为失败者。

二、人工智能与人的全面发展

人工智能是最时髦的新科技，虽然尚未实际运用于教育，但是，这方面的遐想已经很多。那么，我不妨也来遐想一番。我相信人工智能将来在教育上有所可为，但是必定有其限度，这个限度是，它不可能取代教育和学习的过程。这里的关键在于，什么是教育，教育的目标是什么。在我看来，不管教育发生怎样的变化，它的本质始终是人的精神能力的生长，因此目标始终应该是人的全面发展。那么，我们要问的是，人能够依靠人工智能让自己全面发展吗？而这又取决于，人工智能能够真正具备人的各种精神能力吗？

现在人们谈论得比较多的是，人工智能能否达到甚至超过人类智能，我想把问题拓宽一些，因为人的精神能力不限于智能，还有情感和道德，我们来讨论一下这三者的情况。按照我粗浅的理解，人工智能的基础是算法，就是把信息数字化，通过处理大数据找出其中的逻辑。因此，凡是不可数字化的因素，都在人工智能的权限之外。

先看智能。人工智能的强项是智能，这从命名就可以知道。人类智能的核心因素是什么，是知识、逻辑、记忆力，还是直觉、灵悟、想象力？爱因斯坦认为是后者，想象力比知识重要，是创造的源泉。那么，如果后者无法数字化，人工智能就始终欠缺人类智能的核心因素。比如说，人工智能可以把迄今为止相对论领域的全部知识数字化，但是首先得由爱因斯坦发明出相对论，人工智能发明不了。

再看情感。我倾向于认为，人工智能不可能拥有真正意义上的情感。人类的情感有各种外在表现，主要是表情、语气和话语，人工智能可以通过视觉影像、语音、文本加以识别和模拟，形成一种情感的外观，从而让人类根据自己的体验赋予它们以情感的含义。但是，这与人工智能自身拥有情感是两回事。只有活的生命体才能真正感受快乐和痛苦、期待和恐惧、爱和恨这类情感，而人工智能永远不可能成为活的生命体。

道德的情况与此类似。人类道德的基础，一是作为生命体对其他生命体的同情心，二是作为精神性存在的尊严感。人工智能最不可能拥有的，就是生命和灵魂，因此不可能形成道德良知。

人的精神能力，包括智能、情感、道德，从根本上说，都是建立在人的主体性基础之上的。我说的主体性，是指每个人都具有对自身同一性和延续性的意识，是一个拥有自我意识的"我"。是我在思考，我在爱，我在向善。人工智能之所以不可能真正具备人的精神能力，根本的原因是它归根到底是机器，不是主体，不可能拥有真正意义上的自我意识。

所以，我的结论是，人工智能不可能取代教育和学习的过程。人工智能多么发达，人的全面发展还得靠每个人自己。这真是好事。笛卡儿说：我思故我在。我们还可以补充说：我爱故我在，我向善故我在。运用和享受自己的精神能力，思考、爱、向善，人生的意义和幸福即在于此，如果都被机器人取代，活着还有什么意思？

今年科技方面最轰动的新闻，是马斯克的公司展示了植入脑机芯片的小猪。这家公司的愿景是，通过植入芯片把人脑与计算机联结起来，实现双向信息交换。有人为之欢欣鼓舞，认为这个愿景实现之后，学习就是一件极其简单的事了。比如说，你不用再阅读，只要把文本信息直接传递到你的大脑芯片上就可以了。且不说这个所谓愿景能否实现，即使能够，我相信大多数人也会拒绝采用的。把大脑变成大量文本的储存器，放弃阅读本身的种种快乐，这是懒人的理想，而结果则是成为蠢人。

为生长创造友好的环境

教育即生长，是哲学家卢梭和杜威强调的教育理念。在2015年搜狐教育年度论坛上，我讲了对这个理念的理解，就不再重复。生长需要友好的环境，包括学校、家庭、社会三个方面。现在这三个方面的环境都不太友好，在有些学校里是应试导向的激烈竞争，在有些家庭中是家长的严重焦虑，在社会上有部分扭曲的价值观，像三座大山压在孩子们的心灵上。所以，今天我讲《为生长创造友好的环境》这个题目。

一、抑制应试导向的激烈竞争

学校本应是和平的乐园，但现在有些学校却成了硝烟弥漫的战场。从小学甚至幼儿园开始，战争就拉开了序幕。有两条战线。一条战线是家长们为争夺优质教育资源而战，年轻的父母生了一个娃娃，就开始为学区房、好幼儿园、重点校焦虑和拼搏了。另一条战线是孩子们为分数和升学而战，从小学、初中到高中，愈战愈烈，没有休战的时候。我本来想说，我们必须叫停这种恶性竞争，但我知道做不到，叫了这么多年也没有停，不得已求其次，我希望至少能够加以抑制。

恶性竞争的根源，归根结底是应试教育。童年和少年是身心生长的关键时期，教育的使命是让孩子们的身体和心灵得到健康的生长。可是，我们把沉重的功课负担压在孩子身上，使得孩子们普遍睡眠不足、眼睛近视、健康不佳。我们的教育也经常不把学生看作一个完整的心灵，拥有理性、情感和意志的丰富精神世界。心灵被缩减为理性，把情感和意志删除了。理性的核心是独立思考的能力，也被删除了，理性被缩减为知识，知识又进一步被缩减为应试和分数。这样一步步缩减的结果，造成了一种片面化的教育，学生被驱赶到应试的独木桥上，竞争怎么会不激烈呢？

我们口头上都会说德智体美全面发展，我们的学校里也的确开了德育、美育、体育的课程，但是，全面发展不是上几堂课就能够得到的。心灵是一个整体，道德和审美都是心灵感受生活意义的方式，唯有真正感受到生活的意义，心灵中才会萌生真实的审美情感和道德情感，才会发现世界和人生的美，向往成为善良、高尚的人。恶性竞争的严重后果正是在这里，在漫长的童年和少年期，孩子们感受不到生活的意义，基本上都是盼望快快长大，早日结束痛苦。教育是生活，而有时候，我们的教育却使孩子们觉得，他们在整个学生时代没有生活，生活在未来。真的到了未来，走上了社会，由于心灵的贫乏，许多人成了所谓空心人，必定仍然是感到生活没有意义。

应试导向的竞争不但阻碍了心灵的全面发展，而且阻碍了个性的发展。每个人都是一个独特的个体，有自己特殊的禀赋和性情，教育应该尊重差异，让每个人的禀赋得到生长，性情得到满足，成为最好的自己。

可是，在应试教育下，从小学开始，人的价值就被分数估定，全优生荣耀，因此而自负，差生遭受歧视，因此而自卑，其实心理都不健康。分数面前人人平等，但分数至上本身就是一种不平等的竞争。事实上，许多后来大有作为的人，当年在学校里都被看作差生，备受压抑。有的孩子有艺术或体育天赋，学习成绩差，为什么不该享有荣耀？有的孩子是数学尖子，语文差，全优有什么必要？我们应该淡化分数的作用，让每个学生因为自己的长处受到尊重，得到友好的对待，拥有快乐和自信。孩子本来是最不势利的，如果不是片面的评价体系起支配作用，他们是自然而然会被彼此的长处吸引，友好相处的。

二、严重的问题是教育家长

对于孩子心灵的生长，家庭常常也是一个不友好的环境。中国的父母普遍有严重的焦虑情绪，在我看来，父母的焦虑是压在中国孩子心灵上的最沉重的负担。焦虑因孩子的学习而起，必然导致亲子冲突，经常还导致夫妻冲突。战火从学校延烧到了家庭里，家庭里也是硝烟弥漫。孩子知道自己是父母焦虑的原因，经常还是父母冲突的原因，会产生负罪感，也会产生逆反心理。

家长之所以普遍焦虑，主要根源仍是应试教育。在很大程度上，家庭教育已被应试教育绑架。孩子上了一天学，回到家里，要做大量的作业，家长负有监督、检查乃至辅导的责任，事实上在应试教育中被强派了一个角色。分数、考试、升学是硬指标，也使得家长在不同程度上对应试教育予以配合。大多数的家庭，父母和孩子相处的时间，不是在对付作业，就是在赶各种课外班，家庭教育的空间完全被应试占领，因此也就不存在真正的家庭教育了。

但是，应试教育虽然有很大的强制性，家长仍是有一定的选择自由的。你可以站在应试教育一边来对付你的孩子，你也可以站在你的孩子一边来对付应试教育，立足点不同，做法就会不同。现在的情况是，多数家长身不由己地成了应试教育的仆役，少数甚至自觉地充当它的打手，用残暴的手段对待自己的孩子。孩子在学校里功课不好，如果家长对此有一个正确的态度，不那么焦虑，给他一个宽松的家庭环境，他就还有喘气的机会。可是，如果家庭和学校沆瀣一气，孩子就真的没有活路了。

父母都是爱孩子的，之所以焦虑，之所以大力配合应试教育，主观愿望是要让孩子有一个美好的未来。但是，在应试教育的框架里规划孩子的未来，这个思路本身就错了，你应该跳出来，看一看广阔的人生图景，想一想根本的人生道理。你不要以为，把孩子的整个未来都规划好，一路上好学校，然后谋一个好职业，这样才算是尽了父母的责任。我想提醒你的是，孩子的未来岂是父母决定得了的？他的未来，一半掌握在"上帝"手里，就是他的外在遭遇，另一半掌握在他自己手里，就是他应对外在遭遇的心态和能力。对于前一半，父母完全无能为力，只能祈祷。对于后一半，父母是可以起很大作用的，就是给他以正确的教育，使他有健全的人格和良好的素质，从而具备自己争取幸福和承受苦难的能力。

总之，我对家长有两点建议。第一，给孩子的学习松绑，不要把应试的成绩看得太重。第二，给父母的责任松绑，不要企图规划孩子的未来。有了这两个松绑，孩子轻松，你也轻松，家庭氛围就会愉快和谐，在这样的氛围中，才可能有正确的家庭教育。

三、确立多元和谐的价值认知

无论是学校里的应试竞争，还是父母们的育儿焦虑，都反映出当今社会的价值观出了问题。正常的社会生态应该是多元和谐，每个人按照禀赋和兴趣的不同、能力的大小，各得其所，分工合作，组成一个和谐的社会。现在人们的价值认知十分狭窄，唯成功是求，而衡量成功的标准又十分单一，无非是名利地位，出人头地，或者谋一个风光的职业。人们假定，如果应试成功，就比较有把握取得这种社会上的成功。

一个简单的道理是，所谓成功人士必定是少数，而平凡是大多数。无论你多么拼命，你的孩子将来能不能出人头地，是完全不可把握的，可是你却预先让自己和孩子为之纠结了。至于所谓风光的职业，如果你的孩子兴趣和能力的类型和它不匹配，你硬把他塞进去，等待他的只能是挫败和痛苦。所以，最好的做法是持有平常心，第一允许和接受你的孩子将来成为一个普通人，第二鼓励和支持你的孩子选择符合他的兴趣和能力的职业。有了这种平常心，你就自由了，不会再为不靠谱的将来而败坏你和孩子现在的心情和生活了。

事实上，无论父母多么精心规划，孩子将来的选择并不遵循你的规划，往往还让你大吃一惊。我有一个朋友，理想是把孩子送进哈佛，为此在哈佛旁边买了一所房子。孩子在波士顿读完中学，因为喜欢厨艺，坚决报考了美国的一所厨艺学校。这使他极为痛苦，几乎崩溃，觉得自己的教育全盘失败。我对他说，不算全盘失败，因为你的教育至少没有磨灭掉孩子的天性，他还有自己真实的爱好，找到了适合自己的位置。在我看来，只要孩子找到了适合自己的位置，教育就是成功的。最可怕的是无论从事什么职业都不喜欢，没有一个位置是适合他的，这才是教育的彻底失败。

倾听孩子的心声，探寻教育的智慧

《我想尖叫——悠悠日记》是一本很特别的书，由两个部分组成。主体部分是女孩刘月珥（小名悠悠）小学三至五年级的日记以及少量作文，共100篇。但是我们千万不要忽视另一个部分，就是刘云耕先生写的前言和59篇点评"爷爷的话"，虽然占的篇幅相对少，却使这本书超出了儿童文学的范畴，成为一本召唤今天中国家长和教师共同探寻教育智慧的警世之书。

这本书的问世似乎出于偶然。悠悠养成了写日记的习惯，她是给自己写的，压根儿没想到会发表，家长也绝无这个念头。到小学毕业时，她写了满满两本。征得孙女的同意，刘云耕读了这两本日记，深受震动。悠悠是一个阳光女孩，日记中不乏欢畅温暖的叙述，但是，让他感到意外的是，这个幼小的心灵还经历了许多烦恼。他敏锐地意识到，在很大程度上，悠悠的烦恼是一代孩子的共同烦恼，反映了今天教育的普遍问题，于是产生了出版这本书的想法。

值得敬佩的是，虽然悠悠在日记中对爸爸妈妈有许多吐槽，还有相当篇幅描述充满火药味的家庭场景，她的爸爸妈妈仍然同意公开这些日记，这的确是需要勇气和大爱之心的。现在有些父母出版自己孩子的作品，往往是为了炫耀孩子的优秀和自己的教子有方，本书彻底颠覆了这个平庸的逻辑。读者可以看到，悠悠的文字功夫很好，在小学生里非常突出。但是，换了爱虚荣的父母，是绝不肯为这一点儿荣耀而付出"家丑"外扬的代价的。在此之前，我不曾看见过类似的文本，年轻的父母敢于坦诚曝光自己家庭教育的得与失，以供今天的家长们切磋和思考。

事实上，悠悠的日记非常适合做这样的文本。首先是因为，这是她为自己写的私密日记，十足原生态，而她是一个率性的孩子，心直口快，在日记里同样如此，直抒胸臆，一吐为快，如实记下自己的感受和心理活动。过重的学习负担，课外班的逼迫，由此引发的家庭争吵和争吵后的愤懑，这些在许多家庭中上演的场景，悠悠仿佛代表一代孩子喊出了对此的抗议。再者，悠悠是个小机灵，很善于思考。请读一下"'优姐'吐槽会"一章中"家长攀比"这一节，她把今天家庭教育问题的症结讲得很到位，就是望子成龙、攀比、剥夺孩子的快乐。再请读一下"为什么小朋友没有权利？"这章，她把亲子平等、家庭民主的道理讲得很透彻，简直是一篇儿童人权宣言。最后，总的来看，悠悠身心生长良好，她学习成绩中上，爱好阅读，喜欢游泳、打网球、攀岩、溜冰等体育运动。在今天的教育体制下，她不是一个失败者，实际上还适应得比较好。正因为如此，她对弊端的感受是毫不夸张的，她的倾诉是更有代表性的。

童言无忌，智者有心，听懂孩子的心声是需要智慧的。否则的话，听到的就只是任性、淘气、胡闹，因此心生厌烦。或者，由于所谓隔代宠，听到的就只是委屈和娇嗔，因此盲目呵护。刘云耕是慈爱的长辈，更是一位智者，他的爱是有大格局的。他疼爱孙女，也关爱天下的孩子，对教育问题有深入的观察和思考，因此，他读悠悠日记的时候，才会触发许多思绪，内心不能平静。在"爷爷的话"中，针对悠悠日记的相关内容，他表达了诸多睿智的见解，我有强烈的共鸣，这里仅择其要者略述一二。

主题是家庭教育，即今天如何当父母。成为父母是自然之道，当合格的父母却需要智慧。父母的智慧体现在家庭教育的各个方面，针对今日的现状，我认为刘云耕所讲有三点尤其值得重视。（一）父母要关注孩子的心理，学会读懂孩子的心理秘密，了解他们与成人不一样的观察眼光和思维方式。（二）要营造民主的家庭氛围，尊重孩子，平等对待，亲子之间愉快地沟通和交流。（三）在孩子的学习上，既要顺应和激发兴趣，又要建立适当的规则，科学地把握"引"和"逼"的分寸。这三点正是今天的家庭教育中普遍缺失的，常见的情形是，父母不懂甚至根本没有想到要懂孩子的心理，在家里搞一言堂，只用"逼"的方式驱迫孩子学习。究其原因，诚然与父母的素质有关，说明当了父母就必须提高素质，逐步增长教育的智慧。然而，有一个东西在阻碍父母们提高素质，增长智慧，这个东西就是中国父母们的严重焦虑。

刘云耕指出：家庭教育被应试教育绑架，年轻父母的焦虑大都由此产生，亲子冲突也多因繁重的学业压力、家庭作业、种种校外班等矛盾的积累所引起。我曾经说：父母们的焦虑是压在中国孩子心灵上的最沉重负担。现在我要补充说：这个焦虑也是堵塞中国家长的教育智慧的最大窒碍物。在焦虑的重压下，人不再觉得自己是自由的，一切只能唯应试教育之命是从。可是，实际上，在任何环境中，人总是有一定的选择自由的。正如刘云耕所说：如果家长和老师能站在孩子一边，理解和同情孩子，用你们自身的力量和方式去缓解应试教育这个痼疾，减轻孩子的学业负担和心理负担，那就是孩子的福音了。焦虑堵塞了教育的智慧，而倘若你能够站得高，看得远，有正确的价值观，把孩子的身心健康和一生幸福放在第一位，这便是大智慧，用这个大智慧解除焦虑，探寻教育智慧的道路也就向你敞开了。

刘云耕比我小两岁，我们是同代人。我的人生季节有些脱离常规，在当爷爷的年龄上，子女却是今天应试体制下的受教育者。然而，我发现，不管隔不隔代，在孩子教育的问题上，我们的态度和认识高度一致。我由此想到，对于所谓隔代宠，是应该细加辨析的。我们这一代人，当年成长的环境和今天很不同，不存在应试攀比和激烈的功利竞争，因此对今天的教育状况会有警觉。同时，年龄和阅历也会使我们着眼于人生的整体品质，看轻短暂的得失和表面的荣辱，心态比较平和。所以，"爷爷的话"是值得今天的年轻父母认真听取的。当爷爷奶奶辈的人心疼孩子在应试体制下所受的痛苦，试图保护孩子的时候，这绝不是无原则的隔代宠，而是超越代际的善良人性和普世智慧在发声。

最后，我想说，这本书不但很特别，而且很及时，正是今天迫切需要的。我们不能等待应试体制改变的那一天，孩子在迅速长大，没法等，做家长的必须自己负起责任。让你的孩子现在就身心健康，快乐成长，是你的第一责任，应该置于首位，也是你的直接责任，无人能够替代。倘若越来越多的家长有这个觉悟，从自己做起，就会形成一种力量，或许将促使教育体制逐渐发生良好的变化。

第十辑

不尽的怀念

智者平静地上路

一百零五岁的杨绛先生走了。她的离去是安静的，一如她在世的时候。敬爱她的人们，也许有些悲伤，但更多的是看到一个美丽人生圆满落幕的欣慰，是对"我们仨"在天堂团聚的衷心祝福。她希望自己的离去不会成为新闻，事实上也没有成为新闻，一个生前已自觉远离新闻的人，新闻当然无法进入她最后的神秘时刻。我们只知道她走了的消息，关于她从卧病到离世的情形，未见到任何报道。这类报道原本是不需要的，即使有，也只能是表象的叙述，无甚价值。一个洞明世事的智者在心中用什么话语与世界告别，一个心灵的富者最终把什么宝藏带往彼岸，一个复归于婴儿的灵魂如何被神接引，文字怎么能叙述呢？

女儿钱瑗和丈夫钱锺书去世后，杨绛在这个世界上又生活了十八个年头。按照常理推测，耄耋之年，孑然一身，晚景必定是很凄凉的。事实完全不是如此。杨绛知道自己留在人世间有事要做，用她的话说，就是"打扫现场，尽我应尽的责任"。在这些年里，她写出了生平最深情的作品《我们仨》和最精神性的作品《走到人生边上》，更大量的精力则用于整理钱锺书留下的手稿。那几麻袋札记和笔记，许多是散页、纸片，字迹已模糊，她一一仔细辨认，进行剪贴、分类、梳理。这样的工作，即使一个精力充沛的年轻人也是难以想象的，而她比年轻人做得更好。她从容不迫地工作，日子过得很充实。《钱锺书手稿集》包括《容安馆札记》三卷，中文笔记二十册，外文笔记四十八册，最近终于出齐，她要做的事做完了，于是从容地走了。

妻子郭红在商务印书馆工作时，先后担任《容安馆札记》和《走到人生边上》的责任编辑，与杨绛接触甚多，我有幸也得以结识这位隐于市的老人，曾两次跟随着去社科院宿舍的那套单元房蹭见。房间朴素干净，简单的家具都是公家配给的，老一代知识分子的居家基本如此。杨绛一脸单纯清朗，真的像个孩子。第一次，同去的一位出版人带了多册贵重图书送她，她坚拒，说正在把东西散掉，怎能再收聚，唯独挑出一本《妞妞》贴在心口，微笑着说只要这一本，样子极可爱。让我感动的是，她当晚就读了，传话给我，说我能写小说。第二次，我们带了四岁的女儿啾啾去，她的心思就在孩子身上了，在纸上写下"啾啾"两个大字，又找出一本民国时期的童书送她。我觉得不能拿走人家的珍藏，示意郭红谢绝了。郭红事后怨怪我说，杨先生在散东西，谢绝是无礼，我这才意识到自己的糊涂。

《我们仨》出版后，我写了一篇书评，登在《读书》杂志上。其后不久，我的《岁月与性情》出版，一位共同的朋友建议杨绛也为我写一篇书评。她看了书，答复是不写，因为不赞同我的爱情观。我理解她的不赞同，也欣赏她的坦诚。《走到人生边上》出版后，我又写了一篇书评，她给了两个字的评价："知我。"不可能有别的评价能给我这么亲切的满足感了。

有论者批评说，钱锺书杨绛夫妇洁身自好，不能勇猛担当，这样的论者应该认真读一读《走到人生边上》，书中对时代功利喧嚣灵性迷蒙的观察多么清醒，分析多么到位。杨绛的确不是斗士，而是智者，我但有一问：我们时代真的只需要斗士，不需要智者了吗？坚守纯正的精神品格，明辨是非而并不纠缠其中，疾恶如仇而并不短兵相接，这难道不也是担当的一种方式吗？在今天的时代，智者不是太多，而是太少了，请允许他们按照自己的方式自救和救世。杨绛对窗外发生的事心知肚明，于是关上窗户，静心做自己的事，做成了唯有她能做、任何别人不能代替她做的事。

　　写《走到人生边上》这本书，杨绛其实是在给她的人生做总结，为即将上路的她的灵魂清点行囊。我相信她已经散掉了一切多余的东西，带上了此生最宝贵的收获，正平静地走在路上。

回家

一

　　杨绛先生去世的当天，我写了一篇悼文《智者平静地上路》，登在那一周的《财新周刊》上。文章开头是这样写的：

　　"一百零五岁的杨绛先生走了，她的离去是安静的，一如她在世的时候。敬爱她的人们，也许有些悲伤，但更多的是看到一个美丽人生圆满落幕的欣慰，是对'我们仨'在天堂团聚的衷心祝福。她希望自己的离去不会成为新闻，事实上也没有成为新闻，一个生前已自觉远离新闻的人，新闻当然无法进入她最后的神秘时刻。我们只知道她走了的消息，关于她从卧病到离世的情形，未见到任何报道。这类报道原本是不需要的，即使有，也只能是表象的叙述，无甚价值。一个洞明世事的智者在心中用什么话语与世界告别，一个心灵的富者最终把什么宝藏带往彼岸，一个复归于婴儿的灵魂如何被神接引，文字怎么能叙述呢？"

　　我是从媒体上得知杨先生离世的消息的，对她最后时日的情形确无所知，仅是直觉告诉我，她走前一定是平静的。吴学昭是我敬重的长辈，我知道她是杨先生晚年最亲近的好友，常在其左右，很想听她说说，但丧哀之时未敢打扰。后来学昭阿姨自己打来了电话，从她的零星叙述里，我对杨先生离世的平静有了一点感性的认知。

事实上，钱锺书去世之后，杨先生就已经在做她说的"打扫现场"的工作了，其中包括整理出版钱锺书留下的几麻袋手稿，也包括散去一切"身外之物"。她散得真干净：把她和钱锺书的全部版税捐赠给母校清华大学，设立"好读书奖学金"，用以资助经济困难学生完成学业；把家中所藏全部珍贵文物字画捐赠给中国国家博物馆；把有纪念意义的各种旧物分送亲朋好友；遗嘱中明示把书籍手稿等捐赠给国家有关单位，并指定执行人。总之，散尽全部称得上财产的东西，还原一个赤条条无牵挂的洁净生命。学昭阿姨说，她还毁弃了绝大部分日记和书信，因为其中难免涉及自己和他人的隐私，不想被小人利用来拨弄是非。我听了直喊可惜，不禁想起《孟婆茶》里阴间管事员的话："得轻装，不准夹带私货。"她一定是把人间的恩怨是非都视为"私货"，务必卸除干净。杨先生请学昭阿姨协助，在2014年已把遗嘱定稿和公证，并起草了讣告，去世后公布的讣告也是她亲自审定的。我由此看到，杨先生面对死亡的心态何等镇定，身后事自己做主的意志何等坚定。讣告的内容之一是：去世后不设灵堂，辞谢花篮奠仪，不举行遗体告别仪式，不留骨灰。杨先生真是明白人，不但看穿了丧仪和哀荣的无谓，要走得安静，而且看清了保留骨灰的无意义，要走得彻底。她把人世间的"现场"打扫得干干净净，然后就放心地"回家"了。

在《百岁答问》中，杨先生说："我今年一百岁，已经走到了人生边缘的边缘，我无法确知自己还能往前走多远，寿命是不由自主的，但我很清楚我快'回家'了。我得洗净这一百年沾染的污秽回家。我没有'登泰山而小天下'之感，只在自己的小天地里过平静的生活。细想至此，我心静如水，我该平和地迎接每一天，过好每一天，准备回家。"杨先生常说，死就是"回家"，在她的心目中，那个"家"在哪里呢？

二

杨先生悠长的一生中，女儿钱瑗和丈夫钱锺书的相继去世是人生最大的转折。在此之前，她生活在其乐融融的三人世界里，并无真切的生死之忧。她在这个世界上似乎有牢靠的"家"，这个"家"首先就是她最引以自豪的"我们仨"。然而，灾难降临，"我们仨"失散了，这个"家"破了。在记载这个惨痛经历的《我们仨》的结尾，她如此写道："我清醒地看到以前当作我们家的寓所，只是旅途上的客栈而已。家在哪里，我不知道。我还在寻觅归途。"虽然尚不知家在哪里，但她已清醒地意识到了"家"不在这个世界上，开始了寻"家"的心路历程。

杨先生以文学名世。她年轻时写剧本，后来做翻译，写小说和散文，人生的基调是文学的，作品的基调是入世的。她以前的作品很少直接论及生死，那篇妙趣横生的《孟婆茶》，重点也在描绘向死路上的众生相。她用小说家的眼睛看人间戏剧，聚焦于人世间的舞台，并不把眼光投向人生边界之外的虚无或神秘。因此，在八十七岁的高龄，当她接连失去女儿和丈夫，蓦然发现自己孑然一身，已走到人生边缘的边缘，如何面对生死大限似乎就成了一个考验。

但是，我们看到，杨先生完成这个转折并无大的困难。究其原因，我认为可以归结于她对人世间从来是保持着一个距离的，她的入世是一种相当超脱的入世。在她身上，中国知识分子清高的特质十分鲜明，淡泊名利、鄙视权势、远离朋党圈子和琐屑是非。这种性情使她基本处在边缘地位，用她的话说，只是一个零。然而，这个位置恰恰又最符合她的性情，她乐在其中，以卑微为隐身衣，因此而能够冷静地看人间百态，探究人性的真伪和善恶。

杨先生的文学作品，往往有一种不动声色的幽默，其实也源于此。一个人和人世间保持超脱的距离，同时又有观察和研究的兴趣，就会捕捉到透露人性之秘密的许多微妙细节，幽默的心情油然而生。她的翻译作品，包括《小癞子》《吉尔·布拉斯》《堂吉诃德》，皆是广义的流浪汉小说，每每把可笑背后的严肃揭示给我们看。她创作的小说和散文，例如《洗澡》和《干校六记》，则常常把正经背后的可笑揭示给我们看。作为小说家，她的眼光是锐利的，善于刻画人性的善与恶，但也是温和的，善与恶都是人间戏剧，都可供观赏。

在其文学生涯中，杨先生始终和人世间保持了一个审视的距离，拥有一种内在的超脱和清醒。我相信，当她晚年遭遇人生的大转折时，这种内在的超脱和清醒就产生了重要的作用，使她得以和自己的悲痛也保持一个距离，并由此进入了对生死问题的思考。

三

在《百岁答问》中，杨先生自己说，女儿和丈夫去世后，为了逃避悲痛，她特意找一件需要投入全部心神而忘掉自己的工作，选定翻译柏拉图对话录中的《斐多》。2000年春，人们惊奇地读到了这位文学大家翻译的这本哲学经典小品，其文字一如既往的质朴又雅致，绝无一般哲学论著的晦涩或枯燥，极传神地再现了青年柏拉图眼中临终一日的苏格拉底形象。杨先生之选定《斐多》，应该有两个原因。一是她不曾翻译过哲学作品，这是一件全新的工作，需要投入全部心神，有助于逃避悲痛。二是这个作品是讨论生死问题的，切合她的境遇，而她自己年事已高，也正是认真思考这个问题的时候了。她回顾说："柏拉图的这篇绝妙好辞，我译前已读过多遍，苏格拉底就义前的从容不惧，同门徒侃侃讨论生死问题的情景，深深打动了我，他那灵魂不灭的信念，对真、善、美、公正等道德观念的追求，给我以孤单单生活下去的勇气，我感到女儿和锺书并没有走远。"由此可见，通过《斐多》的研读和翻译，其实她更是在一个超越的高度上直面所欲逃避的悲痛。如果说人生的最后一个阶段是哲学阶段，那么，《斐多》的翻译便标志着杨先生的人生和创作由文学阶段转入了哲学阶段，她的心灵的眼睛由看局部的人间戏剧转向了看人生全景。在这之后的若干年里，她先后发表散文长篇《我们仨》和《走到人生边上》，其中都贯穿了生死的思考。

苏格拉底一生坚持并且引导青年独立思考人生的真理，因此在七十岁时被雅典法庭以不信神和败坏青年的罪名判处死刑，《斐多》描述的是他在行刑当天的情形和谈话。他谈话的要点是：哲学就是学习死，因为死无非是灵魂与肉体相脱离，而哲学所追求的正是使灵魂超脱肉体，不受它的欲望和感觉的纠缠，只用理性追求真理；但活着时灵魂完全超脱肉体是不可能的，唯有死后才能达到，所以哲学家最不怕死。但是，这个说法要成立，前提是灵魂不随肉体一同死亡，于是苏格拉底接着对灵魂不灭做了种种论证，并据此强调要注重灵魂的修养，因为"灵魂到另一个世界去的时候，除了自身的修养，什么都带不走"。

《走到人生边上》是一位文学大家写的非常独特的哲学作品。在这部作品中，杨先生依据自己的生活经验和独立思考，讨论两大主题，一是人生的价值，二是灵魂的去向。她以极其认真和诚实的态度，一步一步自问自答，能证实的予以肯定，不能证实的存疑。我曾撰《人生边上的智慧》一文（刊于《读书》2007年11期），写我对此书的解读，可参看。杨先生自己说，此书中的思考受到了《斐多》的一定启发。她思考的结论是，人生的价值在于锻炼灵魂，因为人死之后，肉体没有了，但灵魂仍在，锻炼或不锻炼的结果也就仍在。我们的确看到，她在关键点上遵循的是苏格拉底的思路，即把灵魂不灭作为确定人生价值何在的根据。她明确地说："所以，只有相信灵魂不灭，才能对人生有合理的价值观，相信灵魂不灭，得是有信仰的人。有了信仰，人生才有价值。"

然而，人在生前无法经验死后的情形，何以见得灵魂不灭呢？事实上，杨先生对此并无把握，探讨到最后坦陈："有关这些灵魂的问题，我能知道什么？我只能胡思乱想罢了……我的自问自答，只可以到此为止了。"其实苏格拉底何尝不是如此，在柏拉图对话录里，《斐多》篇之前有《申辩》篇，是写他在法庭审判时的言论的，有两处透露了他的真实想法。其一他说：无人确知死后的情形，我也不自命确知，但大家却怕死，仿佛确知死是最坏境界，而我绝不害怕和躲避好坏尚不知的境界过于明知是坏的境界。其二他说：死后或毫无知觉，如无梦之夜一样痛快；或迁居彼界，得以和众神相处，不必与为思想而杀人者打交道，实为无限幸福。这些话是对不公正审判的讽刺，同时表明他对死后灵魂的存灭和去向是存疑的。

由灵魂不灭得出人生的价值在于锻炼灵魂，那么，倘若灵魂不灭是疑问，关于人生价值的论断是否就失去根据了呢？这就涉及知识和信仰的区别。知识可以用经验证实或证伪，死后灵魂的情形是活人经验不到的，不是知识，只能是信仰。信仰的实质正在于不管灵魂是否不灭，都按照灵魂不灭的信念做人处世，注重灵魂生活。所以，这不是一个理论问题，而是一个实践问题。苏格拉底一生致力于探究有意义的人生，早就把灵魂生活看得高于一切，他的全部人生态度中已经蕴含了灵魂不灭的信念。杨先生平生也总是从有品质的心灵生活中感受人生的意义，所以很自然地就认可了灵魂不灭的信念。由此可见，灵魂不灭与其说是一个人要求自己注重灵魂生活而找到的理论根据，不如说是一个本来就注重灵魂生活的人事实上秉持的不言而喻的信念。

四

人生发生重大变故的时候，人会对自己一向熟悉的生活环境产生疏离感。女儿和丈夫去世后，三里河的寓所里只剩下了杨先生一人，她即清醒地意识到这个她一向当作家的寓所只是旅途上的客栈，并不是真正的"家"。推而广之，整个人世间也只是暂栖的客栈，人生只是羁旅，她开始思考真正的"家"在哪里的问题。

随着思考的深入，她愈发相信"家"不在这个人世间。人是万物之灵，天地生人，是要让人身上的"灵"得到发扬。可是，在现实的人世间，"灵"却遭到压制，世道人心没有进步，往往恶人享福，有德者困顿。

鉴于人间的种种不合理,她在《走到人生边上》中如此设问:"让我们生存的这么一个小小的地球,能是世人的归宿处吗?又安知这个不合理的人间,正是神明的大自然故意安排的呢?"我从中读出的潜台词是:这个不合理的人间只是一个过渡,是神明安排来考验人、锻炼人的,人的归宿处在别处,那应该是一个合理的世界,那才是真正的"家"。

真正的"家"究竟在哪里呢?杨先生没有说,我不知道她最后是否找到了答案。但是,由她在《百岁答问》中谈及快"回家"时的"心静如水",由她离世前为"回家"做种种准备的从容镇静,我猜想她是心中有数的。那也许是一个美妙纯粹的灵界,洗净尘世污秽的灵魂得以往生。如果没有灵魂不灭这回事呢?好吧,智者明晰生死必然之理,总还可以怀着自然之子的恬适心情回归自然大化这个"家"。

有大能量的思想者

邓正来离开我们快五年了。他是一个充满活力有大能量的人，这活力和能量一定还在发生作用，使得我们只要一想起他，就会觉得他仿佛并未远去，也许只是像许多年前那样在某个地方"闭关"攻读，随时会回到我们中间来。

然而，此刻一份编辑方案放在我的案上，它告诉我，邓正来作品集将分作《邓正来著作集》《邓正来译著集》两个系列由中国法制出版社出版，每个系列各九册，而其中首批书籍会在"邓正来先生逝世五周年纪念日"前夕问世。

那么，正来确实永远离开了我们，而且不知不觉竟到了五周年纪念日。令人欣慰的是，在由肖艳明创建的邓正来学术基金会和以孙国东为总审定人的编校工作小组之努力下，他的遗著的出版事宜终于准备就绪，要正式启动了。

这两个系列的作品集采取的是非全集编辑原则，只收录代表性著译，仅此字数即已达八百万字。正来的作品当然远不止这些，即使不算未收录的非代表性著译，他留下有待整理的其他形式的作品也是数量巨大的。比如，他在各地高校或学术论坛做过大量讲演，而他的讲演往往激情飞扬、气势恢宏、观点鲜明、说理生动，呈现与他的学术论著很不同的风格。我想将来我们一定要给正来出全集，把讲演、教学记录、书信等都编进去，那样才能反映他的精神的全貌。

正来真正是英年早逝，在人均寿命超过了八十的今天，他只活到五十六岁，实在是太不公平。对于精力和事业正处在鼎盛期的他，尤其是太不公平。他真个精力过人，无论他的写作，还是他的翻译，即使从数量上说，若有人尽毕生之力达到其中之一，就很了不起了。何况在著译之外，他还教书育人，还组织了大量高品位的学术活动。正如诸多挽联所评价的，作为杰出的学术组织者，他的贡献"一人胜千军""一日抵十年"。一个卓越的学者，其前半生的深厚积累往往在后半生会迸发为巨大的创造力，从而进入学术生涯的黄金时期。倘若正来得享天年，真不知他更会做出怎样惊人的成绩。

我曾用一句话来概括正来的学风，便是以真性情做真学问。说他真性情，是因为他真爱学问，乐在其中，如他所说强烈体验到了一种"寂寞的欢愉"。因为真爱学问，所以就真做学问，结果便是真有学问了。不过，正来绝不是为学术而学术，学术不是他的象牙塔，不是他自娱自乐的后花园，而是他的瞭望台，是他关注现实和守护理想的根据地。他的研究领域横跨社会学、政治学、法学等多个学科，而在他的全部研究中，始终贯穿着一条明确的主线，便是在世界视野中直面中国问题。举其大者，他做了系统研究的问题有：中国社会科学的自主性和中国自身的学术传统之建构；中国市民社会研究以及中国社会秩序的正当性和可欲性之思考；中国法律哲学和中国法律理想图景之建构。他的这些研究皆具有开创性，而他的深厚的西学功底，包括他在翻译和研究哈耶克理论上做的大量工作，则为他思考中国问题提供了批判性的参照。

所以，正来是学者，是翻译家，而最精准的定位是他是一个思想者。我相信这也是他在自己心中给自己的定位。他从事学术研究和翻译都是为了思考，不但思考中国问题，而且思考人类终极问题。在一次谈话中，他告诉我，他一直在研究知识生产问题，同时又感到整个知识生产是在撒谎，使人类离自然状态越来越远。他说，六十岁以后要写一本书，揭露整个知识生产的谎言。这次谈话使我明白，他所做的学术工作尽管十分可观，其实只是他真正想做的主要工作的一个准备。后来他转入中国人"生存性智慧"的研究，应该是向主要工作迈进了一步。可是，序幕刚刚拉开，他就撒手离去了，带走了全部剧本大纲，给我们留下了一个空舞台。

在一定的意义上，正来是一个争议性人物，人们对他会有截然不同乃至相反的评价。既然他是一个优点和缺点都极鲜明的人，这就丝毫不奇怪。有意思的是，与此同时，他又是学术界一个团结性人物，不论新左派还是自由主义派，观点相反的人好像都服他，乐意在他的召集下欢聚一堂。我相信原因之一是他的优点太突出、太宝贵了，因此人们都原谅了他的缺点。他生性豪侠，热爱朋友，加之学问一流，便形成了一个强大的磁场，吸引了各路豪杰向他靠拢，于是彼此之间也就靠拢了一些。他离去后，恐怕再难有第二人能够起到这样的作用。

正来是一个有大能量的人，这能量现在只储存在他的作品中了。我们要认真研读他的作品，把储存在里面的能量释放出来，让他的智慧和洞见继续助益中国学术。

一个生动的人

一

朱正琳，一个生动的人，突然走了。他走得如此突然，没有任何预兆，走之前最后的日子里，照片上的他仍是生动的笑，生动的模样，在和孩儿快乐地戏耍。他的生命戛然而止，他的生动就被定格了，在每一个朋友的记忆里闪闪发光。

我和正琳相识于20世纪80年代，在那十多年里，经常在朋友聚会时见面。他回贵阳定居后，我们没有再见。近些年老朋友组团游览世界各地，我因为儿女还小，皆未能参加。活跃在我记忆中的正琳，主要是八九十年代的形象，是他那时候的生动的性格和言谈。我对他的印象，可以用三个词概括，便是正气、睿智、大器。

二

正琳的名字里有一个"正"字，他名副其实，真的是一身正气。在多数场合，他是一个随和的人，可是，他心中有做人的原则，一旦遇到触犯这原则的人和事，他毫不留情，绝不妥协。

80年代中期，某君雄心勃勃，一副在学界打天下坐江山的架势。有一天，在友渔家里开会，讨论筹建一个编委会，来组织出版大型学术丛书。此君宣称要把国内学术精英一网打尽，正琳闻言拍案而起，厉声责问："你究竟想干什么？想当学霸吗？对不起，我不奉陪！"言毕拂袖而去，后来真的没有参加这个当年叱咤风云的编委会。

正琳的朋友遍天下，结交三教九流。但是，偏偏在学术圈里，他有反目乃至绝交的，仔细分析原因，多半是因为发现了人格上的瑕疵，因此心生蔑视。对于他来说，好汉不问出身，但必须问人格。

三

正琳的睿智，据我看，是由两个成分融合而成的，一是悟性，二是激情。因为悟性，他的睿智不是小智，而是大智，能够直入本质。因为激情，他的睿智不是冷漠的，而是温暖的，有极大的感染力。

20世纪六七十年代，图书馆关闭，无书可读，他渴望读书，便把馆里的书偷出来读，因此入狱多年。一次聚会时，他讲在狱中的感受，听得我如痴如醉。

牢房四壁封闭，只在一面墙的上方开了一个小窗口，看不见外面的世界。一天，他突然闻到透进小窗的一股气息——春天的气息！他说，对于春天的来临，他从来不曾感受得如此强烈。邻室传来绝妙的口哨声，吹的是《叙事曲》，他开始与那小子隔墙对话。这是犯禁的，他被捆绑起来，拉出去毒打。俯趴在地上，扭转头，瞥见蓝天，太美了！他陶醉了。回牢房后，他仍向邻室喊话。同牢的犯人劝他说："不必要自找苦吃。"他愤怒了，责问："什么是必要？被子上绣花有没有必要？一个便盆两碗粥，这才是必要？"他说，从此刻起，他对所谓必要性有了全新的理解。

多么精彩！一个人要有怎样的悟性和激情，才能够在阴暗和屈辱的牢狱生活中，有如此明亮的体验，如此雄健的感悟。我一直期待正琳写一本回忆狱中生活的书，现在才知道，这本书已出版，当然，我一定会找来好好读。

四

正琳是一个言谈高手，他话锋犀利，善于戳破表象，揭露真相，有一种泼辣的幽默。我举几个例子。

谈艺术。他说："一次看画展，先看现代画，那么抽象，看不懂；再看古典画，也看不懂——干吗那么逼真？"又说："一次去音乐厅，我听不懂，发现百分之九十九的人也不懂，而幕间休息是——时装展览！"接着讲了托尔斯泰的相同感受。托翁陶醉于农民的边敲镰刀边欢唱，然后去听音乐会，听不懂，环顾左右，发现人们那么专注，于是悟到：他们也不懂。

谈人性和人生。其一，他批评托尔斯泰有一种情感的逻辑，例如，在《战争与和平》中，安德烈死后，娜塔莎极悲痛，后来弟弟死，母亲垮了，她从护理母亲中得到了复苏。正琳评论说："其实复苏不需要这样，往往在麻木中就复苏了。"其二，他说："女人天生狡猾，男人是学会的。女人不知有多少道防线，却又暗示她不设防。哪个小伙子会不往上冲？哪怕他并不爱她。"其三，他说："只有亚当和夏娃，什么事也不会发生。再多一个人，两男一女，事就来了。"

真是妙语连珠。你们不要以为我有这么好的记忆力，能够记住他的原话，实在是因为我太欣赏了，当天就把这些语言的珍珠收藏在了日记里。

正琳最不能忍受的是矫情。有一个女孩要自杀，越胜召集朋友们陪她玩。正琳评论说："其实她只是被自杀的念头感动罢了。"一个女孩自白："我是一个哀婉的人。"正琳评论说："不是有了情绪才有词，是有了词才有情绪。当她说出'哀婉'这个词以后，她产生了一种情绪，自己感动起来。可'哀婉'是什么呀！"一个女人写信称赞他的学问、才气、品质，他回信问："你为什么不称赞我的相貌？"我还记录了他的一句至理名言："自从有了'气质'这个词，有些人就装作有气质，另一些人就装作喜欢气质。"

写到这里，我不禁感到遗憾。正琳在不同场合一定还有许多妙语，但后来我和他见面少了，而别人未必像我这样有心记录，大多就遗失了。

五

正琳是一个大器的人。他喜欢和人斗智，斗智的时候，他不计较输赢，能够欣赏对手说的机智话。有一回，我们俩斗嘴斗得欢，他说："国平的攻击性变强了。"我还嘴："我这人欺软怕硬。"他立即呵呵大笑，知道我是在骂他软。还有一回，听说我开夜车写作，累得肝疼，他说："那可不行，我们还是要有一颗柔软的肝。"我补充："和一颗坚强的心。"他笑。我接着说："我的悲剧是心太软，所以肝变硬了。"他笑得更欢了。这样的例子不胜枚举。朋友聚会的场合，我是说话最少的一人，可是，有他在场，我会说得比较多。一个聪明人带着欣赏的善意听你说话，即使你是一个笨人，也是会受到鼓舞的。

当然，正琳的大器更是表现在他的人生态度上。他是一个大才子，如果只看世俗的遭际，他的才华发挥出来的不足十分之一，但他丝毫没有怀才不遇的愤懑或孤傲。他活得通透洒脱，早早地离开了名利场，安闲地过一个普通人的日子，享受平凡的天伦之乐。我知道，对于一个曾经满腔书生意气的人来说，这个境界一定是领悟了人生真谛之后的返璞归真。

六

正琳走得太突然了。10月22日，他在美国突患肠梗阻，当天就死在了手术台上。他处在全麻状态，自己并不知道死的降临，感到突然的是守在医院的亲人们和随后得到噩耗的朋友们。如果他在弥留之际有片刻的清醒，他会不会感到突然呢？也许会，但我相信，以他的悟性，他立即会坦然地接受。

80年代聚合的这一拨老朋友，渐渐都进入老年了。这个事实很无情，但合乎自然之道。一个人进入老年之后，无论多么长寿，都离死亡不会

金句

笔记本

① 正因为人终有一死，愈加证实了年龄是一个谣言。用死后的眼光看，寿命的长短并无区别，一切年龄最后都归零。

② 人在世上不能没有朋友，在所有的朋友中，有一个朋友是最不能缺少的，就是你自己。

③ 人生是可疑的，诸多不可解的难题，与不可解的难题和解未尝不是一种觉悟。

④ 所谓主动的孤独，是富有内容的独处时光，是你为自己争得的心灵空间。在这个空间里，你阅读大师的著作，思考人生的真理，消化繁杂的印象，积累精神的能量。

⑤　正是在忙碌的现代生活中，我们更需要让自己的灵魂经常醒着，养成用理性审视人生事务的习惯。

⑥ 觉醒是一种巨大的内在力量，拥有了这种力量，一切外来的负面力量都不能真正把你打败。

⑦ 人生真是可爱，不因为什么，只是眷恋这人间烟火。

⑧ 我们要既能看明白人生的缺陷，又依然爱人生。

⑨ 不和人生较劲，对人生的爱就更真实也更持久了。

⑩　人只能感知自己的生命状态，无法感知自己的年龄。

⑪　我不再试图彻底解除困惑，而是原谅了这个困惑中的人。

⑫ 人生最糟糕的情形是，活得不开心，又死得不情愿，两边都不落好。

⑬ 我们永远只能生活在现在，要伟大就现在伟大，要超脱就现在超脱，要快乐就现在快乐。

⑭ 人不可平庸，也不必高超，作为普通人，心情不随外在遭遇大起大落即可。

⑮ 坚定的价值观、清楚的自我认识、强大的精神性自我，这三者构成了坚强的核心。有了这三者，一个人才真正地成为自己的主人。

太遥远了。我的想法是，在这个年龄，人应该有一个觉悟，不论死亡在什么时间以什么方式发生，哪怕似乎是最突然的方式，都要把它视为自然的正常死亡。想明白了这个道理，就没有什么需要担惊受怕的了，就可以好好地活、活好每一天了。

正琳是以突然的方式自然地离去的。正琳安息。

艺术就是屈打成招

　　刘辉是一个顶可爱的人。我对可爱的定义，一是真实、不装，二是通透、不轴。刘辉很真实，但他好像为自己的真实感到害羞，就朝反面装，多情却装混不吝，心软却装狠，胆怯却装猛，娇气却装酷，结果欲盖弥彰。也许不能说是装，他身上两面都有，但总要突出桀骜的一面。他对浪漫有一种警惕，对肉麻有一种本能的厌恶，其因盖在通透。他是极通透之人，虽然多愁善感，但他的聪明足以使他察知世间万象的可疑。他的言谈，他的诗，往往语出惊人，一语中的。在他色彩缤纷的语言中，你看到的是黑白分明、触目惊心的真理。

　　刘辉漂在北京近三十年，他是都市里的一个流浪者，一个边缘人。他当然融不进都市，都市太复杂，他弄不懂，又太简单，不值得他弄懂。他生活在自己的世界里，在他的风景抽象画中，有他的完整的童年和家园，有他的独特的情感和态度，有他的丰饶的艺术和人生。他自画像也画得多且好，我说因为他自恋，对这个孤独的自己关怀备至又冷眼旁观。

　　我不想回避一个事实：刘辉正处在他的生命的特殊时刻，命运无端变幻，病魔肆虐，黑云笼罩。令人惊讶的是，这个时刻的刘辉，迸发出了耀眼的创造力，忍着剧痛每日作画，四个多月里画了几百幅画。他说他憋了两年没画了，画完之后就叠起来，时间久了自己都不知道画了些什么。我看到了他的一部分新作，出乎我的意料，这些作品的基调明亮、祥和、宁静，和他患病的现实反差强烈。我的感觉是，仿佛有一股充沛的元气在自行挥洒，达到从未有过的自由，于是即兴成为永恒。

刘辉怕痛，以前有一点小痛就委屈，遭到朋友们嘲笑。现在他的痛是我们无法想象的，可是，痛成这样，他还随口出金句，发朋友圈说："病痛即是生命的酷刑，艺术就是屈打成招。"虽是屈打成招，所招供的却是实情，他的供状用一个词概括，就是他给自己的新作展起的名称——和解。

可爱的刘辉，了不起的刘辉。

思想者不惧寂寞

惊悉李泽厚先生于美国科罗拉多时间今日上午七时逝世。20世纪90年代以后,先生定居美国,虽有时回国探访,并不抛头露面,似乎渐渐淡出了一般国人的视野。我和先生素无私交,但敬重他的学术建树,欣赏他的鲜明个性,脑中常闪现他的生机勃勃的形象。因此,消息传来,尽管知道九十一岁高龄仙逝乃属人生正常落幕,仍心中悲伤。

我是恢复高考后的第一届研究生,考入中国社会科学院哲学研究所,毕业后留所工作。读研究生时,李泽厚的大名便如雷贯耳,那时哲学所公认有两大才子,一个是李泽厚,一个是叶秀山。1979年,改革开放伊始,学术界尚是一片空白,李泽厚一口气出版了三部著作,即《美学论集》《批判哲学的批判》《中国近代思想史论》,十分耀眼。后两部是新作,皆大部头,可知在学术遭废弃的年代,这个好学之人并未荒废学术,一直坚持有主题有系统的研读,终于厚积而薄发,这个"薄发",应该读作喷薄而发。

留所工作后,我就经常在哲学所的走廊上遇见这位学术明星了。他担任美学研究室主任,我和他的几个研究生有来往,和他并无直接接触。

80年代中期，我研究尼采，他听说了，就自己来请我去他的研究室，给全室研究人员讲尼采。我讲完了，他说："听过许多人讲尼采，我喜欢周国平讲的尼采。"不摆学术的谱，这么感性的表达，很中我的意。

虽然接触不多，但是，他是名人，又同在一个单位，就不免会听到关于他的街谈巷议。比如说，他恃才孤傲、臧否人物，看不起一些学术同行，因此人缘不好。比如说，他在爱情上任性，并且把自己的恋情诉诸文字，公开发表。讲述者用的往往是鄙夷的口气，而在我心中激起的却是几分敬意。有一种人，你说不出他有什么明显的缺点，但也看不出他有什么明显的优点。在我看来，与这种人相比，率真而有明显缺点的人不知要可爱多少倍。

事实上，李泽厚成名很早，可以说是少年得志。20世纪50年代，美学界有一场大讨论，朱光潜和蔡仪都是权威，各持一端，而他初出茅庐，年仅二十几岁，却异军突起，成为第三派的代表。他把实践范畴引入关于美的本质的探讨之中，破除了美学中唯物和唯心二元对立的模式，在当时令人耳目一新。我对他的学术思想没有深入的研究，总的印象是以马克思的人学思想为本，从早年的实践美学，到后来的主体性实践哲学，具有相当的独创性和连贯性。他一直在构建和修正自己的理论体系，一般读者会觉得他的体系稍嫌艰深，而他的某些创见例如积淀说却曾经成为人们谈论美学问题的热词。他最畅销的书大约是《美的历程》，以优美的笔调叙述中国美学史，融理论思考和文学才情于一体，至今仍广受欢迎。

我感觉先生晚年是寂寞的，但思想者不惧寂寞，寂寞中仍有精神的充实。哲学所的两大才子，叶秀山已先李泽厚离去。那一代学人纷纷凋零，自然法则如此，无可奈何。我想对今天的青年说，你也许不知道李泽厚，但你们中一定要出李泽厚这样的人物，爱思想，爱学问，传承学术的薪火。

姆妈，您真的很了不起

姆妈，亲爱的母亲，今天，您的儿女、晚辈等亲朋好友聚集在这里，为您送行。在您漫长的一生中，您很少离家出行，至多只是从这一个儿女的家，去另一个儿女的家。而现在，您真正是出远门了，踏上了永不归来的遥远的路途。您的离去令我们万分悲痛，但是，您如此高寿，陪伴我们的岁月如此悠长，而您走得如此平静，这又是让我们深感欣慰的。

姆妈，您的一生是平凡的。在我的记忆中，当我们兄弟姐妹都还年幼年少的时候，出现在我眼前的始终是一个围着锅台和孩子转的母亲形象，您总是勤勉而无声地操劳着。我知道，您当然也有过花样年华，有过自己的职业，生下了第一个孩子，您就退职了，把五个孩子拉扯大就成了您全部的事业。我自己有了孩子，才明白把五个孩子拉扯大哪里是容易的事。但是，我们从未听见您谈论其中的辛苦，在您看来，这种辛苦是人生的天经地义，不值得称道也不需要抱怨。家里子女多，爸爸每个月把不多的工资交给您，一家的生计安排就落到了您的肩上。您很会安排，量入为出，精打细算，还想方设法要让孩子们高兴。我一直记得，每年中秋，我们家是买不起月饼的，您就一定会自制一批月饼，后来我吃到了各种高档月饼，都远不如您做的香酥可口。

我们家是一个普通的家庭，但有着对于一个家庭来说最可贵的东西，就是和睦安宁、其乐融融的氛围。无论生活多么清苦，您和爸爸始终相亲相爱，我们从未看见过你们吵架。你们待人友善，邻里关系融洽，从来不东家长西家短。你们为人本分，都是老实人，压根儿不知道世界上有钩心斗角这种事。你们安于节俭过日子，视为理所当然。这种无形的家风，是我们早年最好的家教。爱、善良、老实做人、俭朴，是你们留给我们的最宝贵遗产。

岁月飞逝，转眼间，我们周家已是祖孙四代，您的儿女这一代也垂垂老矣。爸爸离开得早，围绕着您，这个大家庭依然其乐融融。姆妈，您有一个多么值得骄傲的晚年。您生性安静，不生是非，您的周围是一片祥和的气氛。您身体健康，无病无痛，几十年不去医院，一点儿不让儿女操心。百岁生日宴那天，合家欢聚，您吃得那么开心，笑得那么灿烂。近两年您的身体明显衰弱了，但仍然不生病，能吃能睡，而最后，您是在睡梦中安详离世的。中国语言中有一些描述生命完满终结的词，用在您身上恰如其分。您真正是无疾而终，真正是寿终正寝，真正是仙逝。姆妈，您真的很了不起，这是上天给您的福分，也是您给儿孙辈的福分。我相信，您一定是去了一个美好的仙境，在那里，您已然与爸爸团聚。

姆妈，亲爱的母亲，一路走好。

第十一辑

自序补录

相遇在这个时代

　　济群法师是我特别敬重和欣赏的当代僧人，他于我真正是亦师亦友，我受教良多，我们俩的默契也良多。他人品正，悟性高，所以心态好。在佛门中，他是——用他自己的话说——一个自由主义者，超脱具体佛事，过着闲云野鹤的生活。在人世间，他却又是——用我的话说——一个理想主义者，然而是关注现实、惦念众生的理想主义者，孜孜不倦地传播人生的真理。他善于用日常的话语说透精妙的佛理，有拨云见日之效。我本人认为，在今天的时代，他的声音值得每一个被欲念和烦恼所困的人倾听。

　　我和法师神交已久。最早是在2002年6月，他给我发电子邮件，为他主编的杂志《人世间》约稿，从此建立了联系。我们之间时有书信往来，但未尝谋面，直至十年后的2012年6月，才在北京第一次见面。随着交往变得具体，彼此更加了解，我们产生了一个共同的想法，就是做一个比较系统的对话。

　　佛教讲因缘，一个僧人和一个哲学工作者相遇在这个时代，想必也隐含着某种因缘吧。中国社会正处在转型时期，新旧交替，万象并呈，有一个现象值得注意。在激烈的竞争中，人们急切地向外寻求成功，但不论成功与否，却普遍地不感到幸福，因此迷茫。其中相当一些人，已发觉问题出在心灵层面的缺失上，对宗教和哲学产生了兴趣，又苦于不能深入。这使得我相信，作为"专业的"僧人和哲学工作者，我们的合作对人们或许会有所助益。

人生在世，向外寻求成功无可非议，但倘若只有这一个目标，未免格局太小，境界太低。目标小而低，其结果必定是达到了没有大欢喜，达不到则有无穷的低级烦恼。人生不可缺少大而高的目标，最大最高的目标就是向内寻求觉醒。关于这一点，哲学和宗教早有共识。中国哲学的始祖孔子说："朝闻道，夕死可矣。"西方哲学的始祖苏格拉底说："未经思考的人生不值得一过。"佛教的始祖释迦牟尼说："不知正确的教法而活百年，不如听闻正确的教法而活一日。"这些教导都把觉醒视为人生的主要目标，而且在语言表述上竟也高度相似，绝不是偶然的。如果要给古今中外的哲学和宗教确定一个共同主题，便是觉醒。如果要给本书确定一个主题，也便是觉醒。读者还会看到，以觉醒为人生的主题，这一点在佛教中体现得比其他一切宗教和哲学更为鲜明。

我和法师共进行了六次对话，时间和地点先后为：2012年6月18日我的家里；2012年10月17日北京法源寺；2013年1月22日我的工作室；2013年12月16日北京国宾宾馆；2014年7月20日北京华贸中心字里行间书店；2015年4月21日我的工作室。近三年里，我一直在为我们的系统对话做准备，而把这些对话视为一种预热，不曾想到，六次对话下来，发现提纲所列的问题已谈得相当充分。那么，既然柳已成行，就不必在乎插柳是有心还是无心的了。于是，以六次对话的录音记录为基础，我按照话题做了梳理，整理出初稿，法师再对初稿做认真的修改和补充，遂成本书。

和法师谈话是极愉快之事。我对佛法素有兴趣，但所知甚少，疑惑颇多。一半凭着无知者无畏的胆量，一半凭着追根究底的认真，我常常几乎放肆地向法师发起"挑战"。偏偏法师乃真性情人，喜欢有人向他"挑战"，在传播佛法智慧的同时，也很享受哲学爱智的乐趣。在很大程度上，我是有意立足西方哲学的立场，像辩论赛中的乙方那样，向甲方抛出难题的。我相信，这是比一味顺从更好的方式，有助于法师更活泼地启动智慧，阐明佛理。不用说，在这种方式背后，动机仍是虚心求教，而事实上我亦大有收获。

本书的主角是法师，我只是一个配角，全部对话是围绕佛法这个中心进行的。我还乐于承认，即使扩大来看，在生命觉悟的领域里，哲学给佛学当配角是一点儿也不冤枉的。和法师对话坚定了我的一个信念，即人生问题的解决是在佛法之中。

什么是"我"？

　　我和济群法师的对话结集成书，这是第二本。第一本题为《我们误解了这个世界》，这一本题为《我们误解了自己》，主题分别是对世界的认识和对自我的认识。当然，这只是相对的区分，在实际对话时，话题是发散的，内容是交叉的，而这两个主题之间有着密切的联系，不可能截然分开。不过，在法师的主导下，我们的后续对话确实更侧重自我的问题。

　　自我之为一个问题，岂不大哉。我们每一个人活在世上，都是一个"我"。"我"是生命的载体，是"我"出生、生存、死亡。"我"是情感的主体，是"我"在爱、恨、快乐和痛苦。"我"是认识的主体，是"我"在感觉和思考。对于任何一个生命个体来说，"我"是与之相关的一切之前提，没有这个"我"，一切都无从谈起。可是，究竟什么是"我"，一旦追问下去，几乎没有人不感到茫然。

　　这个令人困惑的问题，也正是哲学所关注的。在对话中，我主要从西方哲学的角度，法师主要从佛教哲学的角度，对这个问题进行了讨论。

　　在西方哲学中，对自我问题的探讨可以分为三个层面。

一是认识论层面。西方哲学在古希腊主要关注本体论，到了近代才开始聚焦于认识论，英国哲学家洛克是把自我作为一种认识现象来分析的第一人。作为一个经验论者，他从反省入手，在自己内心体会"我"是一个怎样的概念。他的结论是，自我是人格的同一性，而维持这种同一性的关键在于意识。人在感觉、思考、生活时伴随着意识，人的感觉、思考、生活在变化，人自己也在变化，但意识具有延续性。正是凭借意识的延续性，人才能够在回忆时把过去的经历认作自己的经历，把那个在岁月中不断变化的自己认作同一个"我"。

二是本体论层面。洛克只把自我看作一种认识现象，至于它是否寄寓在一个实体比如说灵魂里面，他认为是无法知道的，因此探究这种问题是没有意义的。英国经验论者都拒斥本体论，否定任何实体概念。西方哲学的另一个传统，从柏拉图到近代的理性主义者，则喜欢在本体论层面谈论自我，认为自我的本质是灵魂，而灵魂是一个实体，并且把灵魂的来源追溯到某种最高实体，比如理念世界或上帝。

三是价值论层面。肇始于文艺复兴的西方近代人文主义思潮张扬人的个性，强调每个人都是一个独特的自我，都应该在世俗生活中实现其价值。到了尼采和存在主义哲学，这种强调达于顶峰。尼采提出"成为你自己"的口号，警示人们不要作为社会所派定的角色活，虚度了只有一次的生命。存在主义哲学家猛烈批判人在社会中的异化现象，倡导通过某种深刻的内心体验回归真实的自我。

佛教哲学怎样看自我？与上述西方哲学的观点进行比较，我们会发现，二者有少许相似之处，更有根本的不同。

在价值论层面上，佛教同样反对把虚假的自我认作真实的本性。

因为无明，人心会产生种种迷惑，从而形成错误的自我观念。比如说，在贪的支配下，会把钱财、权力、名声等身外之物认作自我；在瞋的支配下，会把愤怒、怨恨、嫉妒、傲慢、自卑等各种负面情绪认作自我；在痴的支配下，会把所执着的错误观念认作自我。不过，这里要特别注意的是，近现代西方人是立足于个性的价值批判虚假的自我的，佛学当然是坚决反对这种西方式的个人主义的。

这就要说到本体论层面了。按照我的理解，在本体论层面上，佛教对自我的解说有两个关键词，一是佛性，二是无我。佛性，又叫清净心，是心的本体，或者说，是心的本来面目。人人都有清净心，但是被迷惑心遮蔽了，而虚假的自我观念，实际上就是把迷惑心认作了心的本体。所以，要通过修行去除遮蔽，还心的本体以本来面目。那么，这个心的本体究竟是什么呢？佛教主张无我，因此，这个心的本体不是实体。无我，又叫无自性、性空，就是一切现象都是缘起，没有自身不变的本质。世界没有一个叫作上帝的不变本质，每个人也没有一个叫作灵魂的不变本质。佛教与西方哲学的柏拉图传统以及基督教的最根本不同，就在于此。我们人人如此看重的这个"我"，也只是缘起的现象。当一个人去除了一切缘起的现象对心的遮蔽，包括破除了对"我"的执着，这时候的心就像一面镜子，映照出了万物皆空的景象，这时候的心就是心的本体。所以，所谓心的本体，就是对性空的彻悟，就是性空在人心中的映照。所以，这个心的本体常常被描述为是如如不动的，是一种虚空的状态，是圆满而自足的。

"我"只是缘起的现象，并无不变的本质，人为何会如此执着于这个"我"呢？在佛教中，唯识宗在认识论层面上对此有详尽而深刻的剖析，简言之，根源在于末那识执阿赖耶识为"我"，这种执着来自根本无明，是在潜意识领域中发生的事情。唯识宗的理论博大精深，我本人始终是似懂非懂，不敢妄言，感兴趣的读者可以去看法师在两本书里的有关论述。

本书付梓之时，法师嘱我写序，我趁这机会对西方哲学和佛教哲学关于自我问题的观点略作梳理，以此与读者诸君交流，也进一步向法师请教。

如果你只想读我的一本书

　　现在放在读者手里的，是《人生哲思录》的最新版本。从2001年1月初版至今，将近十八年里，现在是第三次修订，亦即第四个版本。对别的作品，我是不会下这样的功夫的。为什么呢？因为在我的全部出版物中，这本书占有一个特殊的地位。如果你只想读我的一本书，让我推荐一本代表作，我就推荐这本书。

　　本书编辑的初衷，就是要在我的全部非学术作品中，挑选出能够代表我的思想而又表达精当的文字，按照主题进行分类，让读者一册在手，即可全豹在目。全书分为四编，即生命感悟、情感体验、人性观察、精神家园。这是人生的四个大主题，每个大主题下面分出若干中级主题，每个中级主题下面又分出若干小主题。这样逐级分类，条理十分清晰。在我的老读者手中，本书有点像辞典，用它可以方便地检索到我在某一问题上的见解。在我的新读者手中，本书更像是文摘，读它可以清晰地一览我的文字和思想的基本面貌。总之，本书的好处，第一是荟集了我的作品中的所谓精华，可说是一网打尽；第二是分类详尽，脉络清晰，能收一目了然之效。读者拿在手里，不妨闲时随意翻阅，也不妨按主题检索相关文字，方便得很。

据我所见，读者对这本书也是相当喜欢的。本书的前三版是由上海辞书出版社出版的，这是一家很传统的出版社，对产品基本不做宣传和营销，然而，即使如此，这本书仍然逐渐成了我的书里读者最喜欢的书之一，发行了五六十万册。网上流传许多我的语录，其实也是直接或间接地摘自本书。平心而论，既然我把这本书看作我的代表作，就希望有更多的读者读到它，它的发行量应该在我的全部作品中名列前茅，而实际的情况与此相距甚远，不免有些遗憾。

我对这本书负有一种责任，一定要让它成为读者和我自己都认可的精品。正因为此，我才会一而再、再而三地对它做修订。别的书只反映了我在某一时期的感受和思考，一经出版，就基本定型了。本书的特殊之处在于，作为一本完整地反映我的人生感悟的语录大全，理应随同我一起生长。每次修订，我主要做两方面的工作，一是在前一版本之后新写的作品中，选取一些文字增补进来，另一是为了控制篇幅，相应地删除一些旧的文字。这样做的结果，可以使内容与时俱进，同时又更加精粹。本次修订，新增将近两万字，删除四万多字，总篇幅减少了两万多字。我本想做更多删除，但费尽斟酌，终于不舍得。积十八年之精华，成二十六万余字之集子，不能说是一本太厚的书吧。

尼采是严格意义上的大哲学家

《尼采与形而上学》是我的博士论文，完成于1988年年底，1990年9月初版，距今已三十余年。现在北京三联书店出新版，我说一说自己对这本书的看法。

关于尼采的专著，我写了两本，另一本是初版于1986年的《尼采：在世纪的转折点上》（后简称《转折点》）。那本书基本上把尼采哲学看作一种人生哲学，以生命意义之困惑和寻求——这种困惑和寻求既是尼采个人的，也是时代的——为主线，把尼采思想的各个主题，包括酒神精神、权力意志、价值重估、超人等，贯通起来加以阐释。它的写作风格则饱含个人的感情，实际上也同时表达了我自己的困惑和思考。书出版后，反响巨大，成为一本畅销又长销的书。

本书的情况有所不同。作为博士论文，我是要把它写成一本严格的学术著作的。可以想见，它的接受面必定比前一本书窄许多。但是，我本人对它的重视要远超过《转折点》。有一年，我所在单位中国社会科学院评学术成果奖，《转折点》入选，我当即表态，要评就评这本书，否则不必评，同人们表示理解，最终本书获奖。事实上，写《转折点》时，我只是尼采作品的一个爱好者，而本书是我对尼采哲学作了系统研究之后的成果。在本书中，我真正深入到了尼采的问题思路之中，对他在本体论和认识论方面的思想给出了相当清晰的分析，证明了他不只是一位关心人生问题的诗性哲人，更是一位对西方哲学核心问题有着透彻思考并且开辟了新路径的严格意义上的大哲学家。

20世纪以降，西方哲学的基本趋向是否弃以柏拉图的世界二分模式为特征的传统形而上学。从这个角度回顾，我们可以发现，正是尼采最早对传统形而上学进行了全面的批判，这是他在哲学上做的主要工作，也是他的最重要的哲学贡献。他完全是以哲学的方式进行这种批判的。哲学是对世界整体的思考和把握，尼采反对的是用逻辑（理性）虚构一个道德化的世界本体。因此，他的批判集中于逻辑和道德，着重分析了二者的根源、本质以及在传统形而上学之建构中的作用。对哲学感兴趣的朋友不妨着重读一读本书的第二章、第三章，其中分别阐述了尼采的两个用当代哲学的眼光看十分前卫的观点。其一是"语言形而上学"，揭示了语言在传统形而上学的形成中起的关键作用，把语言问题作为一个重大哲学问题提了出来。其二是"透视主义"，论证了认识即解释，不存在摆脱透视关系的所谓本体世界，作为整体的世界即是"关系世界"。这两个观点显示了尼采的卓越的哲学悟性和创见，其中已包含了现象学和哲学解释学之基本精神。

当然，尼采毕竟不是一个自我封闭于抽象概念王国的学院哲学家，他是痛感时代的虚无主义疾患，为了探究其根源和疗救之途径，才对传统形而上学进行全面批判的。在本书的第一章，我归纳了他觉察到的虚无主义征兆，包括对信仰的无所谓态度，生活方式的匆忙，由商业化导致的文化的平庸，等等。读到这些内容，我们会觉得尼采仿佛是生活在今天的时代似的。我想说的是，对于一般读者，本书也可能有值得一读的地方，有助于我们反思时代的弊病。我相信读者还会发现，虽然本书是一本学术著作，但并不难读。在不损害内容的前提下，尽可能把学术著作写得明白通畅，我认为是一种好的趣味。

想起一家小旅馆的地下室

《诗人哲学家》初版于1987年，距今已经三十三年。在这中间，曾经两次再版，现在是第四版。这四个版本，出版者都是上海人民出版社。每次新版，正文的内容都没有做任何改动，我只在书首加一篇小序，发几句感叹。这次同样如此。

往事如烟，在记忆中若隐若现。三十三年前的一天，参加完一个学术会议，在回北京的列车上，我产生了编这本书的想法。当时我写尼采的那本书刚出不久，在会议上知道了若干同行正在研究别的哲学家，于是想，何不让西方近现代有诗人气质的哲学家来一个集体亮相？回京后立即行动，联系了十二位作者。收到的稿子是各式各样的，有的是十来万字的硕士论文，有的是四万多字的长稿，我就担负起了删减浓缩的工作。直到提了一大袋书稿去上海交差，我仍在出版社附近一家小旅馆的地下室里做这项工作。第一次当主编，我才知道当主编是这样辛苦，后来做多了，我才知道当主编可以不这样辛苦。不过，心情是愉快的，检阅编好的全稿，我有一种检阅亲自整顿好的队伍的喜悦。

岁月飞逝，时代场景不断转换，心中的感触一言难尽。我把每次新版的小序都放在了正文之前，把它们连续读下来，想必读者能够领略我的心情。

最后我要特地通知作者们，三十三年过去了，现在各位分散在世界不同地方，无法联络，这次新版的稿酬存在出版社里，请联系和收取。"人生不相见，动如参与商"，唯愿各位安好。

第十二辑

序评辑录

人生只是路过，让路过成为价值

　　一个简单的却往往容易被人忘记的道理：人生只是路过。

　　"住进旅馆之后，如果神志正常，你会重新装修房间吗？"这是本书所引巴楚仁波切的妙语。

　　是的，大千世界，人人都是过客，世间只是暂住的旅舍。记住你只是路过，迟早要离开，这是重要的。否则，你就会执着、纠结、折腾，忙于装修旅馆，一句话，你就会神志不正常，可笑的是，你还自以为比别人聪明，是一个成功人士。

　　然而，路过并非没有价值。如果说路过是上帝或无常对众生的规定，那么，让路过成为价值就是人的责任。

　　你在世间行走，带不走旅途上的风景，但倘若你是有心人，风景就会融入你的心，使它更加丰富和美好。这就是收获，这收获是你能够带走的。在人生的旅途上，你路过不同的风景，把经历变财富，由遭遇悟人生，路过就有了意义。

　　本书作者就是这样一个有心人，他深知人生只是路过，也深信路过可以成为价值。作为援青干部，他在藏区工作三年，的确只是路过高原，但真正是满载而归，有许多真切的感悟。面对原始荒凉的高原，身处虔诚淳朴的藏民之中，人往往能够领悟生命最根本的真理，包括敬畏自然的宇宙观、简单生活的价值、信仰的真谛，等等。我仅举作者的一则心得："宗教的本质就是这样一种丰富而单纯的信念，即有些东西具有极大的价值，而绝大多数东西毫无价值。"读到这句话，我眼前一亮，知道作者说到了点子上。

"一次路过，终身受益，我已是高原密不可分的一部分，是一棵草，一眼泉，一片雪花，一朵马莲，一株顽强生长的沙棘树。"作者如此诗意地描述路过高原的收获，但紧接着写道："其实，我还是我，我只是路过。"很好，路过多么有价值，仍不忘只是路过，这就是智慧。

描绘中华民族文化基因的完整图谱

读高洪雷的《另一半中国史》，兴味十足，多获新知。

作者在引子里说，多年前有年轻人问他："丝绸之路上的绿洲城邦为何消失了？譬如乌孙、月氏、楼兰。如日中天的草原帝国为何远去了？譬如匈奴、柔然、突厥。逐鹿中原的游牧部落是怎样被融合的？譬如鲜卑、羯人、氐人、羌人。星光闪烁的南方诸侯是否还有后裔？譬如越国、夜郎、南诏、大理。"为了回答这类问题，他踏上了探寻中国少数民族历史的漫长旅程，于是有了这本五十五万言的大书。

其实，不必年轻人，即如我这样不年轻的读书人，对于中国历史上这些名称耳熟能详的部落和属国，又何尝知其来龙去脉，何尝不想知其前世今生。中华民族有五十五个少数民族，对于它们的历史，我们往往只是一知半解，道听途说，甚至张冠李戴，以讹传讹。比如，人口众多的回族，我也一直误以为是比较汉化的维吾尔族，哪里知道它是迁入中国境内的中亚、波斯、阿拉伯人等与汉、蒙古、维吾尔等族通婚融合而成。在中国历史舞台上，少数民族常扮演重要的角色，有时还扮演主角，所以，不了解少数民族史，不但是对另一半中国史的无知，而且必定不能真正看懂整部中国史。由此可见，这个方面的扫盲是多么必要。

我十分敬佩作者，一个并非专门研究中国历史的人，只因为发现了这个领域里的一个空白，由个人的兴趣而产生了一种使命感，不问功利，潜心求索，这种纯粹的精神正是今天的中国人最缺乏的。历时十年之久，作者认真翻阅中国古代典籍和相关历史著作，不辞辛劳实地寻访踪迹，并且力求其全，务必厘清今存每一个民族发源、迁移、融合、演进的线索，查明曾经存在而现已消失的部落或民族的去向和归宿，立志要使模糊的民族渊源变得清晰，残缺的民族记忆得以连贯。在一定的意义上，他是在描绘中华民族文化基因的完整图谱，这是何等有价值的工作。

本书不是学术专著，而是史话类作品，目标人群是普通读者，因此其主要方式是用生动的故事串起历史的脉络，有很强的可读性。可贵的是，作者是以学者的认真来写通俗史话的，务求出之有典，言之有据。当然，本书题材涉及如此久远的历史和众多的民族，在史实的判断和取舍上不出错是不可能的，方家尽可加以指正。

一个既哲学又实干的民族

　　本书是一位中国年轻女子游学德国的记录，但它不是一本普通的游记，也不是一本学术笔记，毋宁说是二者的结合。作者聚焦德国的文化现象，从政治经济、科技工业、艺术哲学、社会历史四个方面选取有代表性的事件和人物，做了简明扼要的描述，其间穿插一些有趣的故事。她心中有一本德国近现代的文化史，足迹所到之处，抚今思昔，浮想联翩，记下自己的感触和思考，也为我们绘制了一幅德国的文化地图。

　　在世界近现代史上，德国的文化崛起是一个引人注目的现象。自18世纪中叶起，德意志由一个落后地区迅速发展为一个文化大国，迸发出巨大的创造力。在将近两个世纪里，德语国家和地区向世界贡献了该时期天才人物中的大部分。无论是在哲学人文领域，还是在自然科学领域，德国天才都谱写了改变历史的新篇章。

　　人们常说，德意志是一个哲学的民族，擅长抽象思维。德国人在哲学、交响乐、理论物理学三个领域做出了最突出的贡献，而我们的确可以说，交响乐和理论物理学在一定意义上也是哲学，二者的根源甚至还都可以追溯到康德哲学。在本书中，作者对作为纯粹器乐曲的交响乐与康德哲学的关系有很好的说明（"一种人类先天认识形式能够直接解读的音乐"）。然而，与此同时，我们还发现，德国人又是一个极其实干的民族，只要想一想"德国制造"就可以明白，一个多世纪以来，从帕金的染料、拜耳的制药，到西门子的机电设备、克虏伯的钢铁铸造、本茨的汽车、蔡司的镜头，德国人还引领了工业和技术的发明。

　　作为一个中国人，作者在叙述德国历史时会不时进行比较和自省。比如，古腾堡发明印刷术比宋代的毕昇晚了几个世纪，为何毕昇的发明没有明显改变中国的知识格局，而古腾堡的技术却改写了欧洲历史？又比如，洪堡建立向全民开放的考试制度，它与中国的科举制度有相似之处，为何我们却出不了像黑格尔、韦伯这样的天才？倘若把这类小的追问汇集起来，我们就有必要进行一个大的反思。中国古代文化灿烂，向世界贡献了孔子、老子、庄子等文化伟人，唐诗宋词等文化瑰宝，同时期的德国则十分落后。在中国的汉代，日耳曼人尚是游牧部落，直到中国的清朝前期，德国还是许多分散的小公国。可是，近代的情况恰好相反，中国没有再出现世界性的文化伟人，原因究竟何在？不过，这个问题太大了，岂是一篇短序能够讨论的，唯愿读者诸君在阅读本书时偶尔把它想一想。

千古之问，自成一体

在中国哲学界，邓晓芒是一位学术功底扎实而且有独立思想的学者。在几十年的学院生涯中，他孜孜不倦地从事德国古典哲学尤其是康德和黑格尔哲学的翻译、研究和教学，做了大量卓有成效的工作。他的求真精神和学术业绩，在哲学界的同人中获得高度评价，我本人对他也十分敬重。

《哲学起步》一书是邓晓芒阐述自己哲学思想的第一本著作，全书分为三个部分，按照"我们从哪里来，我们是谁，我们到哪里去"这个千古之问，分别论述人的本质、自我意识的本质、自由的本质三大问题。作为一本初步构建哲学体系的书，本书不是按照一般的套路，从本体论、认识论说到逻辑学、伦理学、美学，而是直入哲学的核心问题，而把上述哲学各个分支的内容融合在对核心问题的论述之中，纲举目张，自成一体，令人耳目一新。在具体的阐述中，处处可以感受到作者熟知德国古典哲学家和马克思的哲学思想，加以融会贯通，信手拈来，了无痕迹，同时常有自己独到而新颖的见解，这些见解显然源自切身的体悟和独立的思考。本书是在作者讲学的基础上整理成书的，保留了课堂教学的现场感，表述通俗生动，善于用日常语言讲解深奥的哲学道理。总之，这是一本融进了作者毕生研究心得的有分量的学术专著，也是一本值得向广大读者推荐的有质量的哲学启蒙读物。作者所开课程原本就是面向非哲学专业的学生的,《哲学起步》的书名是一个召唤，我本人乐意传递这个召唤：如果你对哲学感兴趣，就从这本书起步吧。

本届文津图书奖被授予这样一位坚守学术事业并且做出贡献的学者，是一种致敬。

因为火热，所以苍凉

康延爱唱歌，唱得也好，不是职业歌手登台献艺的那种好，是围炉酒酣兴之所至的那种好，真情流露，带一点苍凉味儿。读这本《歌词独白》，我才知他还写了这么多歌词，也是真情流露，带一点苍凉味儿。我一边读，一边想着他这些年走过的路。

我和康延相识于20世纪90年代，至今已二十多年。当时他在深圳办杂志，开始是《深圳青年》，后来创办和主编《凤凰周刊》，常向我约稿。再后来，忽然听说他辞了职，自筹资金拍纪录片了。十几年来，他坚持在这条路上跋涉，成果颇丰，但也备尝艰辛。对于他的"改行"，我曾略感惊讶，现在觉得有些看懂他的心路轨迹了。

一个人的道路，仿佛冥冥中有所预定。性格决定命运，按照我的理解，这个性格不是心理学意义上的内向或外向，沉潜或开朗，而是指一个人整体的精神禀赋。你也可以说，是一个人的灵魂密码，这密码在某个机缘下会破译，成为行路的指南和命运的说明。

康延生长在西安，秦地淳朴浑厚的民风给他的性格打了底色。西安是唐代的古都，自幼浸染于唐诗，又给他的性格增添了浪漫豪放的基调。

这两个因素交融，他的浪漫是淳朴的，毫不矫情；他的浑厚是豪放的，绝不保守。一个有这样性格的人，移民到了中国最开放的城市之一深圳，应该和可以干一番怎样的事业呢？

据我所知，康延开始拍纪录片，是因为受远征军事迹的感动，要给为国捐躯的无名烈士立传。接下来的事情，他在本书中多次提到一个情节。在腾冲国殇墓园拍摄《发现少校》时，他在近旁市场偶然买到了几册民国老课本，编撰者为蔡元培、王云五等学者，拍摄《先生》的设想油然而生，先后完成了二十集。康延自己相信，这个拍摄创意是远征军冥冥中给他的馈赠。我的解释是，他原本就是一个热血沸腾的人，有英雄情怀，而在他眼里，无论英勇战死疆场的将士，还是坚持学术独立的先生，都是为正义而战的英雄。所以，是他心中的良知替他找到了远征军，也找到了民国先生。

读这本歌词集，我同样感受了康延的淳厚和豪放。"播下了风花雪月，长出了爱恨情仇""慨然一声叹，四海本无疆""悬崖勒马的是将，悬崖不勒马的是王"，这些句子写得何等有力量。"来了就是深圳人"，深圳城市主题歌的这句歌词耳熟能详，原来也是出自康延笔下，西北人的豪放霎时转化成了深圳人的开放。然而，"千军万马千娇百媚，终是一派沉寂，万物皆空"，终归脱不了悲凉的调子。纵使相信"没有留不住的历史，没有挡得住的未来"，先生一定会回来，在这信心里面，我觉得仍是惆怅的意味居多。

合上这本书，我想用一句话总结我的感想：康延有一颗火热的心，所以唱出了苍凉的歌。

用灵的力量解决身心问题

张德芬女士从事心灵修行的授课和著述，在华语世界盛名远播，如日中天。没有想到的是，她会请我这个未曾谋面的人为本书写序，此中的信任和谦虚令人感动。我对灵修完全是外行，然而，作为一个研习哲学的人，我从本书中读出了许多共通的感悟。

本书的书名是《重遇未知的自己》，在这之前，作者的成名作的书名是《遇见未知的自己》。我觉得"未知的自己"的确是一个很好的概念，形象地说明了人的"真我"的情形。人人身上都有一个"真我"，但它被身体、情绪、观念、角色层层包围着，因而是"未知"的。哲学的沉思、宗教的证悟、心灵的修行，其终极目的都是要破除包围层，去"遇见"它、认出它、回归它。一旦守住这个"真我"，人就不会迷失在那些包围层之中了，如同作者所说，恒常的心态就会是爱、喜悦、和平。

我自己体会，我学哲学的最大收获是仿佛拥有了一种分身术，能够把精神的自我和肉身的自我区分开来，让精神的自我保持清醒，对肉身的自我进行指导。其实，人生的真理是相通的。人身上有一个更高的自我，它可以超越肉身自我的遭遇和情绪，人生的目标是让它觉醒，这个认识内置于一切积极的人生哲学和宗教的核心之中。这个更高的自我，哲学称之为理性，基督教称之为灵魂，佛教称之为清净心，而各种灵修学说中的对应概念则是"灵"或"内在"。

灵修学说把人性结构区分为身、心、灵三个层面。身是身体，心是感觉、知觉、情绪、观念等心理活动，这二者都受外界事物的影响乃至支配，是不自由的。灵是内在于人性的精神性本质，它是自由的。灵修学说具有明确的实用目的，往往并不追究灵的来源，而是把灵的存在当作毋庸置疑的前提，在此前提下，致力于用灵的力量来解决实际存在的身心问题。从这个目的出发，各种灵修学说从哲学、心理学、宗教中汲取相关资源，形成了自己的具有可操作性的修行体系。

坦率地说，在灵修成为时尚的今天，我本人一直对之心存怀疑。我看不惯的是一些所谓灵修大师，一则好为人师，甚至装神弄鬼，以救主自居；二则识见平庸，却故弄玄虚，以不变的咒语应万变的人心。正因为此，读本书令我倍感清新。我最欣赏作者的两个特点。一是对己诚实，敢于正视自己内心的负面情绪，把自己也看作一个需要灵修的对象，因此她的宣说是有切身的感悟打了底子的。二是对人平等，富有人情味，善于以女性的细腻和心理学家的敏锐体察不同个体的内心活动，因此她的宣说像是在和不同类型的朋友娓娓谈心。

人生觉悟和心理健康

海蓝博士发微信，嘱我为她的处女作写一些文字。看见"处女作"三个字，我心中惊讶，同时有一种感动。据我所知，在畅销图书中，心理咨询类占了很大的比例。海蓝博士在国内心理咨询界久负盛名，何以如此沉得住气，直到今天才写第一本书？从中我能感觉到一种淡定，一种认真，一种对写作的敬畏。在医学和身心健康领域从事研究及临床实践三十五年之久，积半生之经验和心得写一本书，真正称得上是厚积薄发了。

在海蓝博士的经历中，有一个情节也令我既惊讶又感动。她的本行是眼科医学，先后师从国内外该学科的权威，获得了博士学位和读了博士后，然而，年近三十八岁之时，她突然决定从零开始，改行学习心理学。这不禁使我想起史怀泽博士，也是在拥有了哲学和神学双博士学位之后突然改行，用八年时间获得医学博士学位，此时年龄也是三十八岁，从此开始了为信仰在非洲行医的毕生事业。一个是从神学转入医学，一个是从医学转入心理学，相同的是听从内心的声音，用海蓝博士的话说，就是人要做自己由心而发的事。

当然，人到中年，做出了改变一生志业方向的决定，绝不会是出于一时的心血来潮，所谓"突然"只是貌似如此罢了。真正的原因是海蓝博士太喜欢心理学了，即使在从医时期，她也把空闲时间都用在了研读相关书籍上。我相信，在这个世界上，每个人都有一个最适合其禀赋和性情的位置，问题只在你能否找到它。海蓝博士找到了她的最合宜的位置，她自己说，进入心理学领域之后，她有如鱼得水之感。如鱼得水之感——这是一个准确的描述，倘若在某个位置上，你感到轻松、自由、快乐、安心，这个位置就一定是属于你的。你的志业在斯，你的幸福也在斯，而事实上，人生幸福的一个主要方面就是做自己真正喜欢做的事。

　　这本书的主题是幸福，而由海蓝博士来谈论这个话题是非常合适的。这不仅是因为，作为心理咨询师，帮助受众消除心理误区，解开心理症结，开发心理能量，其终极目标正是幸福，而且是因为，她自己是一个在正确的方向上寻求和体验幸福的人。这后一个方面很重要，因为心理咨询不是一门纯粹的技术，它本质上是一种精神交流，而人格的力量能够为交流营造最好的氛围，达成最佳的效果。

　　围绕幸福主题，这本书涉及诸多人生问题，包括事业选择和自我实现、情感生活和人际关系、苦难和逆境等，我读了很有共鸣。其实，心理学和哲学是不可分的，因为心理健康的根本在于人生觉悟，而许多心理疾患的症结就在于想不开、放不下。幸福是一种能力，这个能力要靠人生觉悟来开发。然而，如果心理咨询只是在给受众上哲学课，其效果便堪忧。心理咨询师的本事在于把宏大的哲学叙事细化为精彩的心理学剧本，在每一具体情境中察知心结的成因和解开的方法，这本书中举的许多案例便是例证。所以，世上不能只有哲学家，还必须有海蓝博士。

如梦的风景，追梦的勇士

——读龙祥能《云上巴拉》

《云上巴拉》写一处如梦的风景——巴拉格宗，写一位追梦的勇士——斯那定珠。读这本书，我跟随作者的叙述，思绪联翩。

我到过巴拉格宗，它位于云南香格里拉县（今香格里拉市）境内，那真是一个风景如梦的地方。给我印象最深的是，那里的景色，雄奇与秀美并存，人的心情因之是敬畏和喜悦交融的。整个景区是一个大峡谷，岗曲河在谷底奔腾欢唱，四周壁立千仞，气势壮阔。峡中套峡，路转峰回，在不同的高度变幻出不同的景观。你会看见蓝天白云下的草甸花海，森林围绕下的高原湖泊，雪峰映照下的藏民村落，以及各个气候带的植被，从热带仙人掌、棕榈树到寒带雪莲、冷杉树，应有尽有。

藏民虔信佛教，这里的大自然也仿佛闪耀着佛的灵光。我仅举二例。峡谷的入口，一棵千年菩提紧依峭壁，茂盛的枝叶沿峭壁向四处伸展，主干上伸出一个枝，形状酷似一只手，五指清晰，牢牢嵌入一侧峭壁的缝隙里，令人想起佛陀在菩提下证悟的传说。峡谷的顶端，一片空地上，屹立着一座圆形的山，形状酷似圆形佛塔，被称为香巴拉天然佛塔。佛塔前方还有两座山，形状像展开的经书和端坐的喇嘛，这三座山峰宛若佛、法、僧三宝的象征。

这样一个风景神奇的地方，长期以来却是一个外界无人知晓的"世外桃源"。"世外桃源"，一个美丽的名词，对于村民来说，却意味着被世界遗弃。因为没有通往外界的路，村民们世代过着与世隔绝的生活。直到本世纪初，村民翻山越岭到有公路的地方，要冒跌下悬崖的危险走好几天。交通闭塞导致生活用品极其匮乏，孩子在村里露天教室读完小学三年级后普遍失学，危重病人往往在送医途中死去，如此等等。对于过着单调又艰难的日子的村民来说，"世外桃源"似的家园绝对不是风景，而是不折不扣的牢笼。走出大山成了村民的最大梦想，人们纷纷逃离，曾经的六十二户人家只剩下了十四户，巴拉村趋于消失的边缘。

然而，在走出大山的人里面，有一个人的梦想不是逃离，而是回归，他就是斯那定珠。斯那定珠第一次走出大山，缘于一个惨痛的事故。未满11岁的他，在施工中被一根飞弹起来的铁块击中左眼，父亲带他去县城就医。看到了外面不一样的世界，男孩心中萌生了一个梦，长大后要为巴拉村修一条路，让乡亲们也能看到外面的世界。改革开放刚开始，13岁的斯那定珠再次走出大山，做起了小买卖。在外闯荡二十余年，生意由小到大，有了几千万元积蓄之后，他回到家乡，决心把儿时的梦变成现实。

这时的斯那定珠，人到中年，他一定没有想到，他一生中最艰难的日子开始了。听他说要修路，村民们的一致反应是，这个人疯了。修路或多或少要占土地，和村民们谈合作费尽周折。审批更是难关，各相关部门跑了数不清多少回。开工后，最大的难题是资金，积蓄很快用完了，他就四处向人借钱，向银行求贷款，并且卖掉了自己在县城开的餐馆和商店，乃至于住房和汽车。资金经常断，路修修停停，经过三年多的苦战，2007年9月，路终于修成。

斯那定珠的修路之梦变成了现实，悬崖峭壁上有了一条宽6.5米、长35千米的"挂壁天路"，犹如吉祥哈达把巴拉村和国道连接了起来，也把村民们和外面的世界连接了起来。这个时候，斯那定珠心中萌生了一个新的梦。他游览过外面的一些景区，发现并不比自己的家乡美，何不把家乡的大峡谷开发成旅游景区，既可以让中国和世界各地的人们来共享这里的神奇风景，又可以借此帮助乡亲们脱贫致富呢？他立即行动，投入了新一轮的求审批、找资金、建设施的苦战之中。他的第二个梦想也终于成真，景区建起了宾馆，大峡谷的绝壁上铺设了蜿蜒曲折的悬空栈道，景区内新建的公路可以把游客从谷底送上峰顶的天然佛塔。2009年12月，巴拉格宗景区被评为国家AAAA级旅游景区。

在建设景区的过程中，斯那定珠的第一信念是保护生态，不许施工队损害一树一木。在极度的资金困难中，曾有开发商打这里丰富自然资源的主意，要和他合作开发水电和矿产，许以巨大经济利益，被他严词拒绝。他的想法很明确：发财太容易了，难的是保护好家乡这一片圣洁净土，这才是留给子孙后代的最宝贵财富。

今天，巴拉格宗仍在发展中，而斯那定珠仍处在艰难中。为了修路和建景区，他荡尽家产，并且欠下了几个亿的债务。但是，勇士不言败，他对家乡充满爱，对景区的前途充满信心。

作者是巴拉格宗的一个鉴赏家，也是斯那定珠的一个知音。在本书中，他对景区的如梦风景有细致的描述，对勇士的追梦历程有翔实的记叙。上面这些文字，只是我对本书内容的一个简要概括，难免挂一漏万。请你翻开《云上巴拉》这本书吧，读了这本书，你一定会想去巴拉格宗，也一定会想结识斯那定珠。

去年春天，我去巴拉格宗，结识了斯那定珠先生，立刻就喜欢上了他。这个身材高大的康巴汉子，给我讲述创业的艰难历程时始终表情平静，可是，一说起他的两个年幼孩子的可爱，眼中就沁出了泪花。他被人们誉为当代愚公，而在我的眼里，他更是一个朴实、智慧、重情义的人，一个相识不久的老朋友。

淳朴乡情养育的真性情

俊明的新作即将付梓，请我和郭红写序。这是很特别的，没有人是请我们夫妇共同写序的。当然，这是因为我们两家是好友，情同亲人，这个邀请就像是一次家庭聚会。他很体贴，知道我忙，说郭红执笔即可。但这怎么可以呢，我当然要真正到场，庆贺他的新作出版。

我和俊明结识于云南中甸改名香格里拉县的庆典，他时任副县长，负责庆典的接待工作，至今已十五年了。他性情率真，待人诚恳，我们从此成了好朋友。十五年里，见面不算多，但每次相见都像是分别不久的老朋友，气氛自然，三言两语就能沟通。俊明是一个爱文化爱朋友之人，在文化界广交朋友，而其实他自己骨子里就是一个文化人，从政的同时笔耕不辍。我每每发现，政界或商界中人，凡养成了为自己写作的习惯的，大多没有官气或商人气，比较能够真实做人，洒脱处世，俊明尤其如此。

俊明是纳西族人，他母亲的家乡哈达山清水秀，在今日宛若世外桃源。他多么想让我们体验那里的美好啊，一再发出邀请，有一次出差到北京，特意来家里，要我立下接受邀请的字据，真是可爱极了。终于有一年春节，我们全家到哈达做客，印象极为美好。初七是这个村庄的传统节日，男人们举行射箭赛，接着全村在一户人家聚餐。几十户人家轮流做东，每代人基本上轮不到第二次，场面十分可观。后院十来口大锅，众人有条不紊地忙碌着，烧菜、端菜、洗碗，村民分批来吃晚饭。高潮是迎接射箭的男人们回来，姑娘们列队在门口唱歌，然后男人和女人在院子里围成圈边唱歌边跳舞。村民主要是纳西族，但唱的是藏歌，内容为：今天是好日子，太阳、月亮、星星聚在了一起，在这个好日子，我们也聚在了一起。当时我的感触是，俊明的真性情诚然是一种个性，但也是家乡的淳朴风情养育出来的。

俊明骨子里是文化人，但具备一般文化人所缺少的实干才能。他热爱家乡，便决意为乡亲办实事。他以哈达为建设新农村的试点，主要做了三件事：一是推广葡萄种植并建立酒厂，二是进行养蜂示范并向全县推广，三是动员农民土地入股，寻求能够保护好原貌的开发途径。他的决心是，既帮助村民致富，又躲过破坏性开发的劫难。除此之外，他还在香格里拉县创办藏东职业学校，为农村青年做职业培训，帮助高中毕业生就业。他常常充满激情地向我谈论他的宏图，而我在参观时看到了切实的成果。

俊明新作出版之际，我写了上面的点滴印象，算是凑个兴吧。

苦难是美德的机会

　　一场飞来横祸，使陶勇成了新闻人物。病人向医生行凶，这样的事件屡屡发生，但是，所有了解陶勇的人一致认为，它最不该落在陶勇头上。作为北京十大杰出青年医生之一，陶勇是实至名归，他仿佛天生是为从医而生的，无比热爱医学事业，医术精益求精，对病患诚心诚意，许多他救治的病人及家属成了他的亲密朋友。因此，事件发生之后，舆论哗然，他自己也惊愕不解。

　　对于陶勇来说，这个事件是不折不扣的飞来横祸。在他治疗过的无数眼疾患者之中，有那么一个人，生活困苦、性格孤僻、心理扭曲，与自己的所有亲人早已断绝来往，有一种严重的病态人格。此人眼睛患有持久性无法根治的病，在漫长的求医之路上，陶勇是最后一站，尽最大努力保住了他的部分视力。陶勇哪里想得到，此人决定轻生，要找一个陪葬者，而选中的正是最后接触的那个医生。

　　陶勇与死亡擦肩而过，伤势极为严重，经受了身体的巨大痛苦。我特别留意的是他的心理反应，按常理推测，精诚行医却遭此横祸，难免会怀疑初心，动摇信念。在本书中，事件本身只是一个引子，主体部分是从医心路历程的回顾，盲人世界给他的感动，事件发生后广阔而深入的思考。我看到的是，人们认为最不该他遭受此横祸的理由，也正是他能够坚强承受此苦难的原因。古罗马一位哲人说：苦难是美德的机会。在苦难之下，一个人原本就具有的美德闪放出了夺目的光芒。医学是陶勇的信仰，这信仰源自爱，一是对科学和专业的爱，二是对众生和病人的爱，因为这两种爱，医学成了他挚爱的事业。在经受伤痛折磨的日子里，占据他心灵的是这两种爱，一心惦记着科研计划和公益计划的完成。这两种爱支撑他渡过了人生的难关，包括心理上的难关，使他不再为无辜遭此厄运而纠结，而是如他所说，把厄运当作一块客观存在的碰伤他的石头，搬开它继续前行。一个有真信仰、真爱、真事业的人，是世间任何力量都打不败的。

陶勇能够坦然面对厄运，还有一个因素不能不提，就是他对哲学的喜爱。医学与哲学本来就有不解之缘，医生面对的不是单个的病，作为科学家，他要懂得完整的人体，作为实践者，他要懂得完整的人性，而这两方面都关乎哲学。一个医生倘若具有哲学素养，行医就会给他观察人性和思考人生提供大量机会与素材。人不论贫富贵贱都会生病，这是人最脆弱的时候，医生往往能够窥见人性最隐秘也最真实的方面。陶勇正是这样，他自己说，他感觉自己像一个记者，透过疾病去了解一个人，透过一个人去观察一个群体和社会。同时，如他所言，医生因为见惯了生死，会更加看淡人生中表象的东西，更加从本质上去思考人生。

一个平时就养成了哲学思考习惯的人，日常生活一旦被突然的灾难打断，这个习惯就发挥了积极的作用，于是陶勇获得了他"有生之年都没有过的一段修心时光"。他把所遭遇的灾难作为一个契机，深入思考了诸多哲学问题，包括人性的善恶、人生危机、孤独、幸福、生死，等等。他读过许多哲学书，但是，他的认识不是来自书本，而实实在在是他自己体悟到的。他的体悟中贯穿了一种平和的心态，一种平常心，不唱高调，不走极端，这是我非常欣赏的。行凶事件发生后，媒体的关注点聚焦于医患矛盾，他对此也有冷静的思考，提出了十分合理的建议。不过，在本书中，这方面的内容仅占很小的篇幅，他没有受外界的影响，把自己生命中的一个重要经历缩小为单一的社会话题，这也是我非常欣赏的。

本书的文字干净而流畅，很好读。从陶勇的后记中知道，本书的联名作者李润，是陶勇近二十年的挚友。从李润的后记中则看到，这位挚友性情淘气，却很欣赏性格迥异的陶勇。这样的一种合作，想必是十分愉快的。我与两位作者素昧平生，可是，当我得知作者希望我写序时，我还没有看到书稿一个字就答应了，而在看完书稿之后，我想说，给这本书写序，于我是一件十分愉快的事。

爱书人聚坪山

中国南方有一座城市叫深圳,这你当然知道,深圳有一个区叫坪山,这你多半不知道了。现在我就来和你说说坪山,说说这本《书话坪山》。

坪山是深圳的一个新行政区,我原先也不知道它,从两年半之前开始,我与它有了最紧密的联系,缘由是我受聘担任了新成立的坪山图书馆的首任馆长。我从来是一介布衣,一个书生,刚获知这个聘任的邀请时,不免感到意外,但是,到坪山走了一趟,我立刻欣然从命。

坪山给我的感觉是生机勃勃、前途无量。我见到的官员,皆思想开放,谈吐优雅,充满活力,令我眼前一亮,觉得十分投缘。在这样的氛围中工作,心情多么舒畅。

自从受聘为馆长,我一直在问自己:我能为坪山图书馆做什么?我的什么阅读经验和资源可以和一个公共图书馆的文化需求对接?思考的结果是,我的工作重点应该放在大众阅读的组织和引导上面,让经典走进大众,让阅读成为时尚。我给坪山图书馆拟定的办馆宗旨是:开启人生的智慧,传承精神的高贵。这两句话概括了阅读的价值。其中,开启人生的智慧是横向的,面对现实世界和人生,通过阅读培育正确的人生观和价值观；传承精神的高贵是竖向的，面对历史和未来，通过阅读继承和发展中国以及人类的优秀精神传统。那么，开启智慧的钥匙在哪里？精神传承的血脉在哪里？主要就在经典作品和优秀书籍里。这是一个宝库，图书馆的责任是引领广大读者走进这个宝库，享受这个宝库。

依据这样的认识，我们在配书上特别重视品质，我提出的要求是好书一本不漏，坏书一本不进，中外经典名著和当代优秀书籍尽可能配齐。在图书馆的入口近旁，有一间宽敞的玻璃墙屋子，名为星光书屋，陈列重点推荐书籍，包括我推荐的哲学经典著作、国内外权威图书奖项的获奖书籍、权威排行榜的推荐书籍，等等，以方便读者借阅。与此同时，我们举办了一系列面向公众的讲座和读书活动，内容丰富多彩。由我主持的经常性项目有："大家书房"会客厅，邀请国内人文、社科、艺术等不同领域的文化大家入驻，各人设专门区域展示其作品和所推荐的书籍，并不定期地举办读者见面会；"和周国平共读一本书"活动，一至两个月共读一本经典，我讲课一次，鼓励读者写读书笔记，我择优做点评；"书话坪山"主题沙龙，邀请全国学者、作家以及不同领域有作为、有思想的人士做讲座和互动。

现在你看到的这本书，就是从"书话坪山"主题沙龙举办的讲座中选出的实录文本，主讲人有作家韩少功，外交家卢秋田，艺术家林铭述、朱青生、王小慧，学者葛剑雄、郑培凯、莫砺锋、陆建德，当然还有我本人。由这些文本，你或许可以略微感受到坪山的文化气象。

我喜欢深圳，喜欢坪山。深圳的改革开放，迈步最早，步子最大最稳，成果最扎实。改革开放不只是经济活动，人的素质是根本。作为新兴的移民城市，深圳人来自全国各地，有理想，有朝气，有闯劲。深圳人是爱文化、爱读书的。在全国城市居民中，深圳人的购书量占据首位。我的公众号粉丝中，深圳读者的数量也是名列前茅。现在，在书香鹏城，坪山已成为新的文化亮点。我曾经说，我希望看到的情景是：坪山人爱读书，爱书人聚坪山。这个情景正在呈现。在坪山图书馆里，不同年龄的坪山人在安静地读书，在专注地倾听来自深圳和全国的爱书人侃侃而谈。

最后我想说，坪山图书馆是值得你来观摩一下的。这是一座设计新颖的九层建筑，坐落在风景如画的中心花园里，内外环境皆优美。不久前，国际图书馆协会联合会公布了2021年绿色图书馆奖最终入围名单，全球只有四家，中国只有一家，就是坪山图书馆。

欢迎你来坪山。相约坪山，我们在坪山见！

从书斋到讲坛，用讲座促阅读

在全国各省市面向公众的讲坛中，佛山图书馆的南风讲坛给我以深刻的印象。它开办得早，坚持得久，自1995年迄今已二十年有余。它的团队同心协力，训练有素，前后相继，把讲坛办成了深受佛山市民欢迎的文化品牌。现在，佛山图书馆从2000年至2015年的几百场讲座中精选出30篇录音稿整理出版，嘱我写序，我欣然命笔。

我自己虽然也在南风讲坛做过讲座，但对别人所做讲座的内容不甚了解，现在由这部书稿得以管中窥豹。我看到，讲坛所邀请的主讲人来自不同专业领域，讲题涉及人文、社会、文化、艺术、历史、宗教、军事、外交等各个方面，给听众提供了选择的空间，既可以各取所需，亦可以广泛涉猎。我还看到，主讲人许多兼具学者和思想者的品格，既学有专攻，又对所讲的主题有独特的思考和感悟，我读这些文章时也是津津有味。我设身处地把自己当作普通听众，这样一场场听下来，觉得受益良多，用较少的时间就获悉了不同领域里的新知和创见。我由此想到，在中国社会的转型时期，讲坛文化有其特殊的价值，它是学术界、思想界与公众之间最便捷的桥梁，可以让双方最直接地进行沟通。我自己通过在各地做讲座也亲身体会到，现场的氛围，听众的互动，即时的反馈，这些鲜活的感应有力地促进了我的思考，是闭门造车不可能有的。

当然，对于学者来说，研究、思考、写作始终是主要的工作和基本的功夫，只有在这个基础上，做讲座才能言之有物。听众不会喜欢那种讲座专业户，一篇讲稿重复讲上百次，名气再大，口才再好，听多了就会厌烦，发现其内容的贫乏。好的讲座是厚积薄发，你积累了许多好东西，然后走出书斋与人分享。从接受者这方面说，我要强调不能用听讲座取代读书，满足于做一个听讲座的专业户。听讲座只是求知的方式之一，阅读始终应该是文化生活的主干。事实上，唯有通过阅读而对某个问题有了比较深入的思考，你在听相关主题的讲座时头脑才会处于活跃的状态。反过来，如果某个讲座激起了你的兴趣，你就应该去阅读相关主题的书籍，拓展你的收获。图书馆是读书的地方，用讲座促阅读，正是图书馆办讲坛的题中应有之义。

我本人对南风讲坛情有独钟。我的主要工作是读书和写作，为此必须严格控制做讲座的次数。然而，我先后三次做客南风讲坛，这可以说是一个例外。佛山不愧是文化名城，康有为的故乡，我喜欢这里浓厚的文化氛围。每次做讲座，现场气氛极好，人们聚精会神，你能感觉到无声的交流，而互动时提问又十分踊跃，问题颇具水平。我还喜欢佛山图书馆这个团队，从馆长、副馆长到讲坛工作人员，个个待人亲切，如同家人，人人工作认真，真正把讲坛作为自己的事业来做。所以，在馆里的纪念册上，我留下的题词是——可爱的团队，可敬的事业。

创作自有光

光是生命之源，太阳的光照地球，万物生长。光是创作之源，精神的光照心灵，妙思涌动。

太阳的光照城市，也照乡村。精神的光照天才，也照常人。你心中有光，你就是一个创作者，就会遏制不住地要创作。在光的驱动下，创作者争相发光，也互相照亮。

光需要被照者，否则光芒会黯淡。创作需要欣赏者，否则灵感会枯竭。抖音承担起光荣的使命，为光寻找被照者，为创作寻找欣赏者。于是我们看到，在抖音的世界里，发生了各种奇妙的相遇，各种不同的热爱获得了数量可观的知音。

我乐见这样的情景：每个人都情绪饱满地做自己最喜欢做的事，在悦己的同时给他人带来快乐，丰富多彩的个性组成一个美丽多姿的世界。

一件旧事

　　《燃灯者》出新版，增补的文章中，有越胜为张志扬文集写的序，其实仍是借作序写人。志扬也是我的老朋友，而我们的结识也是通过越胜。1983年末的某日，越胜兴冲冲给我看一篇文章，是读毛姆《月亮和六便士》的感想，署名墨哲兰。后来知道，这是志扬的笔名。文章完全不像一篇读后感，倒像是一颗积聚了巨大能量的炸弹，你能感受到一种备受压抑的汹涌激情，因此文字很不顺畅却有异样的冲击力。我看了技痒，越胜嘱我回应一篇《月亮和六便士》的读后感，于是我写了《人性、爱情和天才》。这差不多是我写散文的开始，志扬一定想不到，我是受了他的刺激才开始写散文的。其后在不同场合和志扬见面，印象最深的是他的沉默和温和，他仿佛生活在自己的一个精神城堡里，他人难以进入，沉默是他的防卫，温和是他的致歉。

本书中各篇文章的写作年月和备注

第二辑　文学的恩惠

第三辑　给自己留言

第六辑 阅读的力量

第七辑　哲人三章

第八辑　教育的使命

第九辑 新形势下的教育

坚持教育即生长的理念 2015.11

创新与智力教育 2015.11

教育和培训的不同 2015.1 在新京报教之道年度论坛上演讲的
提纲

中国的教育缺什么？ 2016.11 在深圳大梅沙论坛上的演讲

教育新生态中的变和不变 2020.12 在中国教育三十人论坛2020
年会上的演讲

为生长创造友好的环境 2020.12 在搜狐教育2020年度盛典上的
演讲

倾听孩子的心声，探寻教育的智慧 2021.5

第十辑 不尽的怀念

智者平静地上路 2016.5

回家 2016.8

有大能量的思想者 2017.11 为邓正来作品集写的序

一个生动的人 2019.11

艺术就是屈打成招 2021.10 为刘辉新作展写的序

思想者不惧寂寞 2021.11

姆妈，您真的很了不起 2021.8 在母亲葬礼上的悼词

第十一辑　自序补录

第十二辑　序评辑录